ROMAN KLEMENTOVIC

Immerschuld

ROMAN KLEMENTOVIC

Immerschuld

Thriller

GMEINER SPANNUNG

Bisherige Veröffentlichungen im Gmeiner-Verlag:
Verspielt (2015), Immerstill (2016)

Personen und Handlung sind frei erfunden.
Ähnlichkeiten mit lebenden oder toten Personen
sind rein zufällig und nicht beabsichtigt.

Besuchen Sie uns im Internet:
www.gmeiner-verlag.de

Im Ehnried 5, 88605 Meßkirch
Telefon 07575/2095-0
info@gmeiner-verlag.de

1. Auflage 2017

Lektorat: Claudia Senghaas, Kirchardt
Herstellung: Mirjam Hecht
Umschlaggestaltung: U.O.R.G. Lutz Eberle, Stuttgart
unter Verwendung eines Fotos von: © chones / fotolia.com
Druck: CPI books GmbH, Leck
Printed in Germany
ISBN 978-3-8392-2066-5

Für meine Eltern
Andrea & Karl Klementovic

Wenn da nichts mehr ist, auf das du vertrauen kannst,
hör, was deine Angst dir rät!

Der Sommer, in dem er sein Schweigen brach, war jener des Jahres 2015. Es war »Der extremste Sommer der Messgeschichte« titelte eine der größten Tageszeitungen des Landes. Keine Ahnung, ob das wirklich stimmte. Tatsächlich aber überschritt die brütende Hitze an viel zu vielen Tagen das Maß des Erträglichen und strapazierte die Nerven und die Gesundheit der Menschen in weiten Teilen Europas. In Österreich waren Klimaanlagen vielerorts ausverkauft, Unternehmen gaben hitzefrei und nicht nur ältere Menschen litten unter Kreislaufproblemen. Ein Großteil der Arbeit ging langsamer vor sich als sonst, manche blieb gar liegen. Bauern beklagten schlechte Ernten, denn obwohl die Bewässerungsanlagen unaufhörlich liefen, dörrten ihre Felder zunehmend aus. Förster wiesen auf Waldschäden hin, im Asphalt der Straßen taten sich Risse auf, die bis heute nicht alle behoben wurden. Mancherorts wurde gar das Wasser knapp.

Inmitten all dieser Extreme passierte in Grundendorf etwas so Grauenvolles, dass es mir immer noch den Atem raubt, wenn ich nur daran denke. Alle dachten damals, dass es mit dem Schrecken endlich vorbei war. Sie glaubten sich in Sicherheit. Doch plötzlich, mit einem Schlag und über Nacht, war die Angst in unser kleines Dorf zurückgekehrt …

ENDE MÄRZ

1

Die Ampel sprang auf Grün. Endlich. Ich trat mit voller Kraft auf das Gaspedal. Die Reifen drehten durch, quietschten, der Motor heulte auf.

Ich raste wie ein Verrückter, durfte keine Zeit verlieren. Wechselte ständig die Spur, um im dichten Wiener Frühverkehr voranzukommen. Adrenalin schoss durch meinen Körper. Ich war völlig panisch vor Sorge. Immerzu dröhnten mir die Sprachnachrichten durch den Kopf, die Verzweiflung in ihrer Stimme. Ich wusste, dass etwas Schreckliches passieren würde, wenn ich nicht rechtzeitig ankam.

Vor mir tauchte ein roter Golf älteren Baujahrs auf. Er trottete gemächlich dahin. Auf der rechten Spur ein Linienbus, noch langsamer.

Keine Chance zu überholen.

Oder doch?

Ich scherte kurzerhand nach links aus. Über den flachen Bordstein auf die Straßenbahngleise. Dort zog ich an den beiden Fahrzeugen vorbei. Schaffte es gerade noch rechtzeitig zurück auf die Fahrbahn, bevor mich die entgegenkommende Straßenbahn rammte.

Wildes Gebimmel. Schrilles Hupen.

Keine Zeit, mich darum zu kümmern.

Ein paar Wagenlängen vor mir sprang die nächste Ampel auf Rot. Ich hielt die Luft an und gab Vollgas. Aus dem Augenwinkel sah ich einen Wagen von rechts auf mich zurasen. Zu spät, um zu bremsen. Erneutes Gehupe. Reifenquietschen. Ich spannte jeden Muskel meines Körpers an, biss mit aller Kraft die Zähne zusammen. War mir sicher: Jeden Augenblick würde er mich rammen. Gleich. Jetzt.

Doch nichts passierte.

Ich schaffte es tatsächlich heil über die Kreuzung.

Ich schrie. Musste lachen. Für den Bruchteil einer Sekunde stieg so etwas wie Euphorie in mir hoch. Doch sofort kam die Anspannung zurück. Die Angst.

Ich lenkte den Wagen mit einer Hand. Griff mein Handy und wählte erneut ihre Nummer. »Komm schon!«, murmelte ich vor mich hin. »Bitte geh ran!«

Doch sie hob nicht ab. Nach ein paarmal Läuten erklang schon wieder nur die metallische Stimme am anderen Ende der Leitung: *Willkommen in der Mobilbox der Nummer Null, Sechs, …*

Ich legte auf. Wollte sie noch einmal anrufen, vertippte mich jedoch, und das Feld zum Schreiben einer SMS öffnete sich. Das konnte doch nicht wahr sein! Ich wurde immer hektischer, vertippte mich wieder, dann schaffte ich es endlich.

Erneut läutete es. Einmal, zweimal, dreimal … Es kam mir wie eine Ewigkeit vor.

»Bitte nimm ab!«

Willkommen in der Mobilbox der Nummer Nu…

»Verdammt!«

Ich warf das Handy auf den Beifahrersitz und schlug immer wieder mit der flachen Hand auf das Lenkrad ein. Dabei driftete ich mit dem Wagen nach links und schlitterte beinahe in ein parkendes Auto. Ich riss das Steuer nach rechts um und überholte einen dunkelgrauen Family-Van in erster Spur.

Nach einer Rechtskurve war das Haus, in dem sie wohnte, in der Ferne zu sehen. Der fünfstöckige Altbau lag in der Sonne, die gelbe Fassade strahlte.

Doch vor mir stockte der Verkehr erneut. Schon wieder eine rote Ampel. Keine Chance, an den anderen Fahrzeugen vorbeizukommen. Ich sprang auf die Bremse. Mein Oberkörper drängte vor, der Gurt schnitt mir in die Brust, ich kam gerade noch rechtzeitig zum Stehen.

Das Reifenquietschen hatte alle Blicke auf mich gezogen. Ein Kerl im Wagen neben mir zeigte mir den Vogel. Ich kümmerte mich nicht darum. Starrte immerzu auf das kreisförmige rote Licht, das einfach nicht erlöschen wollte.

Das Handy war vom Sitz gerutscht und lag irgendwo auf dem Boden. Ich streckte mich hinüber, tastete danach, doch ich konnte es nicht finden.

Die Ampel wurde grün.

Die Autos vor mir fuhren an, viel zu langsam. Ich hupte, niemand wich aus. Ich fluchte, drängte mich zwischen ihnen hindurch. Stieg aufs Gaspedal. Die nächste Kreuzung überquerte ich bei Dunkelorange.

Und dann hatte ich es endlich geschafft.

Vor ihrem Haus hielt ich in erster Spur. Ich stieß die Tür auf, ohne vorher in den Rückspiegel zu schauen. Ein vorbeirasender schwarzer Mercedes rammte beinahe die offen stehende Tür. Der Fahrer riss seinen Wagen aber gerade noch rechtzeitig nach links. Haarscharf entging er dabei einer Kollision mit einem anderen Auto. Alles ging so schnell. Ich bekam gar nicht mit, wie gefährlich es gewesen war.

Ich warf die Tür zu, drängte mich zwischen zwei parkenden Autos hindurch. Rannte fast eine Frau mit Hund an der Leine über den Haufen. Dann war ich endlich vor ihrer Eingangstür.

Gehupe in meinem Rücken. Flüche. Hundegebell.

Ich streckte die Hand aus, wollte gerade die Klingel drücken. Mein Finger nur wenige Zentimeter von diesem verdammten Knopf entfernt.

Da ertönte ein ohrenbetäubender Knall hinter mir. Metall knirschte. Glas splitterte. Die Alarmanlage eines Autos sprang an.

Ich fuhr zusammen. Riss instinktiv die Arme vors Gesicht und stemmte mich gegen die Hauswand.

Schreie um mich herum. Panik.

Ich öffnete die Augen. Wagte einen Blick hinter mich.

Da sah ich sie. Auf dem Dach eines parkenden Autos.

MONTAG, 13. JULI

2

Ich blickte zwischen den Baumwipfeln hindurch in den wolkenlosen Himmel empor. Obwohl es noch früh am Morgen war, strahlte die Sonne schon so kräftig, dass ich meine müden Augen mit der Hand abschirmen musste. Fünf, nein sechs Kondensstreifen, die einander wild kreuzten und sich langsam auflösten. Von irgendwo weit entfernt war das Brummen eines weiteren Flugzeugs zu hören, doch ich konnte es nicht entdecken. Schnell wurde es von dem Grillengezirpe übertönt, das immer lauter und aufgeregter zu werden schien. Es mussten sich Hunderte, wenn nicht Tausende von den Insekten um uns herum verschanzt haben.

Und dann war da noch das hektische Summen der Mücken und Fliegen.

Ich senkte meinen Blick, ließ ihn durch den Wald und all das regungslose, staubtrockene Gestrüpp streifen. Suchte nach einem Schatten, der da nicht hingehörte, einem Farbklecks, einer Bewegung. Nach irgendetwas. Denn je länger ich darüber nachdachte, desto sicherer war ich mir, dass wir nicht alleine da draußen waren. Ich glaubte, einen stechenden Blick auf meiner verschwitzten Haut zu spüren. Doch ich konnte niemanden ausfindig machen.

Die kratzige Stimme des alten Horvat drang allmählich wieder zu mir durch und riss mich aus meinen Gedanken: »Patrick?«

Der örtliche Förster hatte meinen Namen in die Länge gezogen und fuchtelte mit seinen Händen vor meinem Gesicht herum, um mich aus meiner Lethargie zu reißen. Doch er wurde von einer lästigen Fliege abgelenkt, die er nun zu verscheuchen versuchte. Ein hoffnungsloses Unterfangen.

Ich begann gedanklich wieder abzuschweifen.

Doch da klatschte der alte Horvat sich auf den nackten Unterarm und fluchte: »Verfluchtes Biest.« Eine Mücke hatte ihn gestochen und das zermatschte Tier klebte nun blutverschmiert auf seiner Haut. Er versuchte es am Stoff seiner kurzen Hose abzuputzen, murmelte dabei weitere Flüche in sich hinein. Währenddessen schwirrte die Fliege weiter vor seinem Gesicht herum.

Sein Sohn Valentin, der etwa in meinem Alter war, also Anfang 30, stand einen Schritt hinter ihm. Er war in so ziemlich jedem äußerlichen Aspekt das genaue Gegenteil seines Vaters – also schlank, fast schon dürr, groß gewachsen, hatte dichtes blondes Haar und ein kantiges Gesicht mit leicht eingefallenen Wangen. Doch trotz der vielen Unterschiede konnte man auf den ersten Blick sehen, dass man Vater und Sohn vor sich hatte. Vermutlich lag das an ihren dunklen, tief sitzenden und eng zusammenliegenden Augen.

Valentin stand das Grauen ins Gesicht geschrieben.

»Alles in Ordnung mit dir?«, fragte mich der alte Horvat.

Ich nickte kaum merklich, war geistig aber immer noch nicht ganz bei ihnen. Mir brummte der Kopf, meine Augen brannten und mein Verstand arbeitete nur sehr schwerfällig. Ich war hundemüde.

Die letzte Nacht war, wie so viele in den vergangenen Monaten, trotz der Schlaftabletten und des Alkohols ein einziger Albtraum gewesen. Immer wieder war ich aus meinem hauchdünnen Schlaf erwacht, weil ich geglaubt hatte, Geräusche zu hören und von Dämonen und sich bewegenden Schatten umzingelt zu sein. Dabei hatte es sich nicht wie richtiges Wachsein angefühlt, sondern viel mehr wie ein albtraumverklebtes Wandeln zwischen zwei Welten. Die Grenze zwischen Traum und Realität war schwammig und nicht eindeutig auszumachen gewesen. Bis auf einmal zumindest. Denn unter allen Geräuschen war da eines gewesen, von dem ich am ehesten dachte, dass es tatsächlich da gewesen war: Das Quietschen der Hintertür. Keine Ahnung, ob es durch das Öffnen oder Schließen ausgelöst worden war, aber ich war vor Schreck im Bett hochgefahren und hatte in die Dunkelheit gestarrt.

»Hallo?«, hatte ich gerufen, aber aus dem Haus war keine Antwort gekommen. »Ist da wer?«

Wieder nichts.

Ich hatte mich überwunden, war aus dem Bett gekrochen und barfuß durchs Haus geschlichen. Hatte die Hintertür inspiziert. Doch die war verschlossen gewesen. Danach hatte ich alle Räume abgesucht. Hatte die ganze Zeit über befürchtet, Konturen im Halbdunkel auszumachen, die da nicht hingehörten. Doch zum Glück hatte ich niemanden gefunden und zehn Minuten später war ich zur Überzeugung gelangt, dass ich mich wohl getäuscht und mir das Quietschen eingebildet haben musste. Ich war zurück ins Bett gekrochen, hatte jedoch lange Zeit nicht wieder einschlafen können. Eine seltsame Unruhe hatte sich in mir ausgebreitet und es hatte eine Stunde oder länger gedauert, bis sie sich so weit gelegt hatte, dass ich in einen weiteren verschwitzten Albtraum abgedriftet war.

Sehr wahrscheinlich hätte ich heute keinen Gedanken mehr an das Quietschen in der Nacht verschwendet, hätte ich kurz zuvor nicht feststellen müssen, dass mein Wagen verschwunden war. Ich konnte es mir beim besten Willen nicht anders erklären, als dass er gestohlen worden war. Ich versuchte mich zu erinnern, wann ich ihn zuletzt hinterm Haus gesehen hatte. Doch sosehr ich mich auch anstrengte, ich kam einfach nicht darauf. Es musste schon einige Wochen her gewesen sein.

»Patrick!« Der alte Horvat packte mich am Oberarm, rüttelte mich und erst jetzt war ich zurück im Hier und Jetzt. Zurück am Rande dieses kleinen Waldstücks nahe Grundendorfs. Augenblicklich stieg mir wieder der süßliche Fäulnisgeruch in die Nase und ich musste gegen die aufkommende Übelkeit ankämpfen.

»Geht's dir gut?« Er schnaufte und wischte sich mit dem Handrücken den Schweiß von der Stirn. Sein Kopf war knallrot, eine dicke Ader, die wie ein fetter Wurm aussah, trat an seiner linken Schläfe hervor. Die Hitze machte dem schwer übergewichtigen 60-Jährigen ganz offensichtlich zu schaffen.

»Ja«, antwortete ich und hoffte, mit einer lässigen Handbewegung seine Sorgen wegwischen zu können.

Doch er wartete auf eine Fortsetzung.

»Ich ... alles in Ordnung.« Ich seufzte und rieb mir mit beiden Händen das Gesicht.

»Du siehst nicht gut aus, wenn ich dir das sagen darf.«

Er wandte sich zu seinem Sohn um, der bestätigend mit dem Kopf nickte. Valentin sprach nicht, niemals. Weshalb, wusste ich nicht. Ich glaube, niemand in Grundendorf wusste es. Es war einfach so.

»Ich ... ich hab nur wenig geschlafen letzte Nacht«, antwortete ich.

Der alte Horvat nickte, als ob er verstand.

Ich machte mir nichts vor, wusste ganz genau, dass sowohl in Grundendorf als auch im Nachbarort Obermarch getratscht wurde. Und mit Sicherheit auch in allen umliegenden Dörfern. Immerhin waren mein Name und mein Gesicht in ganz Österreich in den Fernsehnachrichten zu sehen gewesen. Die furchtbaren Ereignisse des letzten Winters hatten es sogar in Deutschland bis in die größten Tageszeitungen geschafft. Ganz bestimmt glaubten alle, über mich Bescheid zu wissen. Mich zu kennen. Zu wissen, wie es mir ging.

Doch sie hatten keine Ahnung!

»Wer zum Teufel tut so etwas?«, murmelte der alte Horvat und blickte kopfschüttelnd zu Boden.

Auf den Kadaver, den sein Sohn und er zuvor gefunden hatten, und der, obwohl er nur etwa einen Meter vom Wegrand entfernt lag, aufgrund des hohen Grases und des Gestrüpps leicht zu übersehen gewesen wäre. Unzählige Fliegen tummelten sich um ihn herum und ihr Summen wurde immer lauter – fast so, als wollten sie uns sagen: *Verschwindet, wir haben ihn zuerst gefunden!*

Der pechschwarze Hund – ich schätzte, dass es ein Labrador war – konnte noch nicht lange hier draußen liegen. Die Augen waren zwar von Parasiten befallen, allerdings noch nicht zu einem matschigen Brei geworden. Das Fell war schmutzig, verfilzt und blutverschmiert. Ungeziefer labte sich daran und immer mehr Tiere krochen über den ausgedörrten Waldweg, dessen Erde rissig war, heran. Am gesamten Körper des Tiers klafften weit offene Wunden, aus denen das verfaulte Innere quoll. Auf den ersten Blick sah es so aus, als wäre es mit einem Messer massakriert worden, vielleicht auch mit einer Axt oder etwas Ähnlichem. Ein paar Bissspuren von anderen Tieren, die sich an dem Kadaver genährt hatten. Ein Bein stand in einem unnatürlichen Winkel ab, mit Sicherheit war es gebrochen.

Doch da war noch etwas, das mir erst jetzt auffiel.

»Was ist?«, fragte der alte Horvat.

Ich konnte spüren, wie Valentin und er sich in meinem Rücken neugierig nach vorne streckten.

Ich antwortete nicht. Die Schnauze des Tiers hatte meine volle Aufmerksamkeit auf sich gezogen. Ich ging näher ran und in die Hocke. Meine Knie knacksten dabei.

»Was hast du, Patrick?«

»Wartet«, antwortete ich und brach einen Zweig von dem Busch gleich neben dem Hund.

Die Insekten drehten völlig durch, als ich dem toten Tier damit in der Schnauze herumstocherte. Hektisch hetzten sie in alle Richtungen, unzählige Viecher flogen mir um die Ohren. Ich versuchte sie mit der freien linken Hand zu verscheuchen, doch ich war machtlos, es waren einfach zu viele. Eine Mücke stach mich in den Nacken.

»Was zum Teufel machst du da, Patrick?«, fragte der Alte mit einer Mischung aus Neugierde und Ekel in seiner Stimme.

»Siehst du das nicht?«, antwortete ich und stocherte weiter.

»Nein, was …?« Er kam näher ran. »Um Gottes willen!«

Jetzt hatte auch er es gesehen und er gab einen Laut von sich, der vermuten ließ, dass er kurz davor war, sich zu übergeben. Er presste sich die flache Hand auf den Mund und wich ein paar Schritte zurück.

Dem armen Hund waren alle Zähne gerissen worden.

Ich warf den Zweig, so weit ich konnte, in den Wald hinein und hoffte, damit auch das grauenvolle Bild loszuwerden. Ich ahnte jedoch, dass es mir wohl für immer bleiben würde.

Ich erhob mich, begleitet von einem abermaligen Knacksen meiner Knie. Das aufkommende Schwindelgefühl versuchte ich zu verdrängen, indem ich tief durchatmete und mir Daumen und Zeigefinger auf die zusammengekniffenen Augen presste. Es half kaum.

Valentin war einen weiteren Schritt zurückgewichen und starrte zu Boden, auf irgendeinen Punkt vor seinen Schuhspitzen. Wahrscheinlich unbewusst tastete er mit der linken Hand die deutlich zu erkennenden Kratzspuren auf seinem rechten Unterarm ab.

Der alte Horvat hatte seinen Hut abgenommen und rieb sich seinen kahlen, verschwitzten Schädel. Seine Wangen leuchteten rot. Das olivgrüne Hemd war völlig verschwitzt, der dunkle Fleck unter seinen Armen reichte hinab bis zum Hosenbund, an dem ein abgewetztes Ledertäschchen mit seinem Handy steckte. Unter den Hosenbeinen, die ihm bis zu den Knien reichten, kamen zwei weiße, spindeldürre Waden hervor, die so gar nicht zu seinem restlichen voluminösen Körper passen wollten.

»Perverses Arschloch …«, murmelte er. »Wenn ich den in die Finger kriege, dann …« Er überließ die Konsequenz meiner Fantasie.

Sein Sohn starrte immer noch zu Boden. Als er zu mir aufsah und bemerkte, dass ich ihn dabei beobachtete, wie er an seinen Kratzern herumtastete, hörte er augenblicklich damit auf. Irgendetwas huschte über sein Gesicht, ich wusste es nicht zu deuten. Noch nicht.

Eine weitere Mücke stach mich und ich fragte mich, was ich hier überhaupt machte. Ich wollte einfach nur nach Hause. »Du hättest die Polizei rufen sollen«, sagte ich deshalb an den alten Horvat gewandt.

»Du bist die Polizei.«

»Nicht mehr, das weißt du ganz genau.«

»Blödsinn!«

»Du hättest den Wimmer …«

»Den Wimmer, ich bitte dich! Der kann doch froh sein, wenn er sich auf dem Weg zum Klo nicht verläuft.«

»Das ist nicht mein Problem.«

»Ist es wohl und das weißt du genauso gut wie ich.«

»Aber …«

»Die taugen doch alle nichts.«

»Das sind gute Männer …«

»Dass ich nicht lache.«

»Du solltest mit Lukas reden, er kann …«

»Patrick, ich bitte dich«, unterbrach er mich und brachte mich damit zum Schweigen. Mir fehlte die Kraft, ihm zu widersprechen. Außerdem hätte es keinen Zweck gehabt.

Seit dem letzten Winter war der Ruf der örtlichen Polizei nicht gerade der beste, das Vertrauen in meine ehemaligen Kollegen wohl für immer verloren. Selbst in Lukas, meinen ehemaligen Partner. Und das, obwohl er ein verdammt guter Mann war.

Man hatte Sündenböcke gebraucht, warf ihnen vor, über drei Jahre hinweg nicht die geringste Spur von den beiden vermissten Jugendlichen Linda und Markus gefunden zu haben. Man führte das auf Unfähigkeit, mangelnde Motivation und schlechte Führung zurück. Womit wir bei Herbert Wimmer wären – er leitete als Postenkommandant die Polizeiinspektion in Grundendorfs Nachbarort Obermarch. Das Versagen der Behörden war schnell zu seinem geworden. Ich hingegen war in den Medien als Held dargestellt worden, der einen der grausamsten und mysteriösesten Fälle der österreichischen Kriminalgeschichte hatte aufklären können. Dabei war ich nur zur falschen Zeit am falschen Ort gewesen und wünschte mir seitdem nichts sehnlicher, als dass alles ganz anders passiert wäre. Egal wie oft ich Reportern zu erklären versucht hatte, dass es nicht mein Verdienst gewesen war, die Zeitungen, Fernseh- und Radiosender hatten in mir den Helden gefunden, den sie gebraucht, und nur das gehört, was sie gewollt hatten. Dementsprechend schlecht war Wimmer seitdem auf mich zu sprechen. Und so viel ich mitbekommen hatte, nach meinem Abgang auch auf Lukas – mitgehangen, mitgefangen.

Mittlerweile war Valentin erneut einen Schritt näher an uns herangekommen. Der alte Horvat hatte seinen Hut wieder aufgesetzt und die Hände in die Hüften gestemmt. Nachdenklich kaute er an seiner Unterlippe.

Ein paar Sekunden betrachteten wir das tote Tier schweigend.

Irgendwann sagte er: »Also, ich weiß nicht, aber … sieht der nicht aus wie der Hund von deinen Großeltern?«

Mein Blick glich wohl einem riesengroßen Fragezeichen. Vermutlich lag auch meine Stirn in Falten, so wie sie das immer tut, wenn ich grüble oder verwundert bin.

»Meinst du nicht?«, hakte er nach.

»Meine Großeltern haben einen Hund?«

»Mein Gott, Patrick«, sagte er und schüttelte den Kopf. »Du gehst wirklich nicht mehr viel aus dem Haus, was?«

»Ich … na ja, weißt du …«

Ich wusste nicht, was ich sagen sollte, er hatte absolut recht. Ich hatte keine Ahnung, dass meine Großeltern sich einen Hund angeschafft hatten. Ich hatte sie, wie so viele andere Menschen, sicher schon seit Monaten nicht mehr gesehen – und das, obwohl sie ebenfalls in Grundendorf wohnten. Ich hatte es mir zwar öfter vorgenommen, …, doch irgendwie hatte ich mich bisher nicht dazu durchringen können, bei ihnen vorbeizuschauen oder ihnen die Tür zu öffnen. Ich hatte niemanden sehen, nichts hören und auch nicht reden wollen. Wollte einfach nur in Ruhe gelassen werden.

Aus den Tiefen des Waldes drang ein leises Knacksen. Ein Zweig oder ein kleinerer Ast, der gebrochen war.

Wahrscheinlich ein Tier, dachte ich mir.

Doch in mir hatte sich erneut das Gefühl geregt, dass wir nicht alleine da draußen waren. Ein Frösteln lag in der Luft, trotz der Hitze. Ich lauschte angespannt, suchte abermals den Wald nach irgendetwas oder irgendjemandem ab, der da nicht hingehörte. Doch wieder konnte ich niemanden entdecken.

Dem alten Horvat schien das Knacksen gar nicht aufgefallen zu sein. »Also, Patrick … wenn ich so darüber nachdenke … ich bin mir sogar ziemlich sicher, dass es der Hund deiner Großeltern ist«, sagte er. »Schon einige Zeit her, vielleicht drei, vier Wochen oder so. Aber ich bilde mir ein, sie mit genau so einem Labrador im Ort gesehen zu haben.«

Ich hatte keine Ahnung, was ich davon halten sollte. Konnte er recht haben?

»Was sagst du?«, wandte er sich an seinen Sohn. »Das ist doch ihr Hund, oder?«

Valentin antwortete mit einem schiefen Nicken, das man am ehesten als »Ich glaube schon« interpretieren konnte.

Ich blickte erneut auf den geschändeten Kadaver hinab und hoffte dabei inständig, dass die beiden sich täuschten. Es war wohl das Letzte, was ich nun gebrauchen konnte. Denn wer auch immer das Tier getötet hatte, er musste außer sich vor Wut gewesen sein. Kein normaler, gesunder Mensch hätte so etwas übers Herz gebracht. Es bedeutete nichts Gutes.

Während wir drei schwiegen, umgab uns das Fliegensummen. Hoch über uns erklang erneut das Brummen eines

Flugzeuges, das einen weiteren Kondensstreifen über den Himmel zog.

»Und, was sagst du? Was sollen wir jetzt machen?«, unterbrach der alte Horvat das Schweigen und meinte damit: Also, Patrick, kümmere dich gefälligst darum!

»Die Polizei informieren!«, hätte ich ihm antworten sollen. »Auch wenn das tatsächlich der Hund meiner Großeltern sein sollte, ist das nicht meine Aufgabe. Ich bin kein Polizist mehr!«

Ich fragte mich, weshalb ich seiner Bitte überhaupt nachgegangen und mit ihm hier rausgekommen war. Immerhin hatte ich selbst genügend Probleme am Hals. Ich hätte mit den Schultern zucken, mich zu Hause einschließen, die Jalousien hinunterlassen und ein paar von diesen weißen Wunderpillen nehmen sollen, mit deren Hilfe ich in der Regel zumindest ein wenig Schlaf fand. Mich um meinen geklauten Wagen kümmern und Anzeige erstatten. Ich hätte auf mein Bauchgefühl hören sollen.

Vielleicht wäre dann alles ganz anders gekommen.

Vielleicht wäre im Verborgenen geblieben, dass der Teufel schon viel länger, als wir alle gedacht hatten, sein Unwesen in Grundendorf trieb.

Doch stattdessen seufzte ich und sagte: »Was soll's, ich werd mich darum kümmern. Kannst du mich zu ihnen fahren?«

3

In der Werbung wird das sommerliche Marchfeld in etwa so dargestellt: Der Himmel tiefblau, kaum eine Wolke zu entdecken – und wenn doch, dann sind sie so klein und strahlend weiß, dass sie wie Wattebäusche aussehen. Die tief stehende Sonne strahlt und taucht die Landschaft in ein prächtiges Sommerbunt. Die Weizenfelder liegen golden da, durchzogen von feuerrotem Klatschmohn und Sonnenblumen in sattem Gelb. Ab und zu ein saftiger Windschutzgürtel in den verschiedensten Grüntönen, dessen Blätter im lauen Lüftchen rascheln. Unzählige Vögel zwitschern ihre fröhliche Melodie, zwei Hasen sprinten um die Wette, ein Reh sieht ihnen aus der Ferne dabei zu. Irgendwo tuckert ein orangefarbener Traktor auf einem Feldweg dahin und ein glücklicher, braun gebrannter Bauer winkt aus dem Führerhaus. Auf dem Acker daneben eine bäuerliche Großfamilie bei der Spargelernte – auch wenn die Erntezeit dafür schon längst vorüber ist. Sie lachen, sind stolz, haben eine schöne Zeit.

Lisa hatte bei solchen Bildern immer laut geseufzt.

Und mir ging es zunehmend wie ihr.

Es war doch alles bloß eine Lüge.

In der Werbung wird kein Wort über die Milliarden und Abermilliarden Mücken verloren, die jeden Sommer über die Region entlang der March, einem kleinen Fluss, der sich an der ostösterreichischen Grenze entlangschlängelt, hereinfallen. Davon, dass sie es einem an besonders schlimmen Tagen unmöglich machen, sich im Freien aufzuhalten. Auf den bunten Bildern sieht man das Gift nicht, das über den

Äckern versprüht wird. Das sich im Gemüse und im Erdboden einnistet, vom Wind in die Gärten der Menschen getragen wird und in die Sandkisten der Kinder. Man erfährt nichts von den fehlenden Arbeitsplätzen, dem Aussterben der Bauern und Betriebe und der Abwanderung der jungen Menschen. Davon, dass es, als ich noch ein Kind gewesen war, vier Gast- und Kaffeehäuser in meinem Heimatort Grundendorf gegeben hatte und dass mittlerweile das offizielle gastronomische Monopol bei der Kantine des Fußballvereins lag, die nur an zwei Abenden in der Woche geöffnet hatte. Das Shopping-Angebot wurde von einem verbeulten Zigarettenautomat abgerundet, der sich nicht selten weigerte, die Glimmstängel trotz des korrekt eingeworfenen Betrags auszuspucken. Zum Glück war ich Nichtraucher. Der einzige Geldautomat Grundendorfs war aufgrund zu hoher Betriebskosten abmontiert worden und nun klaffte ein Loch in der Fassade des Bankhauses, das an nur zwei Nachmittagen in der Woche geöffnet hatte.

Auch wenn es niemand so recht wahrhaben wollte: Grundendorf lag im Sterben.

Wir hatten das kleine Wäldchen, in dem der tote Hund lag, hinter uns gelassen und fuhren eine schmale, holprige Schotterstraße entlang, die ins knapp einen halben Kilometer entfernte Grundendorf führte. Dabei strahlte die Sonne bereits so kräftig, dass sie den Himmel in ein gleißendes Weiß färbte, das nicht schön war, sondern einfach nur blendete.Ich fluchte in Gedanken und musste meine Augen zusammenkneifen, um überhaupt etwas erkennen zu können. Keine Ahnung, wo meine Sonnenbrille abgeblieben war. Den bisherigen Sommer hatte ich kaum das Haus verlassen und im abgedunkelten Wohnzimmer hatte ich keinen Gedanken an sie verschwendet.

Bald ging die Schotterstraße in eine schlecht asphaltierte Straße über, die mit Schlaglöchern übersät war. Über dem rissigen Asphalt flimmerte die aufgeheizte Luft. Das Display im bereits in die Jahre gekommenen olivgrünen Jeep des alten Horvat zeigte eine Außentemperatur von 32 Grad an – und das, obwohl es noch nicht einmal halb acht war. Ohne der klapprigen Klimaanlage, die auf zweithöchster Stufe lief, wäre es wohl kaum auszuhalten gewesen. Im Wageninneren schwebte ein undefinierbarer strenger Geruch. Ich konnte es kaum erwarten, ihm zu entfliehen. Draußen wehte nicht das leiseste Lüftchen und die Blätter in den Nuss- und Kirschbäumen zu beiden Seiten der Straße hingen völlig regungslos da. Keine Menschenseele war auf den Feldern zu entdecken, keine Hasen, Rehe oder andere Tiere, nur überdimensionale Bewässerungsanlagen, die unermüdlich gegen die Trockenheit ankämpften. Das ganze Land schien ausgedörrt und tot. Selbst die monströsen Rotorblätter der unzähligen Windräder, die monatlich mehr zu werden schienen, regten sich keinen Millimeter. Sie wirkten wie erstarrte Abgesandte einer fremden Welt.

Wir überquerten die Bahngleise und passierten das windschiefe Grundendorfer Ortsschild. Als wir das Dorf durchquerten, war nicht ein einziger Mensch zu entdecken.

Der alte Horvat, Valentin und ich hatten die bisherige Fahrt über kein Wort gesprochen. Jetzt machte er das Radio an. Es liefen gerade die ersten Akkorde von Bon Jovis »Always«. Er drehte eine Spur lauter. Vermutlich, um die drückende Stille zu verdrängen und weil er dachte, mir damit einen Gefallen zu tun, denn er wirkte auf mich nicht unbedingt wie der Typ Mann, dem Bon Jovi oder Rockschnulzen generell gefielen. Ich nahm es ihm nicht übel. Wie sollte er auch ahnen, dass mit jedem Ton des Songs das Loch in meinem Herzen immer größer wurde. Es war eines von Lisas absoluten Lieblingsliedern, sie liebte solche Rock-Balladen.

It's been raining since you left me
Now I'm drowning in the flood
…

Ich vermisste sie.

So sehr.

Ich versuchte zu schlucken, doch der Kloß im Hals wurde immer größer. Meine Augen wurden wässrig. Ich schaute aus dem Fenster und versuchte mir nichts anmerken zu lassen.

Ich fragte mich, was ich hier eigentlich tat. Warum überließ ich die Angelegenheit nicht Wimmer und meinen ehemaligen Kollegen? Sollten sie sich doch darum kümmern. Weshalb mischte ich mich ein? Ich hatte doch wohl selbst genug Sorgen. Ich hätte mich vom alten Horvat nach Hause bringen lassen sollen und nicht zum Hof meiner Großeltern.

Gut, vielleicht war es tatsächlich ihr Hund gewesen, aber was sollte ich schon machen? Seit Monaten hatte ich sie nicht mehr gesehen und nun sollte ausgerechnet ich ihnen diese traurige Nachricht überbringen? Mein Großvater war so schon nie gut auf mich zu sprechen gewesen, weshalb, wusste ich nicht. Selbst damals nicht, als meine Mutter gestorben war und ich ein knappes Jahr lang bei meinen Großeltern gewohnt hatte. Sosehr ich mich auch bemüht hatte, ihm zu genügen, ich hatte stets den Eindruck gehabt, dass ihm die paar Monate, bis ich auf das 80 Kilometer entfernte Internat gehen würde, nicht schnell genug hatten vergehen können. Mit jeder Geste, mit jedem Blick, den er mir seit jeher zugeworfen hatte, hatte er mir vermittelt, mich nicht in seiner Nähe haben zu wollen. Und das würde sich mit dieser schlechten Nachricht wohl kaum ändern.

»Weißt du, Patrick, dein Opa ist halt, wie er ist«, hatte meine Oma mich immer zu trösten versucht, wenn sie gemerkt hatte, dass mir seine raue Art und die Kälte zu nahe gegangen waren. »Wir werden ihn nicht ändern können. Aber du musst wissen, dass er dich trotzdem lieb hat.«

»Da bin ich mir nicht so sicher.«

»Doch, Patrick, das tut er. Ich weiß es.«

Jedes Mal aufs Neue hatte ich mich an die Worte meiner Oma geklammert – vermutlich, weil ich mir so sehr gewünscht hatte, dass ein Funken Wahrheit darin lag. Doch an seinem Verhalten mir gegenüber hatte mein Großvater niemals etwas geändert.

Jetzt fragte ich mich, ob er mir gleich eine Standpauke halten oder mich gar ignorieren würde. Der Gedanke an beides ließ meinen Magen verkrampfen. Garantiert würde es in einen erneuten Streit ausarten.

Dreh um!, brüllte ich in Gedanken den alten Horvat an. *Ruf den Wimmer an, der soll sich der Angelegenheit annehmen. Ich hab, verdammt noch mal, genug durchgemacht!* Ich wollte nach Hause.

Doch ich blieb stumm und wir fuhren weiter.

4

Vielleicht war es so, dass mir mein Beruf fehlte. Sehr wahrscheinlich sogar. Schon im Kindergartenalter hatte ich jedem erzählt, dass ich einmal Polizist werden wollte. Auf die Frage, was ich mir zum Geburtstag, zu Weihnachten oder irgendeinem anderen Anlass wünschte, kam es stets wie aus der Pistole geschossen: Ein Polizeiauto. Mein immer weiter wachsender Sinn für Gerechtigkeit, mein Harmoniebedürfnis, mein Verlangen, anderen zu helfen und darauf zu achten, dass es allen gut ging – das alles hätte wohl gar keine andere Berufswahl zugelassen.

Kitschig, ich weiß. Aber so war ich nun mal gewesen.

Polizist zu sein hatte mich immer mit einem gewissen Stolz erfüllt. Ich hatte meinen Beruf geliebt, ihn ernst genommen und einen Sinn darin gesehen.

Bis vor wenigen Monaten jedenfalls.

Seitdem war alles anders. Seitdem schien nichts mehr einen Sinn zu haben. Absolut nichts.

Komm schon, reiß dich zusammen!

Während Bon Jovi vor sich hin schmachteten, versuchte ich die trüben Gedanken abzuschütteln und die Tränen zu unterdrücken. Auf keinen Fall wollte ich den alten Horvat und Valentin sehen lassen, was für ein nervliches Wrack ich mittlerweile geworden war. Ich wollte keine Erinnerung mehr zulassen und mich auf die traurige Nachricht konzentrieren, die ich meinen Großeltern zu überbringen hatte – wenn es sich bei dem toten Tier tatsächlich um ihren Hund handelte.

»Ich sag' dir, Patrick, das wird immer schlimmer«, durchbrach der alte Horvat das Schweigen zwischen uns, schielte kurz zu mir auf den Beifahrersitz und dann wieder vor auf die Straße.

Sein Sohn lehnte sich von der Rückbank aus zwischen die beiden Vordersitze, als wollte er damit zeigen, dass er trotz seiner Stille am Gespräch teilnahm. Mir fiel auf, dass er nicht angegurtet war.

»Was wird immer schlimmer?«, fragte ich.

»Das mit den Diebstählen.«

»Mh«, machte ich, weil ich gegenteiliger Meinung war, aber keine Lust auf dieses Gespräch hatte. Außerdem wäre ich klar in der Defensive gewesen, immerhin war ganz offensichtlich mein Wagen gestohlen worden.

»Ich meine, jetzt muss man schon Angst haben, dass einem das Auto vom eigenen Grundstück gestohlen wird.«

Ich sagte nichts.

»Wann hast du es denn zum letzten Mal gesehen?«

»Weiß nicht.«

»Nur ungefähr?«

Ich zuckte mit den Schultern. Ich hatte wirklich keine Ahnung, wusste nicht einmal, wann ich es zum letzten Mal verwendet hatte. Alles, was ich wusste, war, dass es heute Morgen, nachdem der alte Horvat mich aus den Federn geläutet und mich zum Mitkommen überredet hatte, nicht mehr da gewesen war. Da ich keine Garage hatte und die Straße vor meinem Haus schmal und aufgrund einer leichten Kurve unübersichtlich war, hatte ich meinen alten Golf seit jeher hinter der Gartenmauer auf dem schmalen Grünstreifen zwischen dem Feldweg und meinem Grundstück geparkt. Niemals hätte ich gedacht, dass er dort hinten Dieben ins Auge fallen würde. Außerdem war der Wagen alt und wirklich nicht mehr gut in Schuss. Wer stahl so ein Auto?

»Du solltest eine Anzeige erstatten, aber das brauche ich dir ja nicht zu erzählen«, sagte der alte Horvat.

Ich nickte.

Den Rest der Fahrt schwiegen wir.

Meine Großeltern lebten auf einem einsamen Hof, der etwa 100 Meter außerhalb Grundendorfs auf einer leichten Anhöhe lag. An die Rückseite grenzte ein Wald, an den übrigen Seiten war der Hof von hohem Mais und Weizenfeldern umgeben. Wenn das Korn den höchsten Stand erreichte, war aus der Ferne nur noch das Dach ihres Hauses zu sehen. Um das Gebäude herum standen unzählige wild wuchernde Büsche und Bäume in scheinbar völlig willkürlicher Anordnung – das Bild erinnerte mich an ein Pokerbrett, auf dem man die Würfel einfach hatte liegen lassen. Auf einem Ast der riesigen, uralten Eiche, die in einer der unteren Ecken des Grundstücks thronte, hatte mir mein Großvater, als ich noch ein Kind gewesen war, eine Schaukel montiert. Das vermoderte Brett hing dort immer noch an den rissigen Seilen und schaukelte im Wind. In den mächtigen Stamm der Eiche hatte ich damals mit einem Messer meinen Namen geritzt. Es war mein Platz auf dem Hof gewesen.

Abgegrenzt wurde das weitläufige Grundstück von einem morschen Holzzaun, dessen weiße Lackierung an allen Ecken und Enden abblätterte. Früher hatte mein Großvater solche Dinge instand gehalten, doch mittlerweile war er dazu nicht mehr in der Lage. Auch wenn er es niemals zugegeben hätte, so konnte man ihm den Frust darüber sehr wohl ansehen. Vielleicht war ich ja sein Ventil dafür.

Das Haus war so geräumig, dass es wohl ausreichend Platz für eine Großfamilie samt Angestellten geboten hätte. Doch Oma und Großvater lebten dort mit Julia alleine. Vor gut fünf Jahren hatten sie meine damals siebenjährige Cousine aufgenommen, nachdem deren Eltern bei einem Autounfall verstorben waren. Ein Mann, bei dem später 2,1 Promille Alkohol im Blut nachgewiesen worden waren, hatte in einer Kurve nahe Obermarch die Kontrolle über seinen alten Opel verloren und den Wagen von Julias Eltern frontal gerammt. Ihre Eltern waren auf der Stelle tot gewesen, der betrunkene Unfallverursacher hatte schwer verletzt überlebt und saß seitdem im Gefängnis.

Während Bon Jovi sich nun dem herzzerreißenden Finale von »Always« näherten, drosselte der alte Horvat die Geschwindigkeit, setzte den Blinker, obwohl weit und breit kein anderes Fahrzeug zu sehen war, und bog von der holprigen Landstraße in den noch holprigeren Feldweg ein, der hinauf zum Hof meiner Großeltern führte. Kies knirschte unter den Reifen und Steine knallten gegen den Unterboden des Wagens. Staubtrockene Erde wurde aufgewirbelt, wir zogen eine beträchtliche Wolke hinter uns her. Im Rückspiegel war kaum noch etwas zu erkennen.

Obwohl ich mir pausenlos einzureden versuchte, dass mich die Sache im Grunde nichts anging, merkte ich, dass Nervosität in mir hochstieg. Garantiert würde ich unzählige Fragen von Oma bezüglich meines Wohlbefindens über mich ergehen lassen müssen. Ich würde erklären müssen, weshalb ich in den letzten Wochen und Monaten nicht ans Telefon oder an die Tür gegangen war. Weshalb ich allem und jedem aus dem Weg gegangen war und nichts von mir hatte hören lassen, keine Mobilboxnachricht beantwortet hatte. Ich würde ihren gekränkten Blick kaum ertragen können. Mein Großvater würde mir Vorwürfe machen, würde mir sagen, dass Oma sich große Sorgen um mich gemacht hatte, dass sie nicht hatte schlafen können. Dass sie wegen mir geweint hatte. Wahrscheinlich würde er sogar schreien.

Ich wollte nach Hause.

Doch nun war es zu spät, um umzukehren. Wir hatten den Hof erreicht und ganz bestimmt hatten uns meine Großeltern längst den Weg hinauffahren sehen. Die Staubwolke war wohl schwer zu übersehen gewesen.

Der alte Horvat hielt auf einem unebenen Untergrund aus Erde, Kies und ausgedörrten gelben Grasbüscheln.

»Soll ich warten?«, fragte er.

»Nein, danke.« Ich würde mir den Wagen meiner Großeltern ausborgen oder im Notfall auch zu Fuß zurechtkommen.

Wir verabschiedeten uns und als ich die Tür öffnete und mich aus dem Sitz nach draußen stemmte, schlug mir viel zu heiße Luft entgegen. Es schien, als stieg ich in einen laufenden Backofen. Sofort traten Schweißperlen auf meiner Haut hervor. Ein leichtes Schwindelgefühl regte sich in mir und kurz wurde mir schwarz vor Augen. Ich stützte mich an der Wagentür ab und wartete ein paar Sekunden, bis ich mich gefangen hatte.

»Alles in Ordnung?«, wollte der alte Horvat wissen.

Valentin starrte mich vom Rücksitz aus an.

»Geht schon, danke.«

»Sicher?«

»Sicher.«

Ich versuchte mich zusammenzureißen, musste die Angelegenheit so schnell wie möglich hinter mich bringen. Es war jetzt schon unerträglich und im Laufe des Tages würde es draußen wohl nicht mehr auszuhalten sein. In diesem Moment ahnte ich, wie sich ein Fisch außerhalb des Wassers wohl fühlen musste. Ich spürte immer größeres Unbehagen in mir aufsteigen, wollte zurück in den Wagen und so schnell wie möglich in mein abgedunkeltes Wohnzimmer. Wollte in den Polstern meiner Couch versinken, der Stille lauschen. Einfach nur alleine sein.

Doch stattdessen warf ich ohne ein weiteres Wort die Wagentür zu, rieb mir das verschwitzte Gesicht und atmete tief durch. Die Luft schmeckte staubig.

Der alte Horvat setzte mit seinem olivgrünen Geländewagen zurück und fuhr davon. Ich atmete noch viel mehr Staub ein und wurde von einem kräftigen Hustenanfall gebeutelt. Es dauerte eine Weile, bis ich mich gefangen hatte und auf das konzentrieren konnte, was vor mir stand.

Ich blickte zum Haus meiner Großeltern. Die weiße Fassade strahlte so kräftig im Sonnenlicht, dass ich meinen Großvater, der in seinem Rollstuhl auf der Veranda saß, zunächst gar nicht wahrnahm. Erst als er an seiner Zigarette zog und die Glut feuerrot aufleuchtete, bemerkte ich ihn. Ich zögerte. Dann hob ich die Hand etwas unbeholfen zu einem stillen Gruß und wünschte mich ganz weit fort.

Dreh um und geh heim!

Doch ich atmete erneut tief durch und ging auf ihn zu.

»Schon da?«, rief er mir zu und ich glaubte, neben der gewohnt schlechten Laune auch eine gewisse Überraschung in seiner Stimme gehört zu haben. Rauch umhüllte ihn und er nahm einen erneuten tiefen Zug von seiner Zigarette.

Ich verstand nicht, was er mir damit hatte sagen wollen. Fasste es sofort als Kritik auf, mich so lange nicht gemeldet zu haben. Während ich mich ihm weiter näherte, suchte ich nach Worten der Rechtfertigung, fand jedoch keine. Unbewusst spannte ich meinen Nacken an und stellte mich schon auf ein Streitgespräch mit ihm ein. Es würde eskalieren. Wieder einmal. Ganz bestimmt sogar.

Doch dazu sollte es nicht kommen. Denn plötzlich ging die Haustür auf und meine Oma kam hinausgestürmt.

»Patrick, Gott sei Dank!«, rief sie.

Schon in der allerersten Sekunde und aus der Entfernung sah ich ihr an, dass etwas nicht stimmte. Sie wirkte aufgelöst, war aber darum bemüht, die Fassung zu wahren – das

Ergebnis war eine Grimasse, die schlagartig ein noch mieseres Gefühl in mir weckte. Als sie näher herankam, sah ich, dass ihre Augenlider geschwollen waren und das Weiß um ihre Iris herum rötlich gefärbt war.

Oma hatte geweint.

Diese Erkenntnis war wie ein Stich ins Herz.

Sie fiel mir um den Hals. »Wie bist du denn jetzt so schnell hergekommen?«

Ich verstand nicht, erwiderte ihre Umarmung und klopfte unsicher mit der flachen Hand auf ihren Rücken. Sollte auch das eine Kritik gewesen sein?

»Ich hab doch erst vor fünf Minuten angerufen«, fuhr sie fort.

»Wen?«

»Was, ›wen‹?«

Nun begriff sie nicht und löste sich aus der Umarmung. Ihre Augen glänzten wie gesprungenes Glas – jeden Moment würden die Tränen wieder zu fließen beginnen. Aber da war noch etwas in ihrem Blick. Ein Gefühl, das ich erst jetzt erkannte: Angst.

Mein Herz sackte mir in die Hose.

»Was ist denn los?«, fragte ich und meine Stimme hatte dabei gezittert. »Wen hast du angerufen?«

»Na, die Polizei.«

»Warum denn?«

»Na, wegen Julia.«

»Wieso, was ist mit ihr?«

»Sie ist verschwunden!«

5

Um uns Grundendorfer besser verstehen zu können, muss man unsere Vergangenheit kennen. Man muss wissen, was in den letzten dreieinhalb Jahren und vor allem im letzten Winter passierte. Und natürlich muss man die geografische Lage des Ortes in Betracht ziehen, die Isolation.

Grundendorf hat nur knapp 600 Einwohner und liegt am östlichsten Rand Österreichs, in einem scheinbar vergessenen Winkel des Marchfelds – als ich noch ein Kind war, hatte Grundendorf weit über 800 Einwohner. Die slowakische Grenze befindet sich in unmittelbarer Nähe und es gehört zum Alltag, dass die Mobiltelefone der Bewohner immer wieder versuchen, sich in ein slowakisches Netz einzuwählen. Früher hatte es die Bewohner verängstigt, wenn die slowakischen Nachbarn mit schrottreifen Ostblockkisten und klapprigen, verrosteten Anhängern durch den Ort gezogen waren, um brauchbaren Müll einzusammeln. Nun machte es den Grundendorfern Angst, dass die einst so armen Nachbarn mit maßgeschneiderten Anzügen und Seidenkrawatten oder in teuren Kostümen in ihren Mercedes oder BMWs durch den Ort rauschten, um nach Wien in die Arbeit zu pendeln. Zu der Angst um ihre Sicherheit hatte sich bei den Grundendorfern also jene um ihre finanzielle Zukunft gesellt. Und damit verbunden Wut und eine geballte Ladung Frust auf das Unbekannte, das sie überholt zu haben schien.

Die Grundendorfer sahen und sehen den Vorteil der nahen Großstadt Bratislava nicht. Nein, schlimmer noch: Sie sehen Bratislava nicht. Denn für sie hört hinter der

March ihre Welt auf zu existieren. Das Unbekannte beginnt, das endlose Schwarz. Das Nichts, vor dem man sich fürchten muss, das früher oder später über sie hereinfallen wird.

Die Grundendorfer sehen nur die Distanz zu Wien. Sie beklagen, dass man dort offensichtlich auf sie vergessen hat. Dass die Straßen nicht erneuert werden, die schon so lange versprochene neue Autobahn zwischen Wien und Bratislava, die jede Menge Arbeitsplätze bringen würde, nie gebaut wird, dass die Zugverbindung zwischen den beiden Hauptstädten immer noch eingleisig und nicht elektrifiziert ist und dass die meisten Züge nicht in Grundendorf halten, sondern mit Höchstgeschwindigkeit durchbrausen.

Man könnte meinen, dass sich in dieser Abgeschiedenheit und Einsamkeit eine besonders starke Dorfgemeinschaft herausgebildet hätte. Doch so etwas hatte es in Grundendorf nie gegeben. Die einzigen beiden Vereine des Ortes, die Freiwillige Feuerwehr und der Fußballklub, bekriegen einander seit jeher und kämpfen gegen schrumpfende Mitgliederzahlen – wofür sie den jeweils anderen verantwortlich machen. Wer ein Fest der Feuerwehr besucht, würde niemals zu einem des Fussballvereins gehen und umgekehrt. So ist es immer gewesen und so wird es immer sein. Grundendorf war kein homogenes Ganzes, sondern vielmehr eine Zweckgemeinschaft, in der sich jeder selbst der Nächste war und so manch einer gar glaubte, dass Solidarität bloß der deutsche Name für dieses Kartenspiel auf ihrem Computer war. Bei der kleinsten Erschütterung drohte dieses fragile Gebilde zu brechen.

Neid und Misstrauen waren also die Masken, hinter denen sich der Hass in Grundendorf eingeschlichen hatte. Dass er seine Verkleidung im Laufe der Zeit zu wandeln verstanden hatte, war uns spätestens vor etwa dreieinhalb

Jahren bewusst geworden. Denn da hatte der Schrecken seinen Lauf genommen …

Alles hatte in einer eisigen Februarnacht begonnen, mit dem Verschwinden der beiden 17-Jährigen, Linda und Markus. Angeblich hatte Linda das alljährliche Faschingsfest im Ort besuchen wollen, doch dort kam sie niemals an. Markus, ihr Mitschüler, war mental beeinträchtigt, etwas langsam im Kopf oder »plemplem«, wie es viele Grundendorfer ausgedrückt hatten. Auch von ihm fehlte seit dieser Nacht jede Spur.

Nach dem Verschwinden der beiden kamen schnell Gerüchte auf, wonach Markus Linda nachgestellt haben, ja gar ein Perverser gewesen sein soll. Hatte er sie etwa entführt oder noch Schlimmeres? Immer wildere Spekulationen kursierten im Dorf und allmählich begannen die gegenseitigen Verdächtigungen. Kaum jemand, der nicht einmal in den Fokus der Anschuldigungen geraten wäre. Immerhin konnte Markus es ja wohl kaum alleine geschafft haben, Linda zu entführen. Oder etwa doch?

Die Medien sprangen landesweit auf den Fall an und belagerten Grundendorf über Wochen hinweg. Genauso wie unzählige uniformierte Kollegen der umliegenden Polizeiinspektionen und eine Sonderermittlungsgruppe des Landeskriminalamtes Niederösterreich. Die Polizeiinspektion in Obermarch, auf der ich damals stationiert war, stand auf einmal im grellen Scheinwerferlicht der Öffentlichkeit und platzte aus allen Nähten. Jede noch so kleine Besenkammer war zu einem Büro umfunktioniert worden. Sogar eine Hundesuchstaffel und eine Sondereinheit der WEGA wurden hinzugezogen. Sie durchkämmten ganz Grundendorf und dessen Umgebung. Doch von den beiden Vermissten war keine Spur zu finden.

Der Druck stieg, Ergebnisse wurden gefordert. Bei jedem noch so kleinen Handgriff wurde uns auf die Finger geschaut und auf einen Fehler gewartet, der medial ausgeschlachtet werden konnte. Und Fehler passierten, viele sogar. Doch das sollte uns erst drei Jahre später klar werden.

Die Ermittlungen gerieten schnell ins Stocken und mit der Zeit verlor der Fall an Bedeutung – vor allem bei den Medien, aber auch in Ermittlerkreisen. Nach und nach wurden Beamte des LKA Niederösterreichs und uniformierte Kollegen aus den Nachbarorten von dem Fall abgezogen – sie sollten aktuelleren und politisch wichtigeren Verbrechen auf den Grund gehen. Stimmen wurden lauter, die mutmaßten, dass Linda und Markus vielleicht doch gar nichts passiert war und sie gemeinsam durchgebrannt waren.

Für mich unvorstellbar.

Mir war der Fall in der Zwischenzeit besonders nahegegangen, nicht selten verfolgte er mich bis in meine Träume oder bereitete mir gar schlaflose Nächte. Das Bild der beiden Vermissten schwebte ständig vor meinem geistigen Auge.

Lindas Lächeln.

Markus' leerer, nichtssagender Blick.

Doch obwohl ich niemals aufhörte, nach den beiden zu suchen, kam ich keinen einzigen Millimeter voran. Ich war blind dafür, was sich in unser aller unmittelbarer Nähe abspielte.

Es kam erst wieder Bewegung in den Fall, als ausgerechnet auf den Tag genau drei Jahre nach Lindas und Markus' Verschwinden erneut von zwei jungen Menschen aus Grundendorf jede Spur fehlte. Wieder geschah es in der Nacht des alljährlichen Faschingsfests und abermals schienen die Vermissten niemals dort angekommen zu sein. Lisas Schwester

Maria und deren beste Freundin Natalie waren von einem Augenblick auf den nächsten unauffindbar.

Es dauerte nur wenige Stunden, bis die polizeilichen Sondereinheiten und die Medien wieder in Grundendorf eingefallen waren und das gesamte Dorf erneut Kopf stand. Mit einem Schlag war die Nervosität zurück, das Misstrauen, diese eiskalte Angst. Regionale und überregionale Politiker meldeten sich zu Wort, obwohl sie keinen Schimmer von der Sachlage hatten. Sie gaben Versprechen ab, dass sie sich persönlich um die Lösung des Falls bemühen würden – doch kaum waren die Kameras nicht mehr auf sie gerichtet, war es ihnen einerlei, was mit den Vermissten passiert war.

Als das Unfassbare geschah und die erste Leiche entdeckt wurde, brach im gesamten Ort Panik aus. Die Nerven lagen blank. Die allerschlimmsten Befürchtungen waren Realität geworden.

Ein Mörder war unter uns.

Mit einem Schlag standen wir im Fokus europaweiter Medienberichterstattungen. Immer ranghöhere Politiker meldeten sich zu Wort und mischten sich in die Ermittlungen ein. Von schweren Fehlern und Versäumnissen wurde gesprochen, obwohl niemand auch nur einen Fehler oder ein Versäumnis nennen konnte. Doch das war egal. Schuldige mussten gefunden werden. Und wenn man es nicht schaffte, den Täter ausfindig zu machen, dann musste eben das Ermittlungsteam herhalten.

So läuft das nun mal.

Die psychische Belastung war kaum noch zu ertragen. Doch Gott sei Dank gelang es uns wenige Tage später, den Fall endlich zu lösen. Die Grausamkeit und die Abgründe, die wir aufdeckten, übertrafen jedoch meine schlimmsten Befürchtungen. Niemals hätte ich so etwas bei uns in

Grundendorf für möglich gehalten und nicht nur einmal wünschte ich mir seitdem, ich hätte von all dem niemals erfahren. Welch Segen wäre eine Entlassung aufgrund ausbleibenden Erfolgs gewesen.

Aber wie schon erwähnt, schrieben die Medien mir die Lösung des Falls zu und stilisierten mich zu dem Helden hoch, den sie sich so sehnlich für ihre reißerischen Berichterstattungen wünschten. Keine Ahnung, wie sie an das Foto kamen, das Lisa und mich zeigte, als wir noch zusammen gewesen waren. Wir saßen darauf auf einer Holzbank am Marchufer, ich hatte einen Arm um ihre Schulter gelegt, sie hatte eine Hand auf meinem Oberschenkel. Mit der anderen Hand streckte sie einer gemeinsamen Freundin, die den Schnappschuss gemacht hatte, das Peace-Zeichen entgegen. Das Foto war ein knappes Jahr, bevor Lisa mich verlassen hatte und nach Wien gezogen war, entstanden. Damals war ich noch so unglaublich glücklich und der tiefen Überzeugung gewesen, Lisa einmal zu heiraten.

Wie sehr man sich täuschen kann.

Wie grausam das Leben sein kann.

Wochenlang strahlte mir unser glückliches und unwissendes Grinsen aus dem Fernseher und den Zeitungen entgegen und jedes Mal aufs Neue war es, als riss mir jemand das Herz aus meiner Brust. Als quetschte er es mit aller Kraft zusammen und leckte mit seiner rauen Zunge so lange über den aus der Faust gequollenen Teil, bis er wund wurde und aufriss.

Ich begann dieses Foto zu verfluchen.

Ich hatte immer gedacht, dass mit der Aufklärung des Falls meine Energie zurückkehren würde, meine Unbeschwertheit, mein Lachen. Dass ich endlich wieder gut schlafen könnte und die Albträume verschwinden würden.

Doch ich hatte mich geirrt.
Sie hatten damit erst so richtig begonnen.
Und die wirkliche Katastrophe stand noch bevor.
Ende März.

6

Julia vermisst seit: 1 Stunde und 3 Minuten

Vor dem Hintergrund der dunklen Vergangenheit Grundendorfs und den grausamen Dingen, die ich im letzten Winter hatte miterleben müssen, traf mich die Neuigkeit, dass meine kleine Cousine Julia verschwunden war, so heftig wie ein Blitzschlag.

»Was … was soll das heißen, ›sie ist verschwunden‹?«, fragte ich in der sinnlosen Hoffnung, dass meine Oma etwas völlig Banales damit gemeint oder ich sie bloß falsch verstanden hatte.

Doch ihr Blick sprach Bände. Eine tiefe Sorge lag darin, Angst.

»Patrick, Julia ist weg. Ich … ich versteh das nicht, sie …« Ihr Satz verlief im Nichts.

Nein, das hatte nichts Gutes zu bedeuten. Ich konnte regelrecht fühlen, wie sich mein Magen immer weiter zusammenzog.

Jahrelang war ich Polizist gewesen, hatte die Aufgabe gehabt, in solchen Situationen ruhig zu bleiben, nach logischen Ursachen zu suchen und analytisch vorzugehen. Doch nun waren all meine Kenntnisse wie weggeblasen. Stattdessen starrte ich meine Großmutter nur an und merkte, dass mein Mund sich öffnete, ich jedoch kein Wort herausbrachte.

»Was sollen wir machen, Patrick?«

»Jetzt beruhige dich doch erst einmal«, sagte ich und merkte an meiner zittrigen Stimme, dass ich selbst alles andere als ruhig war.

»Ich soll mich beruhigen?«

»Was ist denn überhaupt passiert?«

»Ich weiß doch auch nicht, ich … ich hab den Knall gehört und bin davon aufgewacht und …«

»Was für einen Knall?«

»Patrick, ich weiß es nicht … Ich glaub nicht, dass es ein Traum war … ich … ich bin aufgewacht und hab gleich auf die Uhr geschaut, weil ich Angst gehabt hab, dass ich verschlafen hab.« Sie brach ab, fing sich wieder. »Aber es war erst kurz nach sechs.«

Ich konnte sehen, dass sich erneut Tränen in ihren Augenwinkeln sammelten, sie aber mit aller Kraft versuchte, sie zurückzuhalten. Es war so typisch für sie. Keine Schwäche zeigen, um sie sollte man sich nicht sorgen. Sie sah es als ihre Aufgabe an, darauf zu achten, dass es allen anderen gut ging.

»Oma, wie hat der Knall geklungen?«

»Keine Ahnung … dumpf?«

»Wie, ›dumpf‹?«

»Ich weiß nicht …«

»Bitte versuch ihn näher zu beschreiben.«

Sie versuchte sich zu sammeln. »Es … es hat sich angehört, als ob etwas Schweres umgefallen wäre. Ich … ich hab nach deinem Opa gegriffen, doch der ist nicht mehr im Bett gewesen und sein Rollstuhl war auch weg.«

Sie holte tief Luft, versuchte sich weiter zu beruhigen.

»Patrick, da hab ich so einen Schrecken bekommen, weil ich gedacht hab, dass er vielleicht damit umgekippt ist oder so. Ich bin gleich rausgelaufen.«

»Und?«

»Er ist draußen auf der Veranda gewesen und hat Kaffee getrunken.«

Ich blickte über die Schulter hinweg auf die Veranda zu meinem Großvater, der mich von dort aus missmutig beobachtete und an seinem linken Daumennagel kaute. In der anderen Hand hielt er eine qualmende Zigarette, die schon fast bis zum Filter abgebrannt war.

»Dann ist mir sofort der Gedanke gekommen, dass Julia vielleicht aus ihrem Bett gefallen ist«, erzählte meine Oma weiter. »Oder … oder sie alleine versucht hat, auf die Toilette oder ins Bad zu gehen.«

Ich wunderte mich zwar, wieso es ein Problem gewesen sein konnte, dass meine zwölfjährige Cousine vielleicht alleine ins Bad oder auf die Toilette gegangen war, wollte meine Oma aber nicht unterbrechen.

»Da bin ich gleich rauf zu ihrem Zimmer gelaufen. Ich hab noch die Tür ganz leise aufgemacht, weil ich … Ich hab ja noch gehofft, dass alles in Ordnung ist und sie schläft.« Sie schluckte. Bei der Erinnerung an den Moment huschte ein Schatten über ihr Gesicht. »Aber sie war weg, Patrick. Ihr Bett war leer.«

»Aber sie kann doch …«

Meine Oma ließ mich nicht ausreden. »Ich bin gleich wieder runter ins Erdgeschoss gerannt und hab deinen Opa gerufen. Und da hab ich es gesehen …«

»Was?«

»Die Hintertür … sie war offen.«

Die Hintertür führte zur Rückseite des Grundstücks, von wo aus es nur noch knapp 20 Meter bis zum angrenzenden Wald waren.

»Aber das hat doch nichts zu bedeuten. Vielleicht habt ihr die Tür ja bloß schlecht geschlossen oder sie ist …«

»Nein, Patrick, ganz sicher nicht«, unterbrach sie mich.

Jetzt, da ich den ersten Schrecken überwunden hatte, kam mir Omas Angst doch ein wenig übertrieben vor. Nur weil Julias Bett leer gewesen war und sie offensichtlich nicht angekündigt hatte, dass sie das Haus verlassen würde, brauchte meine Oma doch nicht so panisch zu reagieren. Auch wenn es noch so früh am Morgen war, so gab es doch unzählige harmlose Gründe, wieso sie weg sein konnte. Immerhin war meine Cousine mit ihren zwölf Jahren kein Kleinkind mehr und die Hintertür konnte leicht jemand versehentlich offen gelassen haben – auch wenn meine Oma felsenfest vom Gegenteil überzeugt zu sein schien.

Aber sie hatte mir ja noch nicht alles erzählt.

»Jetzt beruhige dich doch erst einmal«, sagte ich deshalb und legte ihr die Hand auf die Schulter. »Vielleicht macht Julia ja nur einen Spaziergang oder sie trifft eine Freundin. Es kann doch auch sein, dass sie …«

»Nein, Patrick.«

»Aber das kannst du doch gar nicht wissen. Julia kann doch auch …«

»Dafür ist sie doch viel zu schwach. Sie … sie …«

Meine Oma brach ab, atmete tief durch. Ihre Augen wurden glasig, erneut stauten sich Tränen auf. Sie schloss ihre Lider und ich konnte förmlich sehen, wie sie sich im Geiste aufforderte: *Nein, du wirst jetzt nicht weinen! Du wirst dich gefälligst zusammenreißen! Bleib stark!*

»Julia ... sie schafft es ja kaum noch aus dem Bett«, fuhr sie nach einigen Augenblicken fort.

»Wieso?«

»Sie ist krank, Patrick.«

»Wie, ›krank‹?«

Meine Oma schluckte erneut, versuchte, gefasst zu bleiben.

»Was hat sie?«, drängte ich sie.

Es schien, als war meiner Oma der Gedanke gerade erst gekommen, denn sie starrte durch mich hindurch ins Leere und murmelte mehr zu sich selbst: »Mein Gott, sie ... sie braucht doch ihre Medikamente.«

»Welche Medikamente?«

Zu diesem Zeitpunkt ging ich noch von einer Grippe oder so etwas in der Art aus. Ich hatte ja keine Ahnung, wie schlimm es um Julia wirklich stand.

»Mein Gott ...«, murmelte sie weiter, den Kopf leicht schüttelnd, und plötzlich hatte es den Anschein, als ob meiner Oma ein ganz grauenvoller Gedanke gekommen war. Ihre Augen wurden groß wie Murmeln.

»Jetzt hör mir einmal zu«, sagte ich und versuchte sie zu beruhigen. »Vielleicht hat Julia ja nur ...«

»Nein, Patrick.« Sie griff mein linkes Handgelenk und fixierte mich mit ihrem Blick. »Ich weiß es ganz genau.«

»Was?«

»Da ist etwas passiert!«

7

Julia vermisst seit: 1 Stunde und 17 Minuten

Meinen Vater habe ich nie kennengelernt. Er hatte sich noch vor meiner Geburt aus dem Staub gemacht. Soviel ich wusste, hatte er früher, als ich noch ein Kleinkind gewesen war, ab und zu durch Briefe von sich hören lassen. Doch meistens hatte er meine Mutter oder meine Großeltern darin bloß um Geld gebeten, was diese ihm natürlich verwehrt hatten. Anscheinend hatte er ein Alkohol- und ein Spielproblem und war ständig auf der Suche nach Geld gewesen, um Schulden zu begleichen, oder neue aufzureißen. Und da er von meiner Familie nichts mehr bekommen hatte, waren auch die Briefe irgendwann ausgeblieben.

Für meine Mutter war es immer ein sehr schmerzvolles Thema gewesen und ich hatte es kaum einmal gewagt, sie nach meinem Vater zu fragen. Und wenn doch, dann hatte sie mir nur irgendwelche ausweichenden, einsilbigen Antworten gegeben und gemeint, dass sie Kopfschmerzen habe und wir ein anderes Mal darüber sprechen würden.

Meine Oma hatte nach dem Tod meiner Mutter einmal angedeutet, dass es, etwa zwei Jahre bevor sie starb, noch ein sehr unschönes Aufeinandertreffen mit meinem Vater gegeben hätte. Dabei soll er sturzbetrunken vor ihrer Tür gestanden haben und meinem Großvater gegenüber sogar handgreiflich geworden sein, weil dieser ihm kein Geld hatte geben wollen. Erst nachdem sie ihm damit gedroht hatten, die Polizei zu rufen, soll er das Weite gesucht haben.

Nicht, ohne ihnen vorher noch zu drohen, dass es ihnen allen noch leidtun würde.

»Manche Menschen tun Böses, obwohl sie nicht böse sind«, hatte meine Oma dann zu mir gesagt. »Es hat keinen Sinn, es ihnen vorzuwerfen. Sie können nicht anders.«

Es war so typisch für meine Oma, andere in Schutz zu nehmen. Sich selbst eine Last aufzuerlegen, nur damit andere nichts davon mitbekamen und es ihnen gut ging.

Früher war ich ein kleines bisschen so wie sie gewesen. Doch der letzte Winter hatte alles verändert. Vor allem mich.

Nun hatte ich eine viel zu schwere Last zu tragen und hätte alles dafür gegeben, sie jemand anderem umzuhängen. Das mag vielleicht egoistisch klingen, war es wahrscheinlich auch. Aber verdammt noch mal, ich hatte die schlaflosen Nächte und diese beißenden Schuldgefühle satt!

Der Hof meiner Großeltern war nach dem Tod meiner Mutter auch für mich einige Monate lang zum Zuhause geworden. Nur hatte ich es trotz der Liebe und Fürsorge meiner Oma nie als solches angesehen – dafür hatte mein Großvater mit seiner Ablehnung und Kälte gesorgt.

Nun, über eine halbe Stunde nachdem meine Oma sie gerufen hatte, waren meine ehemaligen Kollegen von der Polizeiinspektion Obermarch immer noch nicht auf dem Hof aufgetaucht und langsam aber sicher begann ich mich zu fragen, wo sie so lange steckten. Auch wenn ich selbst noch dagegen ankämpfte, zu akzeptieren, dass die Situation ernst war, so war mir das Verhalten der Polizei immer unerklärlicher. Hatten bei ihnen nicht sofort alle Alarmglocken geschrillt, als sie gehört hatten, dass schon wieder jemand aus Grundendorf verschwunden war? Noch dazu ein minderjähriges Mädchen. Oder war es so, dass meine Großeltern bloß überreagierten und ich mich von ihnen hatte anstecken lassen? Ein immer stärker werdendes Gefühl sagte mir, dass es nicht so war. Dass sich erneut ein großes Unheil über unserem kleinen Grundendorf zusammenbraute. Wie eine tiefschwarze Gewitterfront, die sich immer weiter ausbreitete und dabei immer tiefer sank.

Meine Oma und ich hatten in der Zwischenzeit jedes Zimmer im Haus und jeden Winkel des weitläufigen Grundstücks abgesucht und dabei wie ein Mantra immer wieder Julias Namen gerufen. Mein Großvater hatte uns, soweit es ihm in seinem Rollstuhl möglich gewesen war, geholfen, jedoch die meiste Zeit über schweigend und rauchend von der Veranda aus zugesehen. Seine Miene hatte nicht im Geringsten verraten, was er dabei gedacht hatte – aber trotz all seiner Abneigung mir gegenüber, glaubte ich ihm ganz deutlich anzusehen, dass er sich Sorgen machte.

Ich hatte mich sogar ein Stück weit in den Wald gekämpft und im ausgetrockneten Gestrüpp nach Anzeichen meiner Cousine Ausschau gehalten. Doch keine Spur von Julia. Alleine dort draußen im Wald, glich es der Suche nach der Nadel im Heuhaufen. Die Polizei würde mit einem ganzen Suchtrupp anrücken müssen, am besten auch mit Hunden.

Also hatte ich mich auf den Hof und ganz besonders aufs Haus konzentriert. Ich hatte mir die Türschlösser, vor allem jenes der Hintertür, und alle Fenster genau angesehen, aber keine Anzeichen eines gewaltsamen Eindringens feststellen können. Auch sonst deutete absolut nichts auf ein Verbrechen hin. Kein Kratz-, keine Schleif- und Gott sei Dank auch keine Blutspuren. Bloß ein feines Spinnennetz am Küchenfenster, das im grellen Sonnenlicht glänzte.

Und dennoch. Wo war Julia?

Nun sah ich mich noch einmal in ihrem Zimmer, das im Übrigen früher meines gewesen war, um. Es sah tatsächlich alles danach aus, als wäre sie nur kurz aus dem Bett gekrochen, um auf die Toilette zu gehen. Die Decke war zur Seite geschlagen und im Polster war noch der Abdruck ihres Kopfes zu sehen. Man meinte, die Konturen ihres zierlichen Körpers auf der mit einem blütenweißen Laken überzogenen Matratze zu erahnen. Doch das war natürlich Unsinn, denn die Matratze hatte sich längst wieder in Form gebracht.

Auf Julias Nachtkästchen standen eine halb volle Tasse mit kaltem Tee, eine Taschentuchbox und ein paar Medikamentenschachteln. Außerdem ein Handy, vermutlich Julias. Ich nahm es zur Hand und wischte mit dem Daumen darüber, um die Displaysperre aufzuheben. Der Bildschirmhintergrund zeigte ein kunterbuntes Blumenmotiv – ein Foto aus dem Garten, nahm ich an. In der Anrufliste fand ich keine neuen Einträge, der letzte Anruf lag schon über vier Wochen zurück. Die letzte SMS »Hey, wie geht's dir? HDL« hatte Julia vor drei Wochen erreicht. Sowohl der letzte Anruf als auch die SMS waren von Simone gekommen – soweit ich wusste, Julias beste Freundin. Ich stöberte noch ein wenig weiter im Smartphone, fand jedoch keinen brauchbaren Hinweis auf Julias Aufenthalt.

Auf dem rosafarbenen Bettvorleger, gleich neben einer einzelnen Daunenfeder, lag ein Stoffteddy mit rotem Schal. Als wartete er dort auf seine Freundin. Ich ging in die Knie, hob ihn auf und legte ihn auf Julias Kopfabdruck im Polster. Das Zimmer machte nicht den Eindruck auf mich, als gehörte es einem zwölfjährigen Mädchen. Schwärmte man in diesem Alter nicht schon von irgendwelchen Superstars, Schauspielern oder Musikern? War es in diesem Alter nicht quasi ein Muss, zumindest ein Poster einer Boyband an der Wand kleben zu haben, von dem die Mitglieder mit nackten Oberkörpern und in lächerlichen Posen herabgrinsten? Ich musste an meine The-Offspring- oder Green-Day-Poster aus der Bravo denken, als ich in ihrem Alter gewesen war. Doch diese oder ähnliche fehlten zur Gänze. Stattdessen waren die Wände in einem zarten, kaum wahrnehmbaren Rosa-Ton gestrichen. Einige Bilder mit Landschaftsmotiven in Pastellfarben. Die durchsichtigen weißen Vorhänge waren mit einem verspielten Blumenmuster bestickt, die Seitenteile in einem kräftigen Rosa gefärbt.

Ich wusste nichts mehr über Julia, dachte ich mir in diesem Moment. Absolut gar nichts. Die Zeit, als wir noch gemeinsam am Saugrund eislaufen oder in Wien im Kino gewesen waren und Julia mich »Onki« genannt hatte, obwohl ich doch eigentlich ihr Cousin war, schien eine halbe Ewigkeit her zu sein. Wie eine Erinnerung aus einem früheren Leben.

Ich warf noch einen letzten Blick in ihr Zimmer. Julias Gegenwart schien wie eine feine Duftwolke in der Luft zu hängen, ihr Lachen von irgendwo unter dem Bett zu erklingen. Doch das war nur Einbildung, darunter war gar nichts. Nicht einmal Staub.

»Wo bist du?«, murmelte ich in Julias leeres Zimmer hinein. »Sag es mir.«

Doch es blieb still.

8

Julia vermisst seit: 1 Stunde und 43 Minuten

Ich war alleine auf der Veranda, weil ich die drückende Stimmung im Haus nicht länger ausgehalten hatte und mit aller Macht versuchte, einen kühlen Kopf zu bewahren. Die Nervosität meiner Oma war regelrecht ansteckend. Immerzu hatte sie zum Telefon geblickt, in der Hoffnung, dass es läutete und ihr jemand sagte, dass Julia bei ihm oder ihr war und es ihr gut ging. Aber es gab keinen Laut von sich.

Mein Großvater versuchte sie zu beruhigen und ich wusste ganz genau, dass er mich dabei nicht in seiner Nähe haben wollte. Am liebsten wäre ihm wohl gewesen, dass ich verschwunden war, wenn er wieder nach draußen kam. Doch diesen Gefallen würde ich ihm nicht machen, sosehr ich mich auch nach einer kühlen Dusche und meinem abgedunkelten Wohnzimmer sehnte. Nicht bevor ich herausgefunden hatte, was mit Julia geschehen war, und ich Gewissheit hatte, dass es ihr gut ging.

Die Sonne war steil immer höher gestiegen und brannte gnadenlos vom wolkenlosen Himmel auf den Hof hinab. Nicht das leiseste Lüftchen wehte, die Blätter in den Büschen und Bäumen hingen regungslos da. Das ganze Land um den Hof schien gespannt die Luft anzuhalten.

Mein T-Shirt klebte an meiner verschwitzten Haut. Immer wieder zupfte ich es mir von der Brust, doch es brachte keine Abkühlung, sondern fühlte sich einfach nur grässlich an. Lästige Insekten schwirrten um mich herum, ich hatte ständig ein leises Summen in den Ohren und meine frei liegende Haut war bereits mit unzähligen juckenden und rötlich leuchtenden Mückenstichen übersät.

Mein Gott, wie sehr ich Hochsommer hasste. Auf den Bahamas oder Hawaii sehr gerne – aber hier? Jeder schwitzte und stank, und kein erfrischendes Nass weit und breit. Feiner Staub und Gift, das über den Äckern versprüht worden war, schwebten in der Luft und man schmeckte es mit jedem Atemzug. Ich glaubte regelrecht spüren zu können, wie es sich in meinem Rachen, meiner Luftröhre und meinen Lungen absetzte. Und dann erst diese verfluchten Gelsen! So viele wie in diesem Sommer waren es schon lange nicht mehr gewesen. Auch gegen sie war seit einigen Jahren zu den Brutzeiten Gift versprüht worden. Normalerweise brachte es die Milliarden von Eiern zum Platzen, ehe die lästigen Viecher hatten schlüpfen können. Doch in diesem Jahr musste irgendetwas schiefgelaufen sein.

Ich seufzte, musste an das Foto von Julia denken, das auf der Kommode im Vorzimmer meiner Großeltern stand. Ihr strahlendes, unbeschwertes Lächeln, die grünlich schimmernden Augen, in denen dieses magische Glänzen lag, die vielen kleinen Sommersprossen, die zierliche Stupsnase und die roten Stirnfransen. Sie sah glücklich darauf aus, wie das pure Leben. Keine Spur von einer schweren Krankheit. So, wie ich sie zuletzt gesehen hatte. Doch wann war das gewesen? Ich versuchte mich mit aller Macht an unsere letzte Begegnung zu erinnern, doch es wollte mir einfach nicht gelingen. Hatte ich sie nach dem letzten Winter noch einmal gesehen? Hatte ich sie im Winter gesehen? An Weihnachten? Zu ihrem Geburtstag im November? Ja, es musste zu ihrem Geburtstag gewesen sein, dass ich sie zum letzten Mal gesehen hatte. Ich hatte ihr ein paar Bücher geschenkt, die sie sich gewünscht hatte. Außerdem hatte ich ihr versprochen, wieder einmal einen Kino-Ausflug mit ihr nach Wien zu machen – sie würde den Film aussuchen dürfen. Doch dazu war es nie gekommen.

Ich fühlte mich schäbig.

Ich musste sie finden.

Ich würde es nicht ertragen, wenn ihr Bild über die Fernsehschirme flimmerte und darüber in fetten Lettern VERMISST! stand. Es musste sich ganz einfach um ein Missverständnis handeln! Schon alleine der Gedanke daran, dass etwas Schlimmes passiert war, machte mir das Atmen schwer.

In meinem Rücken rumpelte es und als ich hinter mich blickte, sah ich, wie die Klinke nach unten gedrückt wurde und die Haustür aufging. Die Angeln gaben dabei ein leises Quietschen von sich. Mein Großvater kam in seinem Rollstuhl zu mir nach draußen und ließ lautstark die Tür hinter sich zufallen. Er rollte neben mich, würdigte mich keines Blickes und starrte stur über das weiße Holzgeländer der Veranda hinweg auf irgendeinen unbestimmten Punkt in der Ferne.

Sein vertrauter Nikotingestank stieg mir in die Nase.

Ich betrachtete ihn aus meinen Augenwinkeln.

Mir fiel auf, dass er selbst für seine Verhältnisse schlecht aussah. Sein Gesicht schien eingefallener als sonst, die Haut hing schlaff und faltig an ihm hinab, schwere dunkle Ringe saßen unter seinen Augen. Die Wangenknochen ragten ebenso wie das spitze Kinn unter seinem grauen Bartschatten hervor. Seine Kieferknochen mahlten. Er wirkte extrem angespannt.

Wie immer trug er seine Lieblings-Jogginghose. Egal ob es stürmte und schneite oder geradezu unerträglich heiß war wie jetzt, man bekam meinen Großvater stets in dieser schwarzen Jogginghose mit den drei roten Streifen an beiden Seiten zu sehen. Ich weiß nicht, ob es über die Jahre hinweg immer dieselbe Hose gewesen war oder ob er sie in mehrfacher Ausfertigung besaß – jedenfalls sah sie immer noch wie neu aus. Außerdem trug er ein langärmliges, von Oma sorgfältig gebügeltes weißes Hemd, darunter schimmerte ein Unterhemd durch. Ich fing schon zu schwitzen an, wenn ich ihn nur ansah.

Er kramte in den Tiefen seiner Jogginghosentaschen, holte ein eingedrücktes Päckchen Zigaretten und ein blaues Feuerzeug mit der Aufschrift »Meine Heimat« hervor, steckte sich einen Glimmstängel zwischen die spröden Lippen und zündete ihn an. Es war bereits früher Vormittag, weshalb er zuvor wahrscheinlich schon mindestens fünf oder sechs Zigaretten gehabt hatte. Dennoch zog er nun so gierig daran, als wäre es seine erste seit Wochen.

»Wie geht's Oma?«, fragte ich, weil mir die Stille zwischen uns unerträglich wurde.

Er sah nicht zu mir auf, nahm einen weiteren tiefen Zug und behielt den Rauch einfach in den Lungen. Dann murmelte er: »Du kannst ruhig fahren.«

»Sicher nicht!«

»Wir kommen schon alleine zurecht.«

Das war so typisch für ihn – diese Angriffslust. Ich versuchte meine Wut hinunterzuschlucken und mich auf keinen Fall auf einen neuerlichen Streit mit ihm einzulassen. Denn genau das war es, was er wollte.

»Ich bleibe hier«, sagte ich in einem Tonfall, der keine Widerrede zuließ.

»Warum bist du überhaupt hergekommen?«

Der Hund!

Ihr Hund!

In der Aufregung hatte ich völlig darauf vergessen. Vor allem schien es im Vergleich zu Julias Verschwinden so belanglos. Ehe ich mir überlegt hatte, wie ich es ihm am schonendsten beibringen konnte, kam mir die Frage schon über die Lippen: »Habt ihr euch einen Hund gekauft?«

Zum ersten Mal, seit er zu mir nach draußen gekommen war, sah er zu mir auf, blickte mir direkt in die Augen. Sein Ausdruck hatte auf einmal etwas Flehendes. Oder war es etwas anderes? Ich konnte es nicht sagen. »Wieso?«, fragte er.

»Na ja … der alte Horvat und sein Sohn haben am Waldrand hinter den Geleisen einen toten Hund gefunden und … und der Alte hat gemeint, dass er euch vor einigen Wochen mit so einem gesehen hätte.«

»Tot?«

»Ja, er …«

»Wie sieht er aus?«

Das Bild des toten Tiers zuckte vor meinem geistigen Auge auf. Die unzähligen Einstiche, das gebrochene Bein, die leeren Augen, die gerissenen Zähne.

Aber ich sagte nur: »Ein Labrador.«

Das Gesicht meines Großvaters verfiel. Ich konnte förmlich sehen, wie die Farbe aus seinem Gesicht wich. Er senkte den Blick, starrte auf die Glut seiner Zigarette oder irgendeinen Punkt jenseits davon. Auf einmal schien er ganz weit weg und ich war mir sicher, dass egal, was ich nun tat oder sagte, nicht zu ihm durchdringen würde. Geistesabwesend begann er an seinem linken Daumennagel zu kauen und mir fiel zum ersten Mal auf, wie gelb seine Finger vom Nikotin verfärbt waren.

Ich bin mir nicht sicher, doch ich glaube, dass seine Augenlider kurz aufzuckten – etwas, das ich noch nie zuvor an meinem Großvater gesehen hatte. Er war immer der Harte, der Raue gewesen. Einen derartigen Gefühlsausbruch hätte ich ihm nie zugetraut.

Irgendwann, seine Zigarette war fast abgebrannt, seufzte er und ich fragte unnötigerweise: »Glaubst du, dass … dass es eurer war?«

Er nickte kaum merklich.

Als ich schon gar nicht mehr damit rechnete, sagte er: »Er gehört … er hat Julia gehört. Wir suchen ihn schon seit Tagen.« Dann nahm er einen letzten Zug von seiner Zigarette, dämpfte sie im Aschenbecher, der auf dem Holzgeländer stand, aus und zündete sich unmittelbar danach eine neue an.

Schweigen hatte sich erneut zwischen uns gedrängt, ich wusste nicht, was ich sagen sollte. Es war einfach schrecklich. Meine Gedanken begannen um die Frage zu schwirren, ob Julias Verschwinden mit der Ermordung ihres Hundes zusammenhing. Vielleicht suchte sie ihn ja bloß und würde jeden Moment nach Hause kommen. Doch mir war klar, dass das unrealistisch war. Ich konnte mir bloß keinen Reim darauf machen.

Irgendwann sagte ich: »Oma hat gesagt, Julia sei krank.«

Mein Großvater ließ von seinem Daumennagel ab und nickte. Er nahm einen tiefen Zug und ließ erneut den Rauch in den Lungen.

Mir wurde klar, dass ich so gut wie nie mitbekam, dass er ihn wieder ausstieß. Ich fragte mich, wie er das machte.

Ich wartete darauf, dass er mir erklärte, was sie hatte, doch er blieb stumm. Also hakte ich nach: »Was hat sie?«

Er seufzte. Sein Brustkorb hob und senkte sich dabei schwerfällig. Er wischte ein unsichtbares Staubkorn oder irgendetwas anderes von seinem Oberschenkel, dann sah er zu mir auf. Seine Augen waren mit einem quälenden Schmerz erfüllt. »Wenn wir das nur wüssten.«

»Wart ihr mit ihr bei Dr. Wallner?«

»Was denkst du denn?«, herrschte er mich an und wandte seinen Blick wieder von mir ab. Dann zischte er abfällig, als wollte er mir damit sagen: *Für wen hältst du dich, um mir so eine dumme Frage zu stellen?*

»Und was hat er gesagt, ich meine …?«

Er fiel mir ins Wort: »Der Stümper hat keine Ahnung. Hat uns ins Krankenhaus geschickt. Ich hab das Gefühl, dass er es gar nicht herausfinden will.«

»Ins Krankenhaus?« Es war also so schlimm?

»Seit über drei Monaten sind wir ständig mit ihr dort. Die machen eine Untersuchung nach der anderen, glauben einmal, es sei dies, dann drei Tage später wieder, es sei etwas anderes. Ich weiß schon gar nicht mehr, wie viele Befunde wir bekommen haben.«

»Und?«

»Das sind genauso Stümper wie der Wallner. Die haben keine Ahnung. Ich frag mich, was die auf der Universität lernen – Medizin sicher nicht!«

»Aber … welche Beschwerden hat Julia?«

»Frag deine Oma.«

»Ich frag aber dich.«

»Dann frag lieber, was sie nicht hat.«

»Was soll das heißen?«

»Das, was ich gesagt hab. Sie hat Fieber, Übelkeit, Muskelkrämpfe, Ohnmachtsanfälle und was weiß ich noch alles. Der eine Arzt vermutet eine Mangelkrankheit, der andere ein Geschwür, der dritte gibt wieder zu, dass er keine Ahnung hat. Deine Oma ist schon ganz fertig mit den Nerven.«

Mir stand der Mund offen. Ich wusste nicht, was ich sagen sollte, ließ das erst mal sacken. Julia war also ernsthaft krank. Ich nahm mir vor, so schnell wie möglich mit Dr. Wallner über Julia zu sprechen. Ich hatte schnell gemerkt, dass ich aus meinem Großvater keine brauchbaren Informationen herausbekommen würde. Abgesehen von seiner Abneigung mir gegenüber, schien er viel zu verbittert zu sein, als dass ich eine objektive Meinung bekommen hätte.

»Vielleicht sollten wir ja …«, setzte ich an.

»Wir?« Er lachte höhnisch.

»Ja, wir.«

»Du kannst jetzt wirklich fahren, hörst du!«

»Nein, ich werde bleiben und …«

»Wir kommen schon alleine zurecht.«

»Kannst du bitte endlich damit aufhören, …«

»Du hast immer nur auf dich geschaut. Warum interessiert dich jetzt auf einmal, was mit uns ist? Wo bist du die letzten Monate gewesen? Da hat dich auch nicht interessiert, was bei uns los ist.«

Das hatte gesessen. Er hatte völlig recht. Mir war klar, dass, egal, was ich nun sagte und wie ich mein Verhalten rechtfertigen würde, mein Großvater es nicht gelten lassen würde. Und, dass es keine Entschuldigung dafür gab, meine Cousine im Stich gelassen zu haben. Abgesehen davon, hatten mein Großvater und ich diesen Punkt schon oft erreicht. Von nun an war es, als redete man auf eine massive Betonwand ein. Für ihn war mit diesem Vorwurf die Diskussion beendet.

Ich sah ihm, innerlich vor Wut schäumend, dabei zu, wie er seine Zigarette ausmachte und sich in seinem Rollstuhl abwandte, ohne mich noch einmal angesehen zu haben. Wie er kehrtmachte, umständlich die Tür öffnete, im Haus verschwand und die Tür hinter sich mit einem neuerlichen Quietschen zufallen ließ.

Ich blieb alleine auf der Veranda zurück.

Konnte nicht glauben, dass er es schon wieder geschafft hatte. Nach der langen Zeit, in der wir uns nicht gesehen hatten, hatte er mir tatsächlich erneut ein schlechtes Gewissen eingeredet. Hatte mir das Gefühl gegeben, an allem schuld zu sein. Hatte mir unmissverständlich klargemacht, dass er mich nicht in seiner Nähe haben wollte. Dass er mich niemals akzeptieren würde.

Und ich fing schon wieder an, an mir zu zweifeln. Ihm zu glauben, dass alles meine verfluchte Schuld war. Dabei war er es doch, der nicht ein einziges Mal ein nettes Wort oder eine liebevolle Geste für mich übrig gehabt hatte. Einen Blick, der mir sagte, dass ich ihm etwas bedeutete. Eine Berührung. Irgendetwas.

Ich war doch sein Enkel. Sein Ziehsohn. Ich hatte meinen Vater nie kennengelernt. Er hätte mein Vater sein sollen, er hätte diese Rolle übernehmen müssen. Ich hätte, verdammt noch mal, eine Umarmung verdient gehabt. Hätte geliebt werden sollen.

Doch nichts.

Ich verstand meine Oma einfach nicht. Wie hatte sie es, als Fürsorge in Person, schon so lange mit diesem gefühlskalten Menschen aushalten können? Im Grunde genommen passten die beiden doch überhaupt nicht zueinander. Aber diese Frage stellte ich mir nicht zum ersten Mal in meinem Leben. Und ich wusste genau, dass ich keine Antwort darauf finden würde. So wie in all den Jahren zuvor.

Ich versuchte meinen Ärger hinunterzuschlucken, doch meine Kieferknochen wollten einfach nicht aufhören zu mahlen. Ich konnte meine Zähne knirschen hören. Dabei hatte es absolut keinen Zweck – ich musste mich beruhigen, musste einen klaren Kopf bewahren. Ja, ich würde meinem Großvater die Meinung sagen, diesen Entschluss hatte ich da draußen auf der Veranda gefasst. Ich würde alles, was sich in den letzten Jahrzehnten aufgestaut hatte, endlich rauslassen. Würde es ihm in sein kaltes, verbittertes Gesicht sagen. Mit Mut und Überzeugung.

Aber nicht jetzt.

Jetzt ging es um Julia.

Ich versuchte mir den Frust aus dem verschwitzten Gesicht zu reiben und aus den brennenden Augen. Doch es wollte mir nicht so recht gelingen. Mein Kopf glühte, ich musste runterkommen. Und in den Schatten.

Doch dann passierten zwei Dinge gleichzeitig und zogen mit einem Schlag all meine Aufmerksamkeit auf sich: Zum einen tauchte in der Ferne ein Einsatzwagen auf und näherte sich von Grundendorf kommend auf der Landstraße. Ich konnte nur Teile des Autodachs und das Blaulicht über die hohen Maisstauden hinweg sehen. Ich weiß noch, dass ich mich für einen Sekundenbruchteil fragte, wieso sie aus Grundendorf und nicht aus Obermarch kamen. Aber zeitgleich begann das Handy in meiner Hosentasche zu läuten und vibrieren und lenkte mich ab.

Eigentlich wollte ich nicht rangehen. Ich haderte ein paar Sekunden. Keine Ahnung, wann ich zuletzt einen Anruf angenommen oder eine SMS beantwortet hatte. Inzwischen hatte wohl jeder in meiner Umgebung begriffen, dass ich darauf genauso wenig reagierte wie auf das Klopfen an meine Haustür. Warum ich ausgerechnet dem alten Horvat am frühen Morgen aufgemacht hatte, hatte ausschließlich an seinem hartnäckigen und gut fünfminütigen, fast durchgehenden Klingeln gelegen.

Doch nun fischte ich in der Hosentasche nach meinem Mobiltelefon. Vermutlich in der Hoffnung, dass sich Julias Verschwinden aufklärte und ich die Gewissheit erhielt, dass alles gut war. Bestimmt würde mir jemand sagen, wo ich sie abholen konnte.

Meinen Blick hatte ich immer noch auf den Einsatzwagen gerichtet, der jetzt langsamer wurde und nach links in den Feldweg einbog, der hinauf zum Hof meiner Großeltern führte. Wie schon der alte Jeep des alten Horvats zuvor, zog auch der Polizeiwagen eine beträchtliche Staubwolke hinter sich her. Ich versuchte auszumachen, wer im Wagen saß. Hoffte, dass es nicht Wimmer, sondern Lukas war. Doch der gleißend helle Himmel spiegelte sich in den dunklen Scheiben und es war absolut nichts zu erkennen.

Exakt in dem Moment, als ich das Handy aus meiner Hosentasche geholt hatte, verstummte es und das energische Vibrieren stoppte. Geistesabwesend und immer wieder auf den Polizeiwagen schielend, zog ich mit dem Zeigefinger ein P über das Display, um die Sperre aufzuheben und nachzusehen, wer mich angerufen hatte. Erst beim dritten Versuch gelang es mir.

Der Einsatzwagen hatte den Hof erreicht und kam zum Stehen. Der Motor erstarb. Niemand stieg aus. Immer noch nicht konnte ich erkennen, wer darin saß.

Ich tippte auf das Symbol, das den entgangenen Anruf anzeigte, und sofort öffnete sich die Anrufliste.

Als ich sah, wer mich angerufen hatte, war es, als hatte man mir den Boden unter den Füßen weggezogen.

9

Julia vermisst seit: 1 Stunde und 52 Minuten

Ein Zittern, das von meinem Herzen ausging, begann sich wie eine gewaltige Flutwelle in meinem ganzen Körper auszubreiten. Mein Daumen schwebte über dem Rückruf-Symbol. Doch ich schaffte es nicht, darauf zu drücken. War wie gelähmt. Es war so absurd. Einerseits schrie alles in mir: *Ruf zurück!* Andererseits hatte ich geradezu panische Angst davor, zu erfahren, was passiert war. Ich hatte immer gedacht, die Ungewissheit sei das Schlimmste, diese sinnlose Hoffnung, das Klammern an diesen verdammten Strohhalm, der viel zu leicht einknickte. Doch jetzt auf einmal, während ich wie benommen auf mein Handy starrte, fürchtete ich nichts mehr, als dass mir selbst das genommen würde.

Die Fahrertür des Einsatzwagens wurde geöffnet und Wimmer stemmte sich aus dem Wagen.

Mir entkam ein leiser Fluch.

Besonders gut hatten wir uns nie leiden können. Gründe dafür hatte es genug gegeben – zum Beispiel sein arrogantes, cholerisches Gehabe, seine Unterwürfigkeit dem Grundendorfer Bürgermeister, Alois Gruber, gegenüber und sein wiederholtes Wegsehen, wenn dieser mal wieder über die Stränge geschlagen oder sich einen ihm nicht zustehenden Vorteil verschafft hatte. Unter uns Kollegen hatte sich hartnäckig das Gerücht gehalten, dass still und heimlich Geld zwischen Wimmer und dem Bürgermeister geflossen war. Nur beweisen hatte das nie jemand können. Aber auch Wimmers zahlreiche Versuche, Verdienste anderer in den Medien oder den Bürgern gegenüber als seine eigenen auszugeben, hatten ihn auf dem Posten nicht besonders beliebt gemacht.

Als die Vermisstenfälle aufgeklärt waren und mein Gesicht in allen Zeitungen und im Fernsehen zu sehen gewesen war, war er damit nicht klargekommen. Er hatte versucht, mich in den Dreck zu ziehen und mich loszuwerden. Schnell auch Lukas, bloß weil er mein Partner war. Dabei war das gar nicht nötig gewesen – ich hatte ohnehin jeglichen Halt und allen Glauben an Gerechtigkeit verloren. Jeden Sinn in meiner Arbeit als Polizist. Dennoch hatte ich mich immer gefragt, wie weit er wohl gehen würde, um mir eins auszuwischen und mich in der Kritik zu sehen.

Nun, auf dem Hof meiner Großeltern, hatte Wimmer eine jüngere Kollegin, die ich nicht kannte, im Schlepptau. Sie hatte auf dem Beifahrersitz gesessen und war nun ebenfalls aus dem Einsatzwagen gestiegen. Wie in einem schlechten Fernsehkrimi warfen die beiden beinahe synchron die Wagentüren zu, setzten ihre dunklen Sonnenbrillen auf und zogen sich die Uniformhosen an den Hüften höher. Nachdem sie einander zugenickt hatten, setzten sie sich in Bewegung.

Das Handy zog erneut meine Aufmerksamkeit auf sich. Es vibrierte in meiner Hand und gab ein zweifaches Piepsen von sich. Ich erschrak so sehr, dass ich es beinahe fallen ließ. Ich blickte auf das Display, hatte eine SMS mit der Info erhalten, dass mir die Anruferin von eben eine Mobilboxnachricht hinterlassen hatte.

52 Sekunden.

Zu lange, um bloß um einen Rückruf zu bitten. Zu kurz, um irgendwelche Details auszubreiten. Was konnte man in 52 Sekunden alles sagen? War es ein gutes oder ein schlechtes

Zeichen? Wohl eher Letzteres. Oder ging es gar um etwas völlig Banales? Nein, sicher nicht. Ich musste es wissen, unbedingt. Aber ich wagte es nicht. Erneut schwebte mein Finger über dem Display. Nur wenige Millimeter von der Antwort entfernt. Doch wieder schaffte ich es nicht, auf das verfluchte Symbol zu tippen. Es war zu verrückt. Ich hasste mich für meine Schwäche.

Das Gartentor gab ein leises Knarren von sich und riss mich aus meinen Gedanken. Ich zwang mich dazu, den Anruf und die Sprachnachricht zu verdrängen, ich würde mich später darum kümmern. Jetzt ging es um Julia.

Ich sah zu den beiden auf.

Wimmers neue Kollegin hatte ihm völlig selbstverständlich das Tor geöffnet, ließ ihn hindurchschreiten und folgte ihm in gebührendem Abstand von gut zwei Metern. Die Hierarchie war also klar abgesteckt – Wimmer hatte scheinbar endlich jemanden gefunden, der bereit war, sich seinem Chef-Gehabe zu unterwerfen. Aber ich war mir sicher, dass auch sie es schon bald lernen würde.

Die blonde Beamtin war zierlich und gut zwei Köpfe kleiner als Wimmer, der mit seinen knapp zwei Metern Größe und seinem geschätzten Gewicht von nur 70 Kilo Ähnlichkeit mit einer Bohnenranke hatte. Die verschwitzten Gesichter der beiden glänzten, ihre Mienen wirkten angestrengt.

Als die beiden bei mir auf der Veranda waren, begrüßte er mich mit einem einfachen »Patrick, du auch hier?« und präsentierte mich seiner neuen Kollegin mit den Worten »Nicole, darf ich vorstellen, dein Vorgänger.« Er konnte es sich nicht verkneifen und fügte noch ein hörbar ironisches »Unser aller Held« hinzu.

»Nicole Haubner, freut mich.« Sie lächelte aufrichtig, streckte mir die Hand entgegen und ich schüttelte sie.

Ich wollte ihnen erklären, was passiert war, doch ich kam nicht dazu, denn Wimmer begann zu sticheln.

»Und, was treibst du so den ganzen Tag?« Er setzte ein falsches Grinsen auf und klopfte mir tatsächlich auf die Schulter. »Lässt du's dir gut gehen, ja?«

Nicole riss die Augen auf.

Ich antwortete nicht und biss die Zähne zusammen. Ganz bestimmt würde ich nicht auf seine Provokationen eingehen.

Doch er ließ nicht locker: »Na, solange das AMS zahlt, kann man's ja machen, was?«

Nicole versuchte sich einzuschalten: »Also, wir …«

Doch Wimmer setzte nach: »Ein wenig zugenommen hast du, oder?«

»Meine Großeltern warten im Haus auf euch«, sagte ich.

»Danke …«, sagte Nicole.

Aber Wimmer unterbrach sie schon wieder: »Nur mit der Ruhe, wir werden uns schon darum kümmern.«

»Nur mit der Ruhe?« Jetzt reichte es mir. Auf keinen Fall würde ich zulassen, dass sein Hass auf mich die Ermittlungen um Julias Verschwinden beeinträchtigte. Die beiden hatten ohnehin schon viel zu lange gebraucht, um endlich hier aufzukreuzen. Ich versuchte, die Wut zu unterdrücken und es emotionslos klingen zu lassen, doch es wollte mir nicht so recht gelingen. »Wo seid ihr überhaupt so lange gewesen?«

»Das geht dich ja wohl nichts an.«

»Wohl schon!«, fuhr ich ihn an. »Meine Cousine ist verschwunden und ihr braucht eine halbe Ewigkeit, bis ihr hier auftaucht. Ich würde wirklich gerne wissen, was …«

»Na, die wird sich irgendwo einen schönen Tag machen. Bei dem Kaiserwetter! Aber das brauch ich dir ja wohl nicht zu erklären, was?« Er setzte wieder dieses Grinsen auf, bei dem ich ihm am liebsten an die Gurgel gegangen wäre.

»Ich glaub, dir geht's nicht gut …«, zischte ich durch die zusammengekniffenen Zähne hindurch.

»Vergreif dich nicht im Ton, hörst du, Patrick!«

»Dann mach deine Arbeit!«

Er erhob seinen Zeigefinger und setzte gerade an, mir zu drohen, als seine Kollegin dazwischenfuhr – vermutlich, weil ihr unser Hahnenkampf zu blöd geworden war: »Wir mussten uns noch um einen toten Hund kümmern.«

Wimmer bedachte sie mit einem mahnenden Blick.

Normalerweise hätte ich sie jetzt wohl gefragt, ob sie verrückt waren, einen toten Hund dem Verschwinden eines zwölfjährigen Mädchens vorzuziehen. Doch vor meinem geistigen Auge flirrte das Bild des verwesenden pechschwarzen Kadavers auf, der einmal der Hund meiner kleinen Cousine gewesen war. Und sofort stellte sich mir die Frage, wer ihn, unmittelbar nachdem die beiden Horvats und ich ihn verlassen hatten, so schnell hatte finden können. Das konnte sich doch niemals in der kurzen Zeit ausgegangen sein. Irgendetwas passte hier nicht zusammen.

Nicole fuhr trotz Wimmers mahnenden Blicks fort: »Irgendein krankes Schwein hat das arme Tier zu Tode gequält und ihm alle Knochen …« Sie unterbrach sich und presste sich den Handrücken auf den Mund, als ertrug sie die grausige Erinnerung daran nicht.

Ich nickte und sagte: »Ich weiß.«

Die beiden sahen erst sich, dann mich fragend an.

»Er hat Julia gehört«, erklärte ich.

»Wer?«, wollte Wimmer wissen.

»Na, der Hund.«

»Woher weißt du das?«

»Ich hab ihn gesehen.«

»Wann?«

»Keine Ahnung … etwa vor einer Dreiviertelstunde oder so. Ich war mit dem alten Horvat draußen im Wald. Valentin, sein Sohn, und er haben ihn gefunden und haben mich geholt. Sie wollten …«

»Warte …«, unterbrach er mich. »Wieso im Wald?«

»Was heißt ›wieso im Wald‹?«

Ich hatte keine Ahnung, worauf er hinauswollte. »Na, weil er dort liegt. Über den Bahngleisen, gleich bei der …«

»Nein, tut er nicht.«

Ich verstand nicht. »Aber ich hab ihn doch gesehen.«

»Wir haben den Hund in Grundendorf hinter der Friedhofsmauer gefunden«, klärte Nicole auf und erntete dafür erneut einen mahnenden Blick von ihrem Vorgesetzten. Wimmer würde sich das nicht gefallen lassen, garantiert würde sie im Anschluss eine cholerische Standpauke über sich ergehen lassen müssen.

Die Zahnrädchen in meinem Kopf kamen nur schwerfällig in Bewegung. Ich wollte nicht begreifen. »Hinter der Friedhofsmauer?«, fragte ich.

»Ja, hinter der Friedhofsmauer«, gab Wimmer hörbar genervt zurück und schnaufte.

»Moment …« Langsam dämmerte es mir und ich hoffte inständig, dass ich mich irrte. »War es ein Labrador?«

»Nein«, antwortete Nicole. »Ich kenn mich mit Hunden zwar nicht aus, aber ich bin mir ziemlich sicher, dass es ein Schäfer war.«

10

Julia vermisst seit: 2 Stunden und 21 Minuten

Obwohl es immer noch früher Vormittag war, kurz nach halb neun, kam mir der Tag bereits unglaublich lange vor. Die Ereignisse hatten sich regelrecht überschlagen und irgendwie wurde alles immer mysteriöser. Außerdem schwebte mir die ganze Zeit über Drömers Anruf im Kopf herum. Ich wollte sie zurückrufen, wollte wissen, was passiert war. Aber schon beim Gedanken daran packte mich nackte Angst. Also versuchte ich, nicht daran zu denken und mich auf die Suche nach Julia zu konzentrieren.

Es war also noch ein zweiter Hund zu Tode gequält worden. Soviel ich aus Nicole und Wimmer herausbekommen hatte, sollen auch ihm alle Zähne gerissen und zahlreiche Knochen gebrochen worden sein. Außerdem soll der Kadaver wie jener von Julias Labrador mit Stichverletzungen übersät sein. Nur der Fundort war ein anderer gewesen.

Ich versuchte zu verstehen, wieso man diesen armen Tieren derartig Grausames angetan hatte. Warum waren sie ausgerechnet hinter der Friedhofsmauer und im Wald hinter den Bahngleisen ausgelegt worden? Weshalb nicht zusammen? Waren diese Plätze von Bedeutung und war es ein Hinweis für etwas anderes gewesen? Hatte das Ganze mit Julias Verschwinden zu tun? Wenn ja, inwiefern? Und wie hatte das alles mit dem Knall zusammengehangen, von dem meine Oma aufgewacht war. Zu diesem Zeitpunkt wussten wir noch nicht, ob er nur Teil eines Traumes gewesen war, oder ob es ihn tatsächlich gegeben hatte. Mein Großvater hatte ihn nicht gehört, diese Tatsache sprach für Ersteres. Jene, dass die Hintertür offen gestanden hatte, für die zweite Möglichkeit. War sie zugefallen und hatte das Schloss dabei nicht gegriffen? Möglich, da es schon einige Jahrzehnte auf dem Buckel hatte. Das alles war äußerst geheimnisvoll.

Aber da war noch eine Frage in mir aufgekommen, eine entscheidende, wie ich überzeugt war: Wenn Julias Hund getötet worden war und sie vermisst wurde, war dann auch der Besitzer des Schäferhundes, den die Polizei bisher nicht hatte ausfindig machen können, verschwunden? Oder wusste er vielleicht sogar, wo Julia war? War sie bei ihm? Oder ihr? Wieso war ich eigentlich so überzeugt davon, dass es sich bei dem zweiten Besitzer um einen Mann handelte? Hatte es dafür einen Hinweis gegeben, den ich nur unterbewusst wahrgenommen hatte? Ich musste unbedingt herausfinden, wem der zweite Hund gehört hatte, denn ich hatte keine Ahnung, wo ich sonst hätte ansetzen sollen.

Wenn Julia tatsächlich so krank war, dass sie nicht von allein hätte verschwinden können, dann durfte ich keine Zeit verlieren. Jemand, der hilflosen Tieren derart Grausames antat, der würde vielleicht auch bei Menschen nicht davor zurückschrecken.

Deshalb machte ich mich, während meine Großeltern Wimmer und seiner neuen Kollegin von Julias Verschwinden berichteten, auf den Weg. Mein Großvater hätte mich ohnehin nicht dabeihaben wollen und mir war diese Untätigkeit in der letzten knappen Stunde, dieses scheinbar endlose Warten auf der Veranda, nahezu unerträglich geworden.

In dem nagelneuen SUV meiner Großeltern, dessen Klimaanlage sofort auf Hochtouren lief, war ich nun auf dem Weg ins Dorf. Meine Oma war so sehr durch den Wind gewesen, dass sie gar nicht erst gefragt hatte, wieso ich mir ihren Wagen hatte ausborgen wollen. Sie hatte mir den Schlüssel gereicht und gesagt: »Die Zulassungspapiere liegen im Handschuhfach.«

Mein Großvater hatte zwar das Gesicht verzogen, jedoch nichts gesagt.

Obwohl ich mich mit Hunden kaum auskannte, einen Schäfer erkannte sogar ich auf den ersten Blick. Und so fielen mir nach kurzem Überlegen zumindest drei Personen in Grundendorf ein, die ganz sicher einen solchen besaßen. Und denen wollte ich nun einem nach dem anderen einen Besuch abstatten.

Unmittelbar nach der Ortseinfahrt, im zweiten Haus an der rechten Straßenseite, wohnte der etwa 45-jährige Herbert Lercher, ein frühpensionierter Eisenbahner, der seit einem Arbeitsunfall leicht hinkte. Es gingen jedoch schon lange Gerüchte im Dorf um, wonach Lercher völlig beschwerde- und fehlerfrei ging, sobald er sich unbeobachtet fühlte oder einen über den Durst getrunken hatte und darauf vergaß, die Fassade aufrechtzuerhalten. Er und sein Hund waren unzertrennlich und ich konnte mich nicht erinnern, den rundlichen Mann einmal ohne das Tier gesehen zu haben. Aus der Zeit, in der ich noch Mittelstürmer beim wenig erfolgreichen SV Grundendorf gewesen war, hatte ich die wütenden Schreie von Herbert Lercher, wenn es spielerisch einmal nicht so gut gelaufen war (und das war recht oft vorgekommen), immer noch im Ohr. Dazu das ebenso wütende Gebell seines Schäfers, der ohne Leine neben seinem Herrchen auf dem Boden gekauert und einmal sogar während des Spiels ins Feld gelaufen war, um einen Vogel zu verfolgen. Der Schiedsrichter hatte das Spiel unterbrechen müssen und es hatte eine ganze Weile gedauert, bis es dem hinkenden Lercher gelungen war, seinen Hund einzufangen. Dieser war wie verrückt von einem Strafraum zum anderen gesprintet, obwohl der Vogel längst verschwunden gewesen war.

Der Schmähruf eines betrunkenen Zuschauers, der sich kaum noch hatte auf den Beinen halten können, hatte nicht lange auf sich warten lassen: »Der ist ja schneller als ihr alle zusammen! Wechselt doch den ein!«

Gelächter war ausgebrochen und wir hatten das Spiel gegen den Tabellenletzten schlussendlich mit 1:4 verloren.

Nun hielt ich vor Lerchers kleinem grauen Haus mit den völlig verdreckten Fensterscheiben und dem schiefen Schornstein und stellte den Motor ab. In dem Moment, in dem ich mich aus dem Wagen hinaus in die Affenhitze stemmte, konnte ich jedoch schon das warnende Knurren und Gebell seines Hundes aus dem Hof hören. Also strich ich ihn von meiner geistigen Liste, rettete mich zurück ins klimatisierte Wageninnere, startete den Motor und fuhr weiter.

Theresa Walcher war erst knapp zwei Jahre zuvor nach Grundendorf gezogen. Der Liebe wegen. Einer Liebe, die schon nach wenigen Wochen in die Brüche gegangen war, weil sie ihren damaligen Freund, Philipp Gradner, in flagranti mit der Sportkantinenbesitzerin erwischt hatte. Sie hatte meinem ehemaligen Team-Kollegen beim SV Grundendorf eine Szene und im selben Atemzug Schluss gemacht, war jedoch aus einem mir unerfindlichen Grund in Grundendorf geblieben. Sie hatte sich ein kleines, altes Häuschen in der Nähe des Bahnhofs gekauft, es renoviert und die Fassade hellrosa gestrichen. Schon die Hausfarbe hatte für viele Dorfbewohner gereicht, um sie als verrückt abzustempeln. Doch seit etwa einem Jahr lebte Theresa Walcher dort mit ihrem afrikanischen Freund Jeffrey, der stets in knallbunter Kleidung und Rastazöpfen unterwegs war. Wie sich die Grundendorfer darüber die Mäuler zerrissen, brauche ich wohl nicht weiter ausführen. Dass er sicher drogenabhängig und sehr wahrscheinlich auch ein Dealer sein würde, waren nur die harmloseren Anschuldigungen.

Auch sie war Besitzerin eines Schäferhundes. Doch wie es der Zufall so wollte, fuhr ich schon wenige Sekunden später an ihr und ihrem unversehrten Hund vorüber, weil sie ihn gerade Gassi führte. Sie erkannte mich im fremden Wagen, winkte mir zu, und für einen kurzen Augenblick war ich überglücklich zu sehen, dass es ihr gut ging.

Also fuhr ich weiter zur dritten und letzten Person auf meiner gedanklichen Liste. Ich begann schon an meiner Theorie zu zweifeln und sagte mir, dass ich völlig übertrieben reagierte. Dass die beiden Hunde getötet wurden, war eine Sache. Aber Julia und der Besitzer des zweiten Hundes waren sicher wohlauf und garantiert war meine Cousine in der Zwischenzeit wieder aufgetaucht und alle waren erleichtert und lachten über das Missverständnis. Jeden Moment würde mein Handy klingeln und sie würden es mir mitteilen. Ganz sicher.

Dennoch fuhr ich weiter zu Dr. Wallner, der dritten Person, von der ich wusste, dass sie ein Schäferhund-Besitzer war. Mit ihm wollte ich ohnehin ganz dringend sprechen, um mehr über die Krankheit meiner Cousine zu erfahren. Ich wollte wissen, ob ich mir ernsthaft Sorgen um sie machen musste oder meine Großeltern bloß übertrieben hatten. Ich hoffte, dass ich mich nach einem Gespräch mit ihm erleichtert fühlen würde.

Doch als ich mich seiner Praxis näherte, konnte ich schon von Weitem die kleine Menschentraube davor erkennen. Instinktiv ahnte ich, dass das nichts Gutes bedeutete.

»Na, was ist denn hier los?«, fragte ich die sechs ausnahmslos älteren Damen, als ich davor gehalten hatte und aus dem Auto gestiegen war.

Die schockierten Blicke von zumindest zweien der Frauen erinnerten mich daran, dass ich grauenvoll aussehen musste. Ich hatte mir am Morgen, als mich der alte Horvat aus dem Bett geklingelt hatte, weder die Zähne geputzt noch das Gesicht oder irgendetwas anderes gewaschen. Den fahlen Geschmack lediglich mit ein paar Schluck Wasser weggespült. Wahrscheinlich klebte mir noch der eingetrocknete Schlaf in den Augenwinkeln, was bei den dunklen Ringen darunter wohl kaum ins Gewicht fiel.

Apropos Gewicht: Wimmers Kommentar vorhin war nicht von ungefähr gekommen. Meine einst sportliche Figur war längst von einer zarten Fettschicht überlagert. In den letzten 20 Jahren hatte ich nahezu täglich Sport getrieben – ich hatte nicht nur Fußball beim SV Grundendorf gespielt, sondern war auch fast jeden Morgen laufen und im Sommer oft schwimmen gegangen. Doch seit dem letzten Winter hatte ich absolut nichts gemacht und mir war selbst der Weg von der Wohnzimmercouch zum Kühlschrank zuwider gewesen.

»Was hier los ist?«, fauchte eine der aufgebrachten Frauen und wischte sich den Schweiß von der Stirn. Als wollte sie damit unterstreichen, wie mühsam die Situation für sie war. »Das wüssten wir wirklich auch gerne.«

»Der Doktor ist nicht da«, sagte eine andere, die mindestens eine genauso leidvolle Miene aufgesetzt hatte.

»Dabei sollte der schon seit einer halben Stunde hier sein«, bekräftigte eine weitere. »Ich hab doch einen Termin. Keine Ahnung, wie er sich das vorstellt. Ich hab doch nicht den ganzen Tag Zeit. Ich muss doch schön langsam zum Kochen anfangen, der Hermann wird sich schon wundern, wo ich bleib.«

»So etwas hat er noch nie gemacht«, fügte die zweite hinzu.

»Aha«, machte ich. Mein Mitleid hielt sich in Grenzen. Garantiert waren sie nur, wie nahezu jeden Morgen, zum Tratschen gekommen. Ich ließ die aufgebrachten Damen hinter mir und betrat die Praxis.

Im strahlend weißen Wartezimmer herrschte gähnende Leere, die acht Stühle waren unbesetzt. Nur Dr. Wallners Sprechstundenhilfe, die grauhaarige Frau Jelic, hing sichtlich genervt am Telefon. Ich nickte der knapp 60-Jährigen stumm zu und wartete, bis sie mit einem lauten Seufzen und rotem Kopf den Hörer auf das Telefon knallte.

»Ich hab keine Ahnung, wo der Herr Doktor steckt. Zu Hause ist er anscheinend auch nicht«, sagte sie, als wüsste sie schon längst, was ich sie fragen wollte. Sehr wahrscheinlich hatte sie die Frage im Laufe der letzten halben Stunde schon öfter gestellt bekommen.

»Hat er keine Nachricht hinterlassen?«

»Nein, gar nichts.«

Das Telefon begann schon wieder zu läuten.

»Kommt das öfters vor, dass er sich verspätet?«

Frau Jelic griff zum Hörer und bevor sie abhob, antwortete sie noch: »In 25 Jahren kein einziges Mal.«

Und da wurde mir klar, dass das Problem noch viel größer war, als ich befürchtet hatte.

11

Julia vermisst seit: 2 Stunden und 41 Minuten

Ich hatte das Gefühl, dass sich von nun an die Atmosphäre in Grundendorf veränderte, und es schien mir, als konnte man die Spannung in der aufgeheizten Luft knistern hören. Hatten die Bewohner in den letzten Monaten noch versucht, die schrecklichen Ereignisse einfach totzuschweigen und das Trauma durch Verdrängen zu heilen, so schien das Dorf nun von seiner Vergangenheit eingeholt und jeder einzelne von uns mit dem Vorschlaghammer getroffen worden zu sein.

Nachdem ich meine ehemaligen Kollegen darüber informiert hatte, dass ich glaubte, herausgefunden zu haben, wem der zweite tote Hund gehört hatte und dass auch Dr. Wallner, dessen Besitzer, verschwunden zu sein schien, kam schnell Hektik auf. Sofort war ein Einsatzwagen bei Dr. Wallners Privathaus aufgetaucht und zwei Beamte hatten sich auf dem Grundstück umgesehen. So wie ich kurz zuvor. Da ihnen niemand geöffnet hatte, hatten sie ihre Gesichter gegen die Fensterscheiben gepresst, die Augen mit beiden Händen vor dem grellen Sonnenlicht abgeschirmt und ins dunkle Innere des Hauses gespäht. Sie hatten ihn zu erreichen versucht, doch am Festnetz war niemand rangegangen und sein Mobiltelefon war ausgeschaltet gewesen. Aber auch das hatte ich schon vorher festgestellt.

Niemand schien zu wissen, wo der Grundendorfer Dorfarzt steckte. Auch nicht seine Exfrau, die sich schon gut sieben Jahre zuvor von ihm hatte scheiden lassen und die nun mit ihrem zweiten Mann, ebenfalls ein Mediziner, in Wien lebte. Nach einem kurzen, aber dafür umso intensiveren Rosenkrieg war der Kontakt zwischen den beiden völlig abgebrochen und seine ehemalige Frau gab an, sicher schon gut fünf Jahre nichts mehr von ihm gehört zu haben.

Schließlich hatte die Polizei aufgrund der besonderen Umstände und der jüngsten Vergangenheit unseres Dorfes beschlossen, die Haustür von einem Spezialisten öffnen zu lassen. Doch auch im Haus war auf den ersten Blick weder eine Spur des Arztes noch ein Hinweis über dessen Verbleib zu finden. Dennoch war Verstärkung angefordert und um ein Team der Spurensicherung gebeten worden. Auf keinen Fall wollte Wimmer sich erneut Versäumnisse vorwerfen lassen – das hätte er beruflich wohl nicht überlebt.

Die Suche im Haus und nach Dr. Wallner selbst war nicht unbemerkt geblieben. Neugierige Augen beobachteten aus sicherer Entfernung jedes Kommen und Gehen. Mobiltelefone wurden gezückt. Erste Gerüchte, dass schon wieder etwas Schreckliches passiert sein könnte, machten in Grundendorf die Runde.

Auch das frühmorgendliche Auffinden der beiden zu Tode gequälten Hunde sickerte langsam durch – trotz aller Bemühungen meiner ehemaligen Kollegen und des Grundendorfer Bürgermeisters Alois Gruber, dies vorerst geheim zu halten. Spekulationen wurden darüber angestellt, was da schon wieder los war. Und natürlich wurde auch längst gerätselt, weshalb auf dem Hof meiner Großeltern mittlerweile schon mehrere Polizei- und sogar ein Rettungswagen standen.

Nervosität machte sich breit und kroch durch jeden noch so schmalen Tür- oder Fensterspalt in die Häuser der Bewohner. Sensationslust regte sich, aber auch Angst.

Für einen Montagvormittag war auf einmal ungewöhnlich viel los auf den Straßen des Ortes. Tratschweiber patrouillierten auf ihren Fahrrädern durch Grundendorf. Ihre Pensionistenhandys griffbereit im an der Lenkstange befestigten Korb, um Neuigkeiten sofort berichten zu können. Immer mehr Streifenwagen waren zu sehen, vor dem Gemeindehaus war kein Parkplatz mehr frei – nun gut, es gab nur vier, aber dennoch. Immer mehr Telefone liefen heiß. Eltern ließen ihre Kinder nicht mehr alleine nach draußen, obwohl in den Häusern die aufgeheizte, stickige Luft stand. Familienväter nahmen sich spontan Urlaub und kamen von der Arbeit heim. Vermehrt war zu beobachten, dass Bewohner in den Häusern ihre Finger zwischen die Jalousienblätter schoben und nach draußen spähten. Manche Erwachsene hielten sich gar freiwillig in der Affenhitze auf und täuschten Gartenarbeit in ihren Vorgärten vor. Dabei konnte man bei einigen an den aus der Form geratenen Hecken und Büschen, dem ausgetrockneten Gras und dem vielen Unkraut auf den ersten Blick erkennen, dass dort Gartenarbeit normalerweise kaum ein Thema war. Es fehlte nur noch, dass sie ihre Gartenscheren falsch herum hielten.

Es schien, als hielt ganz Grundendorf den Atem an. Als wäre auf einmal jedem von uns klar geworden, dass wir uns geirrt hatten. Dass es noch nicht vorbei war. Alles wartete darauf, was da noch kommen würde. Und es war, als hing das Grauen der nächsten Stunden bereits jetzt wie eine unsichtbare Giftwolke in der Luft.

12

Julia vermisst seit: 3 Stunden und 7 Minuten

Die folgende Stunde verbrachte ich damit, Julias Freundinnen und deren Eltern, hauptsächlich Mütter, abzuklappern. Ich wollte nachforschen, ob diese etwas über Julias Verschwinden wussten oder eine Idee hatten, was dahinterstecken konnte. Dabei kam jedoch nicht eine einzige brauchbare Spur heraus. Kaum eine Freundin hatte in letzter Zeit Kontakt zu Julia gehabt – auch Simone nicht, von der sowohl der letzte Anruf als auch die letzte SMS an Julias Handy gekommen war. Ich hatte zunehmend das Gefühl bekommen, dass den Mädchen die Krankheit meiner Cousine unangenehm war, dass sie nicht wussten, wie sie damit umgehen sollten. Kaum eine von Julias Freundinnen brachte mehr als drei Worte heraus, als ich vor ihnen stand. Fast alle versteckten sich hinter ihren Müttern und Vätern, ließen diese für sie reden. Und diesen schien die Situation mindestens genauso unangenehm zu sein. Die wenigsten hatten es geschafft, mir in die Augen zu blicken oder mich ins Haus zu bitten.

»Weißt du, Patrick, Julia … sie … nun ja, sie hat nicht viele Freundinnen«, hatte meine Oma geantwortet, als ich mich zuvor danach erkundigt hatte. Sie war dabei fast wieder in Tränen ausgebrochen.

Diese Tatsache hatte mich mit tiefer Traurigkeit erfüllt. In meiner Erinnerung war Julia ein so lebensfroher, freundlicher und frecher Engel – einfach nicht vorstellbar, dass man sie nicht gernhaben und sie nicht viele Freundinnen haben konnte.

»Die Krankheit hat Julia ... sie hat sie ... na ja, schwach gemacht«, hatte meine Oma weiter zu erklären versucht und danach zu schluchzen begonnen.

Es war anscheinend so gewesen, dass wenn Julia gerade einmal nicht im Krankenhaus oder bei Ärzten gewesen war, sie zu müde gewesen war, um Besuch zu empfangen. Wenn trotzdem jemand gekommen war, hatte sie ihn kaum wahrgenommen. Mit der Zeit hatte leider nur noch ganz selten jemand von ihnen bei Julia vorbeigeschaut, ihr Blumen oder ein kleines Geschenk gebracht oder war einfach nur bei ihr gewesen und hatte ihr ein aufmunterndes Lächeln geschenkt. Fast immer hatte Julia währenddessen geschlafen und nichts von dem Besuch mitbekommen. An besonders schlimmen Tagen hatte sie sich vor deren Augen übergeben müssen. Bald schon waren die Besuche ausgeblieben. Wie sollte man auch mit einer Freundin spielen, die phasenweise anscheinend nicht einmal mehr genügend Kraft hatte aufbringen können, eine Puppe zu halten.

Ich fühlte mich miserabel.

Schuldig.

Die ganze Zeit über hatte ich mich in meinen abgedunkelten vier Wänden verkrochen und geglaubt, dass sich alles nur um mein eigenes Elend drehen würde. Dass ich der Mittelpunkt der Welt war. Ich war so blind gewesen, so ignorant. Hatte nicht die geringste Ahnung gehabt, dass nur einen knappen Kilometer entfernt meine Familie meine Unterstützung gebraucht hätte. Dass meine kleine Cousine gelitten hatte. Und meine Oma all ihre Energie dafür aufgewendet hatte, Julia das Leben so erträglich wie möglich zu machen. Keine Ahnung, ob sie von meinem Großvater irgendeine Unterstützung erfahren hatte.

Ich spürte zunehmend Wut in mir aufsteigen, nein, mehr

noch: Hass. Er hätte mich informieren müssen. Auch wenn er mich nicht ausstehen konnte, hätte er mich um Hilfe bitten müssen. Hätte verdammt noch mal sein verfluchtes Handy zur Hand nehmen und mir zumindest eine SMS schreiben sollen. Und wenn ich nicht reagiert hätte, hätte er mich aus meinem verdammten Haus läuten und mich aus meiner Lethargie reißen müssen. Ich hätte mein Bestes gegeben, um Julia zu helfen. Ganz sicher sogar. Ich hätte meiner Oma eine Unterstützung sein können. Wenn ich es nur gewusst hätte.

Aber was jetzt? War es nun zu spät?

Zu diesem Zeitpunkt wusste ich noch nicht viel, doch eines ganz gewiss: Wenn ich Julia nicht fand, würde ich mir das nicht verzeihen können. Niemals.

Eigentlich wäre ich ja am liebsten zu meiner ehemaligen Arbeitsstätte gefahren. Garantiert hatte sich auch auf der Polizeiinspektion bereits Anspannung, vielleicht sogar eine gewisse Panik breitgemacht und alles stand Kopf. Die Angst davor, dass schon wieder etwas passiert war, schwebte durch die geschäftigen Büros und Gänge. Die Telefone glühten. Sondereinheiten aus Wien und St. Pölten und eine Suchhundestaffel mussten herbeigerufen und viele unangenehme Fragen von Vorgesetzten, von besorgten Bürgern und vielleicht auch schon aus der regionalen Politik beantwortet werden.

Wie hatte so etwas erneut passieren können? Es kann doch nicht schon wieder jemand aus Grundendorf verschwunden sein, oder doch? Noch dazu der Dorfarzt und ein zwölfjähriges, schwer krankes Mädchen? Einfach so aus ihrem Zimmer, ihrem Zuhause? Und wieso waren die Hunde der beiden derart gequält und verstümmelt worden? Konnte das der Hinweis eines Psychopathen sein?

Konnte es noch weitere Opfer geben? Oder weitere getötete Hunde? Wenn ja, wo sollte man am besten nach ihnen suchen? Sollte man die Bevölkerung weiter zu beruhigen versuchen oder Alarm schlagen?

Es mussten Antworten gefunden werden, und das schnell. Sehr wahrscheinlich gab es auch bereits die ersten neugierigen Journalisten-Anfragen. Ganz bestimmt waren die Köpfe meiner ehemaligen Kollegen längst rot geworden, Angstschweiß hatte sich geregt. Der Umgangston war rauer geworden und würde mit jeder Minute, die ohne einer Spur von Julia verstrich, noch viel härter und kälter werden. Es wurde auf Förmlichkeiten verzichtet und geschrien. Entschuldigungen wurden gemurmelt oder es wurde darauf verzichtet. Eine Suchaktion musste vorbereitet werden, sehr wahrscheinlich auch eine Pressekonferenz. Und das alles so schnell wie möglich. Auf gar keinen Fall durfte erneut so viel Zeit verloren werden wie zuletzt.

Die ersten 24 Stunden würden entscheidend sein.

Es musste eine Spur her.

Schnell!

Die Ungewissheit nagte an mir, das Nichtstun trieb mich noch in den Wahnsinn. Ich wollte dabei sein, wollte alles aus erster Hand erfahren, meinen Beitrag leisten. Immerhin ging es doch um meine Cousine. Doch keine Frage, Wimmer hätte mich wohl sofort hinauswerfen lassen, wenn ich auf der Dienststelle aufgekreuzt wäre. Außerdem wäre ich dann an Regeln gebunden gewesen. Doch ich würde mich an keine Regeln halten.

Ich musste Julia finden.

Egal wie.

Ich versuchte Lukas zu erreichen. Hoffte, dass er mich auf dem aktuellen Stand halten würde. Doch der ging nicht an sein privates Handy. Und so beschloss ich kurzerhand, mein eigenes Suchteam zusammenzustellen und noch einmal den Wald hinter dem Hof meiner Großeltern abzusuchen. Bis die Hundestaffel und die angeforderte Verstärkung eintrafen, würde es wohl noch mindestens eine Stunde dauern, sehr wahrscheinlich noch länger. Und diese Zeit hatten wir nicht.

Da gab es nur ein Problem: Wen um Hilfe bitten?

Nachdem ich mich in den letzten Monaten völlig zurückgezogen und sämtliche soziale Kontakte eingestellt hatte, hatte ich Angst davor, wie ehemalige Freunde reagieren würden, wenn ich auf einmal vor ihrer Tür stand oder sie anrief und um Hilfe bat. Ich weiß, dass es lächerlich klingt, doch schon beim Gedanken an die Konfrontationen überkam mich ein leichtes Zittern. Aber nachdem ich den alten Horvat, dem ich am Morgen noch einen Gefallen getan hatte und mit ihm gekommen war, um Hilfe gebeten hatte, war das Eis gebrochen. Er sagte zu und versprach, 15 Minuten später zusammen mit seinem Sohn und einigen anderen da zu sein. Auch ich konnte auf die Schnelle noch ein paar Helfer aufstellen und so waren wir bald an die 30 Leute.

Unzählige Autos säumten den Feldweg, der hinauf zum Hof meiner Großeltern führte. Jene Helfer, die keinen Platz mehr fanden, parkten ihre Wagen einfach unten am Straßenrand. Die Sonne strahlte, was das Zeug hielt, und meine Haut glühte. Die unzähligen Autodächer blendeten beim Blick vom Hof hinab auf die Straße. Dunkle Sonnenbrillen glänzten. Sonnencreme wurde durchgereicht, Nacken und Unterarme eingeschmiert. Letzte Schlucke Wasser wurden genommen.

»Hey!«, brüllte mir mein Großvater von der Veranda aus zu und es bedeutete so viel wie: Komm sofort her!

Auch das noch! Eine neuerliche Diskussion oder gar ein Streit, war das Letzte, was ich nun gebrauchen konnte.

Ich lief zu ihm.

»Kannst du mir erklären, was zum Teufel ihr da treibt?«, fauchte er mich an und nahm einen tiefen Zug von seiner Zigarette.

»Wir suchen den Wald ab.«

»Ihr spinnt doch!«

»Wieso?«

»Überlasst das gefälligst der Polizei.«

»Wir dürfen keine Zeit verlieren.« Ich konnte beim besten Willen nicht verstehen, weshalb er nicht wollte, dass wir nach Julia suchten.

»Ihr könnt doch nicht einfach …«

In diesem Moment trat meine Oma aus dem Haus und er verstummte augenblicklich. Offensichtlich hatte sie uns im Haus gehört und wollte dazwischengehen, ehe die Diskussion zwischen meinem Großvater und mir eskalierte. Aus Erfahrung wusste sie, wie schnell das gehen konnte. Ich kann gar nicht sagen, wie oft sie schon im Laufe der Jahre zwischen uns hatte schlichten müssen.

Bei ihrem Anblick sackte mir mein Herz in die Hose. Sie sah schrecklich aus. Ihr Gesicht ganz rot und geschwollen, die rot unterlaufenen Augen vom Weinen glasig. Sie brachte kein Wort heraus.

Ich nahm sie in die Arme, da schluchzte sie noch heftiger.

Es brach mir das Herz, meine Oma so sehen zu müssen. Ein Kloß kroch immer weiter meinen Hals empor, das Schlucken fiel mir schwer. Sie zitterte. Ich konnte das Nass ihrer Tränen durch mein T-Shirt an meiner Schulter spüren.

Eine Weile standen wir beide so da. Aber irgendwann löste ich mich aus der Umarmung und sagte: »Wir müssen los.«

Sie nickte. »Du bist ein guter Junge, Patrick.«

Ich bildete mir ein, meinen Großvater leise knurren gehört zu haben. Ich musste all meine Überwindungskraft aufbringen, um mich nicht noch einmal zu ihm umzudrehen und ihm ins Gesicht zu schreien. Dass er seinen Frust gefälligst an jemand anders auslassen sollte. Dass er mich wenigstens jetzt in Ruhe lassen sollte. Zumindest, solange Oma in unserer Nähe war. Sah er denn nicht, wie dreckig es ihr ging? Hatte er denn wirklich keine anderen Sorgen? War ihm Julia wirklich so gleichgültig?

Meine Oma kämpfte sich mit mir bis zum Gartenzaun, sichtlich gebrochen. Sie wandte sich an die Suchenden, unterdrückte mit aller Kraft ihre Tränen und holte tief Luft. Erst brachte sie kein Wort heraus.

Die Helfer waren von ihrem Anblick zutiefst gerührt. Viele vermieden es, sie anzusehen, und starrten betreten zu Boden.

Dann krächzte meine Oma schließlich ein leises »Danke«.

»Alles wird gut«, sagte ich ihr und erwischte mich bei dem Gedanken, selbst nicht daran zu glauben.

Sie nickte und wandte sich ab. Schleppte sich zurück zum Haus. Wie ein Häufchen Elend. Mein Großvater saß immer noch auf der Veranda, von wo aus er mich und das ganze Treiben missmutig beobachtete. Ich hasste ihn dafür, dass er Oma keine größere Stütze war.

»Also los«, rief ich in die Runde, weil ich spürte, dass es jeden Augenblick so weit sein würde und ich auf keinen Fall vor allen Anwesenden zu weinen beginnen wollte. »Fangen wir an!«

Gemurmel setzte ein.

»Also los!«, wiederholte der alte Horvat laut und klatschte in die Hände. Als ob er uns allen Mut machen wollte.

Doch die Euphorie sprang nicht über. Es war, als ob wir bereits ahnten, dass wir etwas finden würden. Etwas, das uns nicht gefallen würde.

Und wir sollten recht behalten.

13

Julia vermisst seit: 5 Stunden und 9 Minuten

Wir hatten uns noch nicht lange durch das ausgedörrte Gestrüpp und das Unterholz gekämpft. Doch meine Unterarme waren von den vielen kreuz und quer stehenden Ästen und Zweigen schon ganz zerkratzt. Die Luft brodelte, selbst hier im Schatten der Bäume. Der Wald war von der Hitze der letzten Tage und Wochen völlig ausgetrocknet und bei jedem unserer Schritte erklang das Knacken von brechendem Holz. Alles schien abgestorben und tot. Selbst die fahlgrünen Blätter und Nadeln, die starr von den Zweigen hingen. Kaum ein Vogelgezwitscher war zu hören, lediglich ein lästiges Mückensummen begleitete uns.

Ich war hin- und hergerissen. Zum einen wünschte ich mir nichts sehnlicher als ein Anzeichen von Julia, einen Hinweis, dass sie hier gewesen war. Dass es ihr gut ging und sie irgendwo saß, eine Blume hinters Ohr gesteckt, ein Lächeln auf den Lippen und einen Schmetterling betrachtend, der vor ihr durch die Luft tanzte. Andererseits war mir völlig klar, dass das nicht passieren würde, und ich hatte geradezu panische Angst davor, dass sie irgendwo am Boden vor mir auftauchte. Die Haut bleich, die Augen weit aufgerissen, der Körper leblos. Blutverschmiert.

Ich versuchte den grauenvollen Gedanken zu verdrängen. Redete mir immer wieder ein, dass alles gut war und wir spätestens am Abend darüber lachen würden. Alles ist gut. Alles ist gut. Wie ein Mantra. Alles ist gut. Doch die grauenvolle Angst war in meinem Verstand haften geblieben, ließ sich nicht verdrängen. Egal, was ich mir einzureden versuchte.

Der alte Horvat stapfte in gut fünf Metern Abstand rechts von mir durchs Unterholz. Seit wir mit der Suche begonnen hatten, hatten wir kein Wort gesprochen. Doch jetzt drehte er sich zu mir hinüber und sagte: »Also, wenn du mich fragst, ist das irgendwie …« Er brach den Satz ab, schien nach den richtigen Worten zu suchen, schnaufte dabei. Die Anstrengung war ihm ins Gesicht geschrieben. Mit seinem enormen Übergewicht musste die Hitze noch unerträglicher sein. Die wurmartige fette Ader war wieder an seiner Schläfe hervorgetreten. »Also, ich find das schon sehr komisch.«

»Was meinst du?«, fragte ich und schob einen Zweig zur Seite.

»Das alles. Ich meine, … das ergibt doch keinen Sinn, oder?«

Ich wusste, was er meinte. Doch ich wollte es aus seinem Mund hören. Vielleicht, um zu wissen, dass ich nicht verrückt war. Vielleicht auch einfach in der Hoffnung, dass er etwas völlig anderes meinte.

»Wieso verschwinden bei uns ständig Leute? Und jetzt auch noch ein kleines Mädchen. Ich meine, wir wissen doch, wer dafür verantwortlich war, dass …« Er ließ den Rest des Satzes unausgesprochen. Wir beide wussten, was er hatte sagen wollen. Doch auch der alte Horvat bevorzugte die Grundendorfer Art, mit dem Schrecken der Vergangenheit umzugehen: Schweigen und Ignorieren. Stattdessen setzte er woanders an: »»Und warum zur Hölle tötet man unschuldige Tiere?«

Auch darauf wusste ich keine Antwort.

»Also, wenn du mich fragst …« Er hielt inne, wartete darauf, dass ich fragte.

Ich tat ihm den Gefallen: »Was?«

»Mir war der Wallner nie ganz geheuer.«

Damit hatte ich nicht gerechnet. »Wie meinst du das?«

»Na ja, keine Ahnung … Was treibt der eigentlich so den ganzen Tag, außer die 20 Wochenstunden in seiner Praxis und dem morgendlichen Joggen? Ich jedenfalls hab keinen blassen Schimmer.«

Der Gedanke war mir neu. Doch er fing sofort an, in mir zu arbeiten.

Der alte Horvat sinnierte weiter. »Hast du jemals eine Frau bei ihm gesehen, seit er geschieden ist? Ich meine außer der Geschichte mit … na ja, du weißt schon.«

Ich erinnerte mich.

Er redete weiter: »Oder hat er Freunde? Mit wem aus dem Ort hat der privaten Kontakt? Hast du ihn jemals auf irgendeinem Fest gesehen?«

Ich wusste es nicht.

»Und überleg einmal: Bei allen Vermissten- und Mordfällen in den letzten Jahren. Wer war bis auf die Polizei immer irgendwie involviert und immer einer der Ersten an den Tatorten?«

Das hatte gesessen.

Die Anschuldigungen hallten in mir nach. Es war, als flüsterten die Blätter um mich herum sie immer und immer wieder.

»Also, ich find das jedenfalls komisch«, bekräftigte er. »Mir kannst du nicht weismachen, dass das Zufall war.«

»Mh«, machte ich. War auf einmal tief in Gedanken versunken. Konnte er tatsächlich recht haben? War die Vermutung wirklich so abwegig? Was wusste ich eigentlich über Dr. Wallner? Konnte er ein völlig anderer Mensch sein, als er uns Grundendorfer hatte glauben lassen? Und wenn man den Ansatz weiterspann, konnte es dann vielleicht auch sein, dass …

Plötzlich wurde ich aus meinen Gedanken gerissen.

Ein Klatschen tönte durch den Wald. Irgendwo rechts von uns. Schwer einzuschätzen, wie weit entfernt.

Der alte Horvat war erstarrt. Lauschte konzentriert.

Alles im Wald schien den Atem anzuhalten.

Es war totenstill.

Bis auf das Klatschen. Es wurde schneller, lauter.

»Scheiße«, murmelte der alte Horvat.

»Was ist?«, wollte ich wissen und mir graute vor der Antwort.

»Das ist Valentin.«

»Was hat er?«

»Er hat etwas gefunden.«

14

Julia vermisst seit: 5 Stunden und 21 Minuten

Für zwei Sekunden, vielleicht auch drei oder vier, ich kann es nicht genau sagen, hatte mich ein Ohnmachtsgefühl fest im Griff. Und eine grauenvolle Vorahnung. Alles war leise, schwammig und schien ganz weit weg. Ich war wie gelähmt. Obwohl ich es wollte, schaffte ich es nicht, mich von der Stelle zu bewegen.

Dann durchbrach das Klatschen meine Schockstarre. Mit der Wucht eines Güterzuges.

Es schallte immer lauter und heftiger durch den Wald, hallte von den Baumstämmen wider. Mein Herz schlug schneller. Ich riss meinen Kopf herum, versuchte herauszufinden, von wo es herkam.

»Er ist dort hinten«, brüllte der alte Horvat rechts von mir und zeigte auf etwa ein Uhr. »Kommt!«

»Los!«, rief jemand anders in meinem Rücken.

Ich rannte los.

Direkt auf das Klatschen zu.

»Hierher, wir haben etwas!« In der Hektik konnte ich nicht sagen, wer da gerufen hatte.

Meine Beine fühlten sich plötzlich wie Gelee an. Ich setzte unsichere Schritte, wurde dennoch immer schneller. Mit der linken Schuhspitze blieb ich an einer Wurzel hängen. Ich stolperte. Konnte mich nur mit Mühe auf den Beinen halten. Knickte um. Spürte den Schmerzblitz in meinem Knöchel. Stöhnte auf, unterdrückte das Stechen, rannte weiter. Immer weiter.

Klatschen.

Julia!

Was, wenn sie …? Ich wagte es nicht, den Gedanken zu Ende zu denken.

»Kommt schnell!«, ertönte die gleiche Stimme wie zuvor.

Klatschen.

Mein Herz schlug jetzt wie verrückt. Das Blut rauschte mir in den Ohren.

Dann hatte ich Valentin endlich erreicht. Hinter mir kam der alte Horvat nach. Weitere hatten unmittelbar danach zu uns aufgeschlossen.

Niemand sagte ein Wort.

Valentin hatte zu klatschen aufgehört.

Er stand ganz dicht an einem Baum.

»Was ist, Junge?«, fragte sein Vater, legte ihm die Hand auf die Schulter.

Valentin trat zur Seite, gab den Blick für uns frei. Auf das, was da etwa in Hüfthöhe an einem Ast hing.

Sofort blitzte ein Bild in meinem Kopf auf. Ein Bild, das wohl jedem in Grundendorf bei dem Anblick gekommen wäre. Aber wie konnte das möglich sein? Hannes war doch …

»Ist …« Ich räusperte mich, um meine Stimme wiederzufinden, und fragte in die Runde: »Ist der Felber Hannes wieder draußen?«

Der alte Horvat sah mich ein wenig verdutzt an. »Du meinst aus dem Gefängnis?«

»Ja.«

»Schon fast zwei Wochen.«

Da war sie.

Die heiße Spur.

15

Julia vermisst seit: 5 Stunden und 28 Minuten

Es war knapp fünf Jahre zuvor passiert.

Damals kam der 39-jährige Hannes Felber aufgrund einer Schlägerei in der Sportkantine und eines anschließenden Rausschmisses früher, als von seiner Frau Sabine Felber angenommen, nach Hause. Dabei war der jahrelange schwere Alkoholiker so betrunken, dass er den Liebhaber seiner Frau sehr wahrscheinlich gar nicht wahrgenommen hätte, wäre dieser nicht ausgerechnet in dem Moment, als Hannes sich in seinem stinkenden Blaumann auf die durchgewetzte Couch im Wohnzimmer fallen ließ, auf dieses lose Brett im Holzboden des Vorzimmers getreten – unmittelbar auf Höhe des Wohnzimmers. Eine Minute später und Hannes wäre eingeschlafen gewesen – mit von der Rangelei in der Sportkantine immer noch blutüberströmtem Gesicht. Sehr wahrscheinlich hätte er, wie bei jedem seiner fast täglichen Vollräusche, geschnarcht, dass die Wände wackelten. Doch der verängstigte Liebhaber war panisch vor Angst. Hatte nicht auf Sabines flüsternden Rat hören wollen. Anstatt ruhig zu bleiben und abzuwarten, wollte er so schnell wie möglich aus dem Haus.

Kein Wunder, war Hannes doch ein Berg von einem Mann – mittlerweile mit weniger Muskeln und mehr Fett als früher, aber immer noch mit einer Bärenkraft gesegnet. Diese hatte er sich im Zuge seiner jahrelangen Arbeit als Hilfsarbeiter angeeignet. In weiten Teilen der Umgebung war Hannes, der im Übrigen stets einen Blaumann trug, als der

Mann bekannt, den man zu rufen hatte, wenn es um schwere handwerkliche Arbeit ging und man wollte, dass es einwandfrei, schnell, unkompliziert und vor allem ohne Rechnung erledigt werden sollte. Seit einigen Jahren war er allerdings auch zunehmend als jener Mann bekannt, der immer öfter volltrunken auf einer Baustelle auftauchte, sich oder andere durch mangelnde Konzentration verletzte, sich übergab oder gar eine Schlägerei mit den Bauherren anzettelte. Die Anzeigen gegen ihn hatten sich gehäuft. Die Aufträge waren massiv zurückgegangen. Ein Teufelskreis, denn nun hatte Hannes verloren, was er am meisten geliebt und am besten gekonnt hatte: harte, körperliche Arbeit und das Gefühl, darin besser zu sein als andere. Gebraucht zu werden.

Deshalb konzentrierte er sich immer mehr auf das, was er am zweitbesten konnte: seine Frau Sabine zu schlagen und die Wut über seine eigene Unzulänglichkeit an ihr auszulassen. Es gab Wochen, da wurde ich in meiner Funktion als Polizist mehrmals von den besorgten Nachbarn oder der verängstigten Sabine zu Hilfe gerufen. Nicht nur einmal mussten Lukas und ich Hannes in seinem nach Schweiß stinkenden Blaumann, den er auch in seiner Freizeit, von der er nun ganz viel hatte, trug, mit auf die Inspektion nehmen oder ihm für eine gewisse Zeit Hausverbot erteilen. Doch jedes Mal, wirklich jedes verdammte Mal, nahm Sabine ihren Mann zurück. Nie erstattete sie Anzeige gegen ihn. Jedes Mal überschminkte sie das blaue Auge oder die geschwollenen Lippen und tat, als wäre niemals etwas gewesen. Sie hoffte, dass Hannes es dieses Mal mit seinem Versprechen, sich zu bessern, ernst meinte.

Liebe kann manchmal zu sehr seltsamen und bösartigen Geschwüren verkommen. Kann still und heimlich und völlig unbemerkt zu Abhängigkeit werden, zu Schmerz und

Qual. Kann eskalieren, immer weiter, und in einer Katastrophe gipfeln.

Wie an besagtem Abend, als Hannes aus der Sportkantine flog. Zuvor war er volltrunken vom Sessel gerutscht und hatte Alois Gruber, dem Bürgermeister Grundendorfs, der am Nebentisch gesessen hatte und in ein Kartenspiel vertieft gewesen war, die Schuld dafür gegeben. Den Sturz hatte kaum einer der Anwesenden kommentiert oder überhaupt mitbekommen. Aktionen wie diese hatten zum Alltag gehört. Erst als er sich an der Tischkante hochgezogen, seine halb volle Bierflasche gegriffen und sie dem Bürgermeister mit lallenden Flüchen an den Hinterkopf geschleudert hatte, hatte Hannes die volle Aufmerksamkeit gewonnen. Sofort war eine Rangelei zwischen Alois Gruber, der von einigen Parteifreunden unterstützt worden war, und ihm entstanden. Hannes hatte einen empfindlichen Schlag abbekommen, woraufhin ihm die Haut unter der rechten Augenbraue gerissen und das Blut nur so aus ihm herausgeströmt war. Von mehreren Männern gleichzeitig und unter den Anfeuerungsrufen der Kantinenbesitzerin war Hannes in hohem Bogen aus der Kantine befördert worden. Bei dem Sturz hatte er sich noch eine Schramme am Kinn zugezogen.

Außer sich vor Wut war Hannes an Ort und Stelle eingeschlafen.

Allerdings nur für kurze Zeit, denn die übrigen Gäste der Kantine hatten sich den Spaß nicht nehmen lassen und Hannes mit einem Eimer eiskalten Wasser überschüttet. Unter schallendem Gelächter und im patschnassen Blaumann hatte Hannes erneut versucht, seine Stärke unter Beweis zu stellen, jedoch bloß Luftschläge abgegeben. Nachdem er einen harten Faustschlag in die Magengegend und einen

Fußtritt gegen seinen Unterschenkel hatte hinnehmen müssen, hatte er fluchtartig das Weite gesucht. Mit einer ungeheuren Wut im Bauch und der immer noch blutenden Platzwunde im Gesicht war er nach Hause getorkelt.

Gut eine halbe Stunde später ließ Hannes sich mit blutüberströmtem Gesicht und nassem Blaumann im Wohnzimmer auf die Couch fallen, um seinen Vollrausch auszuschlafen. Sabine würde am nächsten Tag für seine Niederlage in der Kantine bezahlen müssen. In diesem Zustand hätte er wohl nicht einmal gegen sie eine Chance gehabt. Er schrie trotzdem nach ihr, nur kam Sabine natürlich nicht zu ihm nach unten.

Hannes' Rufe verstummten bald. Atmung und Puls verlangsamten sich.

Fast hätte Sabines Liebhaber es auch geschafft, unbemerkt aus dem Haus zu gelangen. Ihm fehlten nur noch wenige Meter bis zur Eingangstür, die Hannes hatte offen stehen lassen. Von draußen fiel das fahle Licht der Straßenlaternen in den dunklen Flur. Höchstens noch sechs Meter bis zur Tür. Doch dann trat er ausgerechnet auf dieses verfluchte, lose Brett im alten Holzboden.

Ein Knarren zerriss die Stille.

Hannes sprang von der Couch hoch, ehe sein Verstand es realisiert hatte. Instinktiv griff er nach dem schweren Bierglas, das vor ihm auf dem Tisch stand, und schleuderte es auf die Gestalt, die sich in seinem Rücken im Flur herangeschlichen hatte. Das Glas traf den Unbekannten an der Stirn und lenkte ihn eine Sekunde lang ab – niemand konnte später sagen, wie Hannes in seinem Zustand einen derartigen Treffer hatte landen können. Es musste wohl reiner Zufall gewesen sein. Jedenfalls stürmte Hannes hinaus in den Flur und stürzte sich auf den Unbekannten. Er wollte ihn packen, doch stattdessen stolperte er und riss den fremden Mann mit. Dieser stürzte mit dem Hinterkopf voran gegen die mit vergilbter Raufasertapete verkleidete Wand und zog sich dabei eine schwere Gehirnerschütterung zu. Und ein Blutgerinnsel im Hirn, das wochenlang im Krankenhaus behandelt werden musste.

Der Unbekannte war augenblicklich bewusstlos. Und Hannes begriff selbst in seinem Zustand sofort, dass etwas Schlimmes passiert war. Dass er zu weit gegangen war.

Angeblich konnte Hannes sich am nächsten Morgen kaum noch an die Vorfälle in der Kantine und in seinem Wohnzimmer erinnern. Auch nicht daran, dass er seiner Frau anschließend noch eine Rippe brach. Das änderte jedoch nichts daran, dass er endlich angezeigt wurde. Nicht von Sabine, die immer noch zu ihm hielt und die Schuld bei sich suchte – immerhin hatte sie ihn ja betrogen. Auch nicht von Alois Gruber und den anderen Anwesenden in der Sportkantine – die hatten selbst genug Dreck am Stecken.

Nein, Anzeige gegen Hannes Felber wurde von dem Liebhaber seiner Frau erstattet. Von unserem Dorfarzt Dr. Wallner.

16

Julia vermisst seit: 5 Stunden und 54 Minuten

Nun, fünf Jahre später, hielt ich im SUV meiner Großeltern vor dem Haus der Felbers, direkt hinter deren altem Opel.

Ungeduldig würgte ich den Motor ab. Nachdem Valentin zuvor im Wald zur Seite getreten war und ich das blaue Stück Stoff erblickt hatte, das an einem abgebrochenen Ast gehangen hatte, war vor meinem geistigen Auge sofort ein Bild aufgeblitzt: Hannes Felber in seinem Blaumann. Ich konnte mich nicht erinnern, ihn jemals in einem anderen Aufzug gesehen zu haben. Er hatte ihn bei der Arbeit getragen, genauso aber auch in der Kantine, am alljährlichen Kirtag und wann immer man ihn sonst zu Gesicht bekommen hatte. Farbe und Struktur des Stofffetzens im Wald passten perfekt. Das konnte doch kein Zufall sein, oder?

Einen Augenblick lang betrachtete ich das heruntergekommene, steinalte Haus am, vom Hof meiner Großeltern aus gesehen, anderen Ende Grundendorfs. Vor dem abrissreifen Gebäude endete das, was viele Meter dorfeinwärts ein Gehsteig gewesen war. Hier waren es lediglich noch Asphaltfetzen, die von unzähligen Rissen und Erdhaufen durchsetzt waren. Unkraut hatte sich hindurchgezwängt und wucherte hemmungslos dahin, an einer Stelle war es zu einem regelrechten Busch herangewachsen. Glassplitter glänzten im grellen Sonnenlicht, dazwischen Kieselsteine.

Das einstöckige Haus selbst sah noch trostloser als der Gehsteig davor aus. Die Fassade, die vor vielen Jahrzehnten sicher strahlend weiß gewesen war und nun in den verschiedensten Grautönen schimmerte, bröckelte an allen Ecken und Enden. Große und kleine Teile davon lagen auf der kniehohen Wiese und im Gestrüpp um das Haus herum. Die rohen Ziegelsteine kamen zum Vorschein und sahen alles andere als vertrauenerweckend aus. Efeu rankte sich an den Mauern hoch, doch er sah nicht idyllisch aus, sondern ausgetrocknet und krank – wie ein Geschwür, das sich immer weiter ausbreitete. Das Dach war teilweise mit

Moos bedeckt. Viele der roten Schindeln waren brüchig oder fehlten gar, manche waren offensichtlich notdürftig und nicht fachgerecht durch dunkelgraue ersetzt worden.

Über dem Eingang prangte in großen geschwungenen Ziffern die Hausnummer 162. Die 1 hatte sich aus seiner oberen Verankerung gelöst und hing um 180 Grad nach unten. Der schwarze Lack des metallenen Schriftzugs war nur noch teilweise vorhanden, größtenteils war er mit Rost bedeckt – genauso wie die Satellitenschüssel, die an der rechten Hausseite direkt unter dem Dach angebracht war. Die Wand darunter war rissig und machte den Eindruck, als wäre ihr selbst die Last dieser lächerlichen Satellitenschüssel zu viel.

Die Fensterscheiben waren völlig verdreckt, eine war gar gesprungen und an der Innenseite mit einer schwarzen Plastikplane abgeklebt worden. Die weiße Farbe der Holzrahmen blätterte ebenfalls ab. Schwere, blickdichte Vorhänge in den unterschiedlichsten Farben waren hinter den Scheiben zu erahnen.

An der rechten Seite des Gebäudes thronte ein gut zwei Meter hoher und fünf bis sechs Meter breiter, staubtrockener Erdhaufen, daneben stand ein verrosteter Schubkarren, dessen Reifen platt war. Eine Schaufel mit gebrochenem Stiel, eine verrostete Spitzhacke und ein rot-grün karierter Stofffetzen, der aussah wie ein zerrissenes Flanellhemd, lagen davor auf dem Boden.

So einen guten Ruf Hannes einst als Handwerker in der Gegend gehabt hatte, so sehr verwunderte einen jetzt der Anblick seines eigenen Hauses. Ganz offensichtlich hatte er seit vielen, vielen Jahren, auch vor seiner Zeit im Gefängnis, nicht einen Finger gekrümmt, um das Gebäude in Schuss zu halten. Die Leidenschaft am Handwerken schien ihm abhandengekommen zu sein, woran vermutlich der Alkohol schuld war.

Auch der Wagen der beiden sah nicht mehr fahrtüchtig aus. Der alte Opel, dessen roter Lack ausgeblichen und mit vielen Rostflecken und eingetrockneten Matschspritzern durchsetzt war, hatte einen gewaltigen Sprung in der Heckscheibe. Das Kennzeichen hing schief, der Seitenspiegel und das Auspuffrohr hingen bedenklich weit hinab.

Hätte ich es nicht besser gewusst, hätte ich wohl geschätzt, dass dieses Grundstück schon seit Jahrzehnten unbewohnt war.

Ich stieg aus dem Wagen hinaus in die Hitze und erst jetzt wurde mir bewusst, dass ich das Ganze anscheinend nicht richtig durchdacht hatte. Was sollte ich überhaupt alleine machen? Was, wenn Hannes wirklich Julia und Dr. Wallner darin gefangen hielt? Was, wenn er sie bedrohte? Was, wenn er eine Waffe hatte? Ich war völlig schutzlos. Und selbst wenn er nicht bewaffnet war, hätte ich in einem Kampf wohl keine Chance gegen ihn gehabt.

Dennoch ging ich auf die Tür zu und ohne weiter darüber nachzudenken, drückte ich den roten Klingelknopf an der Hauswand.

Nichts passierte. Nicht einmal ein Klingeln ertöne.

Ich läutete noch einmal, drückte den Knopf etwas fester als zuvor.

Wieder nichts.

Also klopfte ich gegen die alte, massive Holztür und versuchte, irgendein Geräusch aus dem Inneren des Hauses auszumachen. Doch da war nichts.

Ich atmete tief durch, fasste Mut, versuchte mein Glück und drückte die Klinke nach unten. Und tatsächlich: Das Haus war nicht abgeschlossen.

Ich stieß die Tür auf, sie ächzte.

»Hallo?«, rief ich.

Keine Antwort.

»Hannes? Sabine?«

Stille.

»Ich bin's, Patrick.«

Wieder nichts.

Ich machte ein paar zaghafte Schritte in das schmale Vorzimmer, in dem es nur geringfügig kühler als draußen war. Trotz des gleißenden Sonnenscheins war es aufgrund der wenigen kleinen und mit dicken Vorhängen verdeckten Fenster für die Tageszeit viel zu dunkel im Haus. Dennoch war zu erahnen, wie schmutzig und heruntergekommen auch hier drinnen alles war. Der Holzboden war von Straßenschuhabdrücken übersät, Staub lag in den Ecken und wirbelte über den Boden, als ich daran vorbeiging. Ein runder beiger Teppichvorleger war mit dunklen Flecken durchsetzt. Es stank nicht, aber es roch nach abgestandener Luft.

Ich ging weiter, machte ganz kleine, vorsichtige Schritte. Völlig unnötig, denn durch mein Klopfen und Rufen hatte ich mein Ankommen ohnehin lautstark angekündigt. Dennoch blieb ich vorsichtig, meine Sinne wachsam. Ich kannte mich im Haus aus, war als Polizist oft genug hierhergerufen worden. Deshalb wusste ich auch, dass hinter der angelehnten Tür zu meiner Rechten das Wohnzimmer lag. Das Wohnzimmer, in dem damals die Couch gestanden hatte, auf der Hannes beinahe eingeschlafen war, ehe er durchgedreht war und etwas so Folgenschweres getan hatte, dass er für Jahre hatte ins Gefängnis müssen.

Ich machte einen letzten Schritt auf die angelehnte Tür zu. Der Holzboden knarrte unter meinem Gewicht. Ich hielt einen Augenblick lang inne, atmete tief durch.

Dann stieß ich die Tür auf.
Sah die Verwüstung.
Die Couchpolster auf dem Boden.
Die Glassplitter, daneben den kaputten Rahmen.
Die umgekippte Zimmerpflanze.
Den eingeschlagenen Flachbildfernseher.
Das Blut.
Aber keine Spur von Hannes und Sabine.

17

Julia vermisst seit: 6 Stunden und 3 Minuten

Was war hier passiert?

Ganz offensichtlich hatte es einen Streit gegeben. Aber warum und zwischen wem? War es ein weiterer heftiger Ehekrach oder waren noch mehr Personen darin verwickelt gewesen? Die Blutspritzer bedeuteten wohl, dass es Verletzte gab. Aber wo waren Sabine und Hannes?

Es hatte keine drei Minuten gedauert, bis ich jeden Raum des kleinen Hauses durchsucht, jede Kastentür geöffnet und hinter alle Möbelstücke geschaut hatte. Auch den kleinen Keller hatte ich durchsucht. Natürlich war ich mir im Klaren darüber gewesen, dass ich das auf keinen Fall hätte tun dürfen, weil ich dadurch Spuren verwischt haben konnte. Ich hätte die Polizei rufen müssen. Doch dadurch hätte ich Zeit verloren – Zeit, die Julia vielleicht nicht hatte.

Auf einer windschiefen Kommode im Schlafzimmer fand ich ein nigelnagelneues Handy – jetzt, da der Flachbildfernseher kaputt war, scheinbar der einzige noch verbliebene neue und makellose Gegenstand auf dem gesamten Grundstück. Ich wollte darin blättern, doch die Displaysperre machte mir einen Strich durch die Rechnung. Aber nicht lange, denn schon der erste Versuch war ein Volltreffer. Mit dem Zeigefinger hatte ich ein »S« für »Sabine« nachgezeichnet und schon ließ sich das Telefon bedienen. Allerdings begriff ich schnell, dass es nicht Sabines, sondern Hannes' Gerät sein musste. Und mit dieser Erkenntnis drängten sich mir unweigerlich noch viel mehr Fragen auf: Warum hatte Hannes das Haus ohne sein Handy verlassen? Wer tat das heutzutage noch? Erst recht, wenn es einem offensichtlich so wichtig war, dass es, obwohl alles andere in dem Haus abgenutzt, alt oder desolat war, in einem sauberen schwarzen Kunstledertäschchen steckte. Außerdem nahmen die meisten Menschen ihr Handy doch selbst dann mit, wenn sie bloß den Müll rausbrachten.

Das ergab für mich einfach keinen Sinn. Und in den Jahren als Polizist hatte ich eine Tatsache immer wieder festgestellt: Wenn ein Verbrechen passiert und zur gleichen Zeit eine Person von seinen alltäglichen Gewohnheiten abgewichen war, dann hatte dies in den allermeisten Fällen etwas zu bedeuten.

Mir war klar, dass ich allerspätestens jetzt meine ehemaligen Kollegen hätte informieren müssen. Auf gar keinen Fall hätte ich tun dürfen, was ich nun tat, doch Eitelkeiten und korrekte Dienstwege waren mir in diesem Moment egal.

Also suchte ich in den Kontakten nach »Sabine«, fand jedoch keinen entsprechenden Eintrag. Dann stach mir jedoch unmittelbar darunter der Eintrag »Schatz« ins

Auge und das dazugehörige Bild sagte mir, dass es sich um seine Frau handelte. Ohne weiter darüber nachzudenken, drückte ich auf »Anruf«. Zwei, drei Sekunden passierte nichts, bis auf ein leises Knistern in der Leitung. Und da wurde mir klar, dass ich auch das nicht richtig durchdacht hatte. Denn was sollte ich sagen, wenn Sabine tatsächlich ranging? Dass ich gerade in ihrem Haus stand und Hannes' Handy benutzte, weil ich vermutete, dass er etwas mit Julias Verschwinden zu tun hatte? Nein, mir musste ganz schnell eine Ausrede einfallen. Doch unmittelbar nach dieser Erkenntnis sprang die Standardmobilbox-Ansage an: *Willkommen in der Mobilbox der Nummer Null, Sechs, …*

Ich legte auf. Das Ganze wurde immer merkwürdiger.

18

Julia vermisst seit: 6 Stunden und 17 Minuten

Das Gasthaus Fichtner war einst eine Institution in Grundendorf und fast ein ganzes Jahrhundert lang fixer Bestandteil, lange Zeit sogar Mittelpunkt des örtlichen Soziallebens. Nachdem es vor gut zehn Jahren aufgrund des Todes der Besitzerin und anschließenden jahrelangen Streitigkeiten der Erben zugesperrt hatte, war die Sportkantine des örtlichen Fußballvereins zum einzigen Lokal in Grundendorf geworden.

Offiziell zumindest.

Tatsächlich jedoch gab es da auch noch das Café Schwarz. Dieses hatte zwar schon mindestens ein Jahr vor dem Gasthaus Fichtner geschlossen, jedoch seinen Betrieb immer aufrechterhalten. Der einzige Unterschied zu früher war jener, dass die Besucher das Lokal nicht von der Straße aus durch den Haupteingang betreten konnten, sondern über einen Feldweg auf die Rückseite des Grundstücks mussten, dann durch den Garten, der von einer gut zwei Meter hohen, dichten Hecke umgeben war, durch die Hintertür und an den Toiletten vorbei ins Lokal.

Ansonsten hatte sich nichts geändert.

Es stand dort noch derselbe Kicker wie schon vor Jahrzehnten, dieselbe Jukebox mit denselben uralten Schlager- und Austropop-Songs, es hing dieselbe Dartscheibe an der Wand und die dazugehörigen Pfeile waren auch noch nie ausgetauscht geworden. Deren Kunststoffspitzen waren abgebrochen oder so verbogen, dass sie von der Scheibe abprallten, wenn man damit warf. In den Ecken und unter den Bänken klebten teilweise noch Spinnweben von damals. Außerdem unzählige Kaugummis. Auch die Möbel und selbst die Besitzerin, die zierliche Frau Schwarz, die vor elf Jahren schon ein wenig schrullig gewesen war, waren nahezu unverändert geblieben. Jetzt war sie schon über 80 Jahre alt, körperlich aber immer noch unglaublich aktiv. Jeden Morgen walkte sie eine halbe Stunde durch den Ort, egal ob es stürmte und schneite oder so eine Tropenhitze herrschte wie jetzt. Auch geistig war Frau Schwarz noch relativ fit, auch wenn man ihr ab und zu beim Rechnen helfen musste und man es ihr nicht übel nehmen durfte, dass sie einem, egal was man bestellte, eine Flasche Bier brachte.

»Was darf's denn sein?«, fragte sie stets mit ihrer krächzenden Stimme.

»Einen kleinen Espresso, bitte.«

»Gerne.«

Und keine 30 Sekunden später bekam man eine bereits geöffnete Flasche Bier vorgesetzt. Ohne Glas, dafür perfekt gekühlt. »Bitte schön.«

»Danke.«

Wie gesagt, niemand nahm es ihr übel. Oft bedienten sich die Gäste selbst, wenn sie gerade nicht aufzufinden war und nach oben in ihren Wohnbereich zum Schlafen oder Fernsehen gegangen war.

»Sperrt dann bitte zu, wenn ihr geht«, sagte sie manchmal. Meistens verschwand sie aber wortlos. Jedoch niemals, ohne zuvor noch die Tische abgewischt und die freien Stühle ordentlich zurechtgerückt zu haben. Es sollte sauber sein, wenn sie das Café verließ, alles an seinem Platz stehen. Und die Gäste hielten sich in der Regel daran – so betrunken sie auch sein mochten, sie hinterließen ihren Platz stets so, wie Frau Schwarz das gewollt hätte.

Üblicherweise waren mehr Gäste im Café Schwarz als in der Sportkantine anzutreffen. Wir von der Polizei wussten natürlich von dem illegalen Betrieb und versuchten, die Betreiber der Sportkantine und die wenigen Bewohner, die sich darüber beschwerten, zu besänftigen. Wir drückten beide Augen zu. Außer, wenn wir auf den Weg achten mussten, weil wir uns selbst gerade den Feldweg entlang, durch den Garten und dann durch die Hintertür schlichen. Hätten wir es zu einer Anzeige kommen lassen, hätten wir uns um 50 Prozent unserer Möglichkeiten beraubt, im Ort ein kühles Bier in Gesellschaft genießen zu können.

Doch als ich gegen halb eins das Café, das in Wirklichkeit nicht mehr als eine Spelunke war und in dem es eine Hitze wie in einer finnischen Herrensauna hatte, durch die Hintertür betrat, fand ich es nahezu leer vor.

Kein Hannes.

Dabei hatte ich so sehr gehofft, ihn hier anzutreffen. Allerdings hatte ich wohl zu voreilige Schlüsse gezogen, denn ich war davon ausgegangen, dass Hannes dem Alkohol immer noch sehr zugetan war. Und wo sonst fand man in einem so kleinen Kaff wie Grundendorf einen Alkoholkranken, der kaum Freunde hatte und nicht zu Hause war? In einem Lokal. Und da er in jener schicksalhaften Nacht, die ihn ins Gefängnis gebracht hatte, aus der Kantine geflogen war, nahm ich an, dass er auf keinen Fall dorthin zurück wollte. Aber wie gesagt – ich hatte keine Ahnung, ob Hannes immer noch Alkoholiker war. Wahrscheinlich hatte er in der Zeit im Knast eine Therapie gemacht und war mittlerweile geheilt.

Jedenfalls war, als ich dort kurz nach Mittag aufkreuzte, bloß der alte Herr Raab anwesend. Er musste noch eine Spur älter als Frau Schwarz gewesen sein und saß, wie nahezu jeden Tag seit Jahrzehnten, einsam in seiner Ecke. Vor sich auf dem Tisch eine halb volle Flasche Bier und in der zittrigen Hand eine seiner extralangen Zigaretten. Der Aschenbecher vor dem Kettenraucher quoll regelrecht über. Einige Stummel lagen daneben auf der zerkratzten, schäbigen Tischfläche. Neben einer intakten Zigarettenpackung lag eine zerknüllte.

»Hallo, Herr Raab«, begrüßte ich ihn.

»Frau Schwarz ist fernsehen gegangen.«

Er grinste, seine gelblich bis braun verfärbten Zähne und die zahlreichen Lücken kamen zum Vorschein.

»Ja, danke.«

»Sperrt dann bitte zu, wenn ihr geht«, sagte er.

»Ja, natürlich.«

Ich rang mir ein Lächeln ab, doch mir war ganz und gar nicht danach zumute. Natürlich war Hannes nicht hier und ganz sicher würde ich hier keine Spur von Julia finden. Außerdem wurde mir erst jetzt so richtig bewusst, dass ich vermutlich gehörigen Ärger bekommen würde. Ich hatte zuvor meine ehemaligen Kollegen über das verlassene und verwüstete Haus informiert, jedoch nicht, wie sie es von mir verlangt hatten, dort auf sie gewartet. Garantiert würde Wimmer alles versuchen, um mir einen Strick daraus zu drehen.

Ich wollte weg, brauchte eine neue Idee. Herr Raab würde mir garantiert nicht weiterhelfen können.

»Frau Schwarz ist fernsehen gegangen«, wiederholte er und nahm einen tiefen, tiefen Zug von seiner Zigarette.

Seine Demenz war offensichtlich schlimmer geworden, seit ich ihn zuletzt gesehen hatte. Er machte einen schwer verwirrten Eindruck auf mich, starrte vor sich hin ins Leere und trug dabei ein vergnügtes Grinsen auf den Lippen.

»Sperrt dann bitte zu, wenn ihr geht«, sagte er erneut.

Ich nickte. Wollte tatsächlich gerade gehen. Doch ich erstarrte. Erst begriff ich nicht, wieso. Irgendetwas war mir aufgefallen. Nur was? Ich kam nicht darauf. Dann doch: der Stuhl.

Wenn Frau Schwarz schlafen oder nach oben zum Fernsehen ging, tat sie das nie, ohne vorher die Stühle penibel zurechtgerückt zu haben. Niemals ging sie einfach so. Und nun war mir der Stuhl gegenüber von Herrn Raab aufgefallen. Er war der einzige im Café, der nicht ordentlich unter den Tisch gerückt worden war. Außerdem entdeckte ich jetzt auch den feuchten, runden Abdruck auf dem Tisch, an dem der alte Herr Raab saß. Auf dem Platz ihm gegenüber.

So ein Abdruck entstand doch nur, wenn das Bier noch so richtig kalt war und frisch aus dem Kühlschrank kam. Jemand musste bis vor Kurzem noch dort gesessen haben. Sonst wäre der Abdruck bei dieser Affenhitze wohl längst verdunstet. Doch wenn jemand erst kürzlich das Café verlassen hätte, wäre er mir auf dem Weg hierher doch begegnet. Der Haupteingang war immer verschlossen. Es gab nur einen Feldweg, der an die Rückseite des Grundstücks führte. Nur eine Möglichkeit hierherzugelangen. Oder von hier zu verschwinden.

Ein ungutes Gefühl kroch mir den Rücken hoch. Meine Nackenhaare stellten sich auf. Irgendetwas stimmte nicht.

Alles ging so schnell. Die Entdeckung und meine Schlussfolgerungen hatten höchstens eine Sekunde gedauert, wahrscheinlich noch weniger. Meine Gedanken überschlugen sich.

Herr Raab sah in meine Richtung.

»Ist noch jemand hier?«, fragte ich.

Plötzlich rumpelte es hinter mir. Ich fuhr herum, riss instinktiv die Hände hoch, spannte die Nackenmuskeln an. Doch es war zu spät. Im Augenwinkel entdeckte ich eine Gestalt. Da traf mich schon der Schlag. So hart, dass ich spüren konnte, wie mein Hirn gegen die Schädeldecke schoss.

Ich griff nach der Theke. Versuchte mich daran festzuklammern und auf den Beinen zu halten. Rutschte ab. Sackte auf die Knie. Konnte mich gerade noch mit den Händen abstützen.

Alles drehte sich. Dröhnte.

Kurz wurde mir schwarz vor Augen.

Lichtblitze.

Meine Kräfte verließen mich. Ich brach zusammen, konnte mich gerade noch zur Seite rollen. Blickte hinter mich. Und da sah ich ihn durch die offen stehende Hintertür.

Hannes. Wie er durch den Garten lief. Wie er stolperte. Mit den Armen durch die Luft ruderte. Fiel. Sich umständlich wieder hochraffte. Weiter rannte. Fast wieder fiel. Und durch das Gartentor und hinter den Thujen verschwand.

19

Julia vermisst seit: 7 Stunden und 2 Minuten

Ich saß gerade alleine auf den Treppen zum Vordereingang des Café Schwarz, keine Ahnung, wie lange schon. Wahrscheinlich waren es bloß 15 Minuten oder weniger gewesen. Sie waren mir jedoch wie Stunden vorgekommen. Julia war schon über sieben Stunden verschwunden und ich hatte das Gefühl, dass sich anstatt Antworten bloß immer mehr Fragen auftaten. Welche logische, völlig banale Erklärung konnte es für all das geben? Ich wusste keine Antwort darauf und während ich immerzu weitergrübelte, brummte mir gehörig der Schädel. Wahrscheinlich wäre es das Beste gewesen, meine Verletzung im Krankenhaus ansehen zu lassen, Dr. Wallner war ja leider keine Option. Doch das hätte mich Stunden gekostet.

Wimmer und meine Nachfolgerin Nicole waren kurz zuvor angekommen und versuchten nun, aus dem alten Herrn Raab und der verängstigten Frau Schwarz etwas herauszubekommen. Zuvor hatte mir Wimmer noch schwerwiegende Konsequenzen angekündigt, weil ich in das Haus der Felbers eingebrochen war und Hannes' Handy benutzt hatte. Nicole hatte dabei betreten zu Boden gestarrt, einmal glaubte ich mitbekommen zu haben, wie sie die Augen verdreht hatte. Auch ihr dürfte schon klar geworden sein, was für ein Arschloch Wimmer war.

Mir war es gleich, ich hatte ihm ohnehin kaum zugehört. Meine Benommenheit war zwar gewichen, aber ab und zu überkam mich immer noch ein leichtes Schwindelgefühl. Ich blutete nicht, doch die Stelle, an der mich Hannes mit der Bierflasche getroffen hatte, pulsierte schmerzhaft und war massiv angeschwollen – der Schlag hatte gesessen.

Ich ärgerte mich über mich selbst. Ich hätte es früher begreifen müssen, war doch ins Café Schwarz gekommen, weil ich gehofft hatte, Hannes dort aufzufinden. Wie hatte ich mich dann derart plump von ihm überraschen lassen können? Ich war aus der Übung, musste mich zusammenreißen. Und ich musste endlich dahinterkommen, was hier vorging. Hatte Hannes Schuld an Julias, Wallners und Sabines Verschwinden und am Tod der beiden Hunde? Es sah ganz danach aus, weshalb hätte er mich sonst angreifen und flüchten sollen? Ich war ruhelos, konnte nicht länger hier bloß herumsitzen. Gleichzeitig hatte ich keine Ahnung, was ich machen sollte. Es war, als hatte sich ein dichter Nebel über meinen Verstand gelegt, als nahm mir dieser die Sicht auf das Wesentliche, das Naheliegende.

Eine ganze Weile schon starrte ich zu Boden, auf den staubigen asphaltierten Parkplatz. Ich beobachtete eine einzelne Ameise, die ein Blatt, das mindestens zwanzigmal so groß wie sie war, durch die Gegend trug. Da tauchten auf einmal zwei dunkelbraune abgewetzte Raulederschuhspitzen in meinem Blickfeld auf. Ich erkannte sie sofort und wusste, wer vor mir stand. Als ich zu ihm aufsah, streckte er mir seine Hand voll mit in durchsichtiges Plastik gehüllten knallgelben Bonbons entgegen.

»Zuckerl?«

Schulz!

Er war etwa 60 Jahre alt, kahlköpfig, spindeldürr und hatte einen breiten grauen Schnauzbart und ebenso graue buschige Augenbrauen. Seine Augen sahen wie immer müde aus und die Tränensäcke wirkten noch schwerer als sonst. Trotz der Hitze trug er Bluejeans und ein schwarzes langärmliges Hemd. Der Kerl war verrückt! Und in seinen schweren Lederschuhen musste es unerträglich heiß sein. Im Hintergrund lauerte sein Kollege Mayerhofer. Er war knapp über 30 und äußerlich wohl Schulz' exaktes Gegenteil. Er hatte ein rundliches Gesicht, immer rote Backen und seine unreine Haut war stets mit Pickeln gespickt. Jetzt hatte er einen fetten Eiterpfropfen an seinem linken Nasenflügel thronen. Wie immer trug er einen Anzug von der Stange, dessen Ärmel einen Tick zu lang waren und der einfach nur unförmig wirkte. Er ließ ihn unweigerlich lächerlich aussehen. Auch er musste unter dem Sakko wie ein Verrückter schwitzen, doch da er immer so einen knallroten Kopf hatte, konnte ich das nicht mit Sicherheit sagen.

»Bei mir können Sie sich die Masche sparen«, lehnte ich Schulz' Zuckerl-Angebot ab. Ich hatte absolut keine Lust auf seine Spielchen, denn sein Angebot war nicht mehr als ein solches gewesen.

Seit dem letzten Winter war ich nicht besonders gut auf die beiden zu sprechen. Sie hatten mir ein Disziplinarverfahren an den Hals hängen wollen, weil ich geheime Ermittlungsergebnisse verraten hatte. Auf dem Papier klingt das vielleicht gerechtfertigt. Doch in Wirklichkeit hatte ich bloß mit Lisa darüber gesprochen, jenem Menschen, den ich besser kannte als mich selbst. Und immerhin war ihre Schwester Maria vermisst gewesen. Doch das hatte Schulz nicht gelten lassen wollen und nur weil ich von den Medien und einigen hochrangigen Führungskräften als Held auserkoren worden war, war auf das Disziplinarverfahren verzichtet worden. Schulz hatte das erst nicht akzeptieren wollen, hatte weiter versucht, mir die Hölle heiß zu machen. Erst als ich gekündigt hatte, hatte er endlich Frieden gegeben.

»Wie Sie meinen«, sagte Schulz, zuckte mit den Schultern und warf sich selbst ein Bonbon ein. Die restlichen steckte er zurück in seine Hosentasche. Er schmatzte genüsslich und sagte: »Sie sehen furchtbar aus, wenn ich das sagen darf.« Sein Atem roch wie üblich nach Zitrone.

»Furchtbar …«, wiederholte Mayerhofer murmelnd.

»Mein Gott, sind Sie ein guter Beobachter, Schulz. Und Sie erst, Mayerhofer.«

Der rundliche Polizist im Hintergrund schwellte für einen Augenblick stolz die Brust, bis ihm klar wurde, dass ich es ironisch gemeint hatte. Wie dieser Kerl jemals die Polizeiprüfung geschafft hatte, war mir ein riesengroßes Rätsel.

»In Grundendorf gibt es ja bald eine höhere Kriminalitätsrate als in New York«, stänkerte Schulz weiter.

»Dann stehen Sie gefälligst nicht nur rum und schieben Sprüche, sondern tun Sie etwas dagegen.«

»In Ordnung, also genug der Freundlichkeiten.«

»Ich bitte darum.«

»Dann kommen Sie mit!«

Schulz, Mayerhofer und ich fuhren zur Polizeiinspektion nach Obermarch. Diese war in einem für den Ort viel zu groß wirkenden Gebäude im Dorfzentrum untergebracht.

Die ehemals dunkelgraue Fassade hatte im Zuge des enormen Medieninteresses einen neuen Anstrich bekommen und strahlte nun weißer als alles andere im Umkreis von vielen Kilometern. Für die zahlreichen Kritiker der örtlichen Polizei schien es jedoch sinnbildlich, dass seit einigen Wochen an einer Seite des Gebäudes verhöhnende Graffitis prangten. »Blinde Idioten«, stand dort in Rot gesprayt. Und in Schwarz: »ACAB – All cops are bastards!«

Wie ich später erfahren sollte, hatten Bilder davon die Titelseiten der regionalen und sogar einiger österreichweiter Zeitungen geschmückt. Gepaart mit der Frage: Wenn die Polizei sich nicht einmal selbst beschützen konnte, wie soll sie dann auf andere aufpassen können?

Eine Schmach.

Wimmer war garantiert durchgedreht!

Dennoch waren sie in den letzten Wochen offensichtlich nicht bemüht gewesen, die Sprüche zu übermalen oder abwischen zu lassen. Nun war es zu spät und es würden noch viel mehr Medien darauf anspringen. Ein gefundenes Fressen, auch für die zu Hilfe gerufenen polizeilichen Sondereinheiten.

»Nett«, kommentierte Schulz, als er die Sprayereien während der Parkplatzsuche entdeckte. »Ihr seid doch wirklich immer wieder für eine Überraschung gut.«

Keine fünf Minuten später saßen wir drei in demselben kleinen Zimmer, in das ich Lisa vor etwa einem halben Jahr geführt hatte, nachdem sie mir eröffnet hatte, dass ihre Schwester verschwunden war. Zu dem Zeitpunkt war es hier auf der Inspektion bereits drunter und drüber gegangen, weil wir einige Stunden zuvor bereits die Vermisstenmeldung eines anderen Mädchens hatten aufnehmen müssen.

Schulz und Mayerhofer waren kurz davor aus St. Pölten angereist, ich hatte die beiden Kriminalbeamten damals zum ersten Mal gesehen. Sie hatten Lisa befragt und mir gegenüber unmittelbar nach diesem Gespräch Zweifel an der Geschichte angedeutet. Ich hatte ihnen immer und immer wieder klarzumachen versucht, dass sie sich irrten und wir dadurch bloß Zeit verloren. Doch sie hatten sich nicht umstimmen lassen und mir Verblendung vorgeworfen.

Jetzt saß nicht Lisa, sondern ich den beiden gegenüber und musste Fragen zum Verschwinden meiner Cousine beantworten. Sie wollten wissen, was ich in den letzten Wochen und Monaten seit meiner Kündigung so getrieben hatte. Ob ich ein enges Verhältnis zu Julia hatte. Wieso es nicht so eng war. Wie ich zu meinen Großeltern stand. Woran es wohl lag, dass mein Großvater mir so negativ gesinnt war. Wie ich von Julias Verschwinden erfahren hatte. Wieso ich nicht gewusst hatte, dass Julia schon seit Längerem einen Hund hatte und wieso der alte Horvat ausgerechnet mich am frühen Morgen zu Hilfe gerufen hatte. Ob ich sagen konnte, wie das Verhältnis zwischen Julia und meinen Großeltern war. Ob sie möglicherweise gestritten hatten und sie abgehauen sein konnte. Ob ich wusste, was genau ihr fehlte und wieso ich erst heute Morgen erfahren hatte, dass sie offensichtlich schwer krank war. Ob ich glaubte, dass ihr Verschwinden mit jenem von Dr. Wallner und Sabine Felber zusammenhing. Ob ich mir vorstellen konnte, wieso das Haus der Felbers so verwüstet war und Hannes Felber mich angegriffen hatte. Und so weiter. Und so weiter.

Ausschließlich Schulz stellte die Fragen. Er machte bei jeder meiner Antworten ein Gesicht, als hätte ich gerade etwas Zweideutiges gesagt. Mayerhofer machte sich in seiner unvergleichbaren Art Notizen – er saß hinter seinem Notebook, das beängstigend laut surrte, und tippte im Zwei-Finger-System mit. Dabei wiederholte er immer wieder murmelnd einzelne Wörter oder Phrasen. Ich bin mir nicht sicher, ob er sich dessen bewusst war.

Schulz' Fragen waren mir unangenehm, nein, mehr noch, sie beschämten mich. Nicht, weil ich etwas zu verbergen hatte, sondern vielmehr, weil ich mittlerweile so wenig über Julia und meine Großeltern wusste. Ständig machte ich irgendwelche unsinnigen Handbewegungen, die mir zwar bewusst waren, die ich jedoch nicht unterdrücken konnte. Pausenlos rutschte ich auf diesem harten Holzstuhl vor und zurück. Ich hätte zu gerne gewusst, was sie über mich und diese ganze Geschichte dachten. Unweigerlich kam mir der Gedanke, dass die beiden auch mich als potenziellen Verdächtigen ansahen. Zugetraut hätte ich es ihnen jedenfalls.

Irgendwann fielen Schulz anscheinend keine Fragen mehr ein und er begann an seinem ergrauten und penibel gestutzten Schnauzer zu zupfen. Dabei starrte er auf die Tischplatte, dann hoch an die Decke und wieder auf den Tisch. Er schnaufte, versprühte dabei eine Zitronenduftwolke.

»Was?«, fragte ich, weil ich das Gefühl hatte, dass er auf genau diese Frage wartete.

»Mh«, machte er zur Antwort und verzog seine Mundwinkel, sodass sein Schnauzer ganz schief hing.

»Was ist los?« Mir ging seine Art auf die Nerven.

»Sie können also nicht sagen, wieso dieser Horvat ausgerechnet Sie heute Morgen um Hilfe gebeten und nicht die Polizei oder gleich ihre Großeltern informiert hat.«

»Nein, warum?«

»Nur so.«

»Hören Sie, ich …«

»Und Sie wissen auch nicht, weshalb dieser Valentin Horvat nicht spricht, richtig?«

»Richtig.«

»Aha.«

»Wieso?«

»Nur so.«

»Jetzt sagen Sie schon!«

»Wissen Sie, ich zähle nur eins und eins zusammen und da stellen sich mir unweigerlich ein paar Fragen.«

Er machte eine bedeutungsschwere Pause.

Ich tat ihm den Gefallen und hakte nach: »Und welche Fragen?«

»Nun ja, diese hier zum Beispiel: Hab ich das richtig verstanden, dass der Junge zuerst den toten Hund Ihrer Cousine und jetzt auch noch das Stück Stoff im Wald gefunden hat?«

Die Frage fing schlagartig an, in mir zu arbeiten. Ich glaube, dass mir der Mund offen stand.

»Also bei mir macht es da Klick«, fuhr Schulz fort. »Bei Ihnen nicht?«

»Klick«, sagte Mayerhofer.

20

Julia vermisst seit: 8 Stunden und 29 Minuten

Teams der Spurensicherung und viele polizeiliche Sondereinheiten waren mittlerweile gleich an mehreren Standorten in Grundendorf tätig. Am Grundstück meiner Großeltern, im dahinter gelegenen Wald, im Heim der Felbers, im Café Schwarz und in Wallners Haus sowie in seiner Praxis. Soweit ich informiert worden war, war nicht nur der Arzt verschwunden, sondern auch sein Wagen, ein restaurierter schwarzer Mercedes-Klassiker. So ein Ding fiel in unserer Gegend auf wie eine Giraffe im Supermarkt. Ich hoffte, dass er bald gefunden werden würde. Gerüchte gingen um, wonach Blut in Wallners Haus gefunden worden war. Doch niemand wollte mir das bestätigen. Lukas hatte ich immer noch nicht erreichen können.

In der Zwischenzeit hatten Schulz und Mayerhofer meine Großeltern abholen lassen, um sie in der Polizeiinspektion befragen zu können. Sie wollten mit jedem alleine sprechen und hatten es auch mir nicht gestattet, dabei zu sein.

»Ruf an, wenn du fertig bist. Ich hol dich ab«, hatte ich zu meiner Oma gesagt und dabei versucht, optimistisch zu klingen.

»Danke, Patrick, das … das ist lieb«, hatte sie geantwortet und sich ein verkrampftes Lächeln abgerungen.

Mein Großvater hatte geschwiegen und sich von einem Beamten aus dem Rollstuhl und in den Wagen helfen lassen.

»Du wirst sehen, es … alles wird gut«, hatte ich versucht, meiner Oma Hoffnung zu machen.

Sie hatte genickt. Doch ich hatte ihr ansehen können, dass sie mir nicht zugehört hatte. Ein Sanitäter hatte ihr zuvor ein Beruhigungsmittel gegeben. Es hatte ihre Stimme tonlos und ihre Bewegungen schwerfällig werden lassen.

Es hatte mir das Herz gebrochen, sie so sehen zu müssen.

Sobald der Einsatzwagen mit meinen Großeltern verschwunden und ich alleine war, hatten Schulz' und Mayerhofers Worte erneut in mir zu arbeiten begonnen.

Klick.

Konnte etwas Wahres dran sein?

Immer und immer wieder stellte ich mir diese Frage. Doch je mehr ich darüber nachdachte, desto weniger glaubte ich daran. Mein Herz sagte mir, dass Valentin auf gar keinen Fall etwas mit Julias Verschwinden zu tun haben konnte. Dass es reiner Zufall gewesen war, dass er ihren Hund und dann das abgerissene Stoffstück von Hannes' Blaumann gefunden hatte. Es musste ganz einfach so sein, denn ich konnte mir nicht vorstellen, dass Valentin auch nur einer Fliege etwas zuleide tun konnte. Vielmehr war ich davon überzeugt, dass Hannes an allem schuld war. Wieso sonst hätte er mich angreifen und flüchten sollen?

Wobei … ich musste vorsichtig sein. Mein Bauchgefühl hatte mich schon einmal im Stich gelassen. Auch einige Monate zuvor war ich fest davon überzeugt gewesen, dass jemand ganz Bestimmtes nichts mit dem Verschwinden von Linda und Markus zu tun haben konnte. Dass es völlig unmöglich und alleine schon der Gedanke daran idiotisch gewesen war. Hätte man mich damals gefragt, ich hätte mein Leben darauf verwettet. Und dennoch hatte ich mich geirrt.

Jetzt wusste ich ganz einfach nicht, was ich glauben sollte und ob ich meinem Bauchgefühl vertrauen konnte. Hätte ich Valentin jemals unter Verdacht gehabt, wenn Schulz und Mayerhofer mich nicht darauf aufmerksam gemacht hätten? Dabei fiel mir auf, dass auch der alte Horvat mich zu beeinflussen versucht hatte. Er hatte mich während der Suche im Wald überhaupt erst auf Wallner als Verdächtigen gebracht. Oder etwa nicht? Ich konnte es nicht mit Sicherheit sagen. Aber warum hatte er das getan? Weil es wirklich offensichtlich und ich davor nur zu blind gewesen war? Oder weil er von seinem Sohn als Täter hatte ablenken wollen? Und hatte er mich am Morgen wirklich nur deshalb zu dem toten Hund geführt, weil er mich für den talentiertesten Polizisten hielt?

Langsam, aber sicher bekam ich den Eindruck, dass viel zu viele in unserem verdammten Ort etwas zu verheimlichen hatten und ich zum Spielball geworden war. Aber warum ich? War ich wirklich zu einem so leichten Opfer geworden? Passierte das alles vielleicht gar nur wegen mir? Oder hatte alles mit den schrecklichen Geschehnissen des letzten Winters zu tun? Wem konnte ich noch trauen?

Und was wusste ich eigentlich über Schulz und Mayerhofer? Wer garantierte mir, dass nicht auch sie ihr dunkles Geheimnis hatten. Immerhin waren sie heute verdammt schnell zurück in Grundendorf gewesen. Zu schnell? Unsinn! Ich wischte den Gedanken beiseite, er war geradezu lächerlich.

Langsam wurde ich paranoid.

Oder?

21

Julia vermisst seit: 8 Stunden und 49 Minuten

Kurz vor 15 Uhr hatten sich unzählige Helfer und Schaulustige in der Sportkantine des SV Grundendorf eingefunden.

Zuvor hatte sich die Information von diesem Treffen wie ein Lauffeuer im Dorf herumgesprochen und aus Mangel einer besseren Idee war auch ich gekommen. Eine Suchaktion sollte auf die Beine gestellt werden. Der gesamte Ort und die Umgebung sollten auseinandergenommen und keine Rücksicht dabei genommen werden. Auf nichts und niemanden. Der letzte Winter hatte uns gelehrt, dass man im Grunde niemandem trauen durfte. Es gab keinen unter uns, der nicht für Julias, Wallners und Sabines Verschwinden verantwortlich gewesen sein konnte. Ein richtiger, aber dennoch gefährlicher Gedanke, bei dem eine gewisse Aggression mit im Spiel war. Schon jetzt brodelte die Stimmung und es fehlte nicht viel, bis sie überkochen würde.

Eigentlich wollte ich niemanden sehen, hätte mich am liebsten alleine auf die Suche nach Julia begeben. Außerdem hatte ich nicht die geringste Lust, die schockierten Blicke über mich ergehen zu lassen, weil ich mich in den letzten Monaten derart hatte gehen lassen. Doch ich wusste, dass es sinnlos gewesen wäre, alleine zu suchen. Die Umgebung von Grundendorf mit den vielen Wäldern, Windschutzgürteln, Tümpeln und Feldern hätte ich alleine wohl in einem Jahr nicht abzusuchen geschafft.

Wie üblich schwebte ein dichter Nikotinnebel zwischen und über den Tischen, der augenblicklich die Augen zum Tränen brachte. Beißender Schweißgeruch lag in der Luft, die brütende Hitze und die Anspannung zollten ihren Tribut. Dabei hatte ich das Gefühl, dass es drinnen noch viel heißer als draußen war. Hinter all dem Zigarettenqualm und dem Schweiß lauerte eine Brise parfümierter Sonnencreme.

Es waren so viele Menschen gekommen, dass man sich kaum vorwärtsbewegen konnte, ohne einen verschwitzten Unterarm oder ein nasses T-Shirt zu streifen. Die Veränderung im Dorf war deutlich zu spüren. Erneut waren Menschen verschwunden und auf einmal waren wir alle zu Verdächtigen geworden. Jeder. Die Leute mutmaßten, lächelten einander ins Gesicht. Doch kaum hatten sie einander den Rücken zugekehrt, ging das Getuschel los. Irgendeiner musste es doch sein.

Ich wollte mich gerade wieder nach draußen drängen, obwohl ich unglaublichen Durst hatte. Mir war eben erst klar geworden, dass ich den ganzen Tag über noch nichts getrunken hatte. Doch bis an die Bar hätte ich es ohnehin nicht geschafft. Viel zu viele drängten sich davor, die allermeisten bestellten Bier, weißen Spritzer oder andere alkoholische Getränke. Zur Beruhigung der Nerven. Doch irgendwie, und das wurde mir erst jetzt bewusst, hatte sich dort drinnen, trotz all der Anspannung, eine Art Volksfeststimmung entwickelt. Jene Stimmung, die oft ab Mitternacht eintrat, wenn der Alkoholpegel so hoch war, dass alle Hemmungen fallen gelassen wurden und man seinem Gegenüber endlich einmal die Meinung sagte. Seiner Frau, dem Bruder, dem Freund oder dem Mannschaftskollegen, der schon seit über drei Runden kein Tor mehr erzielt hatte oder aufgrund eines Fehlpasses für die letzte Niederlage verantwortlich gemacht wurde. Nicht selten endete so etwas in einer Rangelei oder Schlimmerem.

Und auch jetzt lag so etwas in der Luft.

Ich glaube, jeder konnte es spüren.

Ich wollte raus. Weg, ehe es so weit war. Doch gerade als ich mich zurück zur Tür gekämpft hatte und sie öffnen wollte, wurde sie von draußen aufgerissen und ich fast über den Haufen gerannt.

Als ich ihn erblickte, wusste ich, dass es zu spät war.

Alois Gruber hatte die Kantine betreten.

Bürgermeister von Grundendorf. Arroganter Großbauer. Notorischer Fremdgeher. Mutmaßlicher Betrüger. Riesengroßes Arschloch.

Wie er die letzte Bürgermeisterwahl hatte gewinnen können, war den allermeisten Grundendorfern ein Rätsel, hatte er doch zuvor schon das Image eines korrupten und arroganten Politikers, der sich einen Dreck um die Bürger scherte. Gerüchte gingen um, dass der Großbauer vor der Wahl überdurchschnittlich viele Erntehelfer aus Bulgarien, Rumänien und der Slowakei eingestellt und sie sogar in Grundendorf nebengemeldet hatte, damit diese bei der Wahl ihre Stimme für ihn hatten abgeben können. Und das weit außerhalb jeder Erntezeit. Sehr wahrscheinlich auch deshalb waren keine drei Tage nach der Wahl alle Hilfsarbeiter aus Grundendorf verschwunden gewesen und nie wiedergesehen worden. Außerdem erzählte man sich, dass er und seine Parteifreunde Wahlkarten für ältere Bewohner bestellt und ausgefüllt hatten. Den Betroffenen, zum Beispiel der alten Frau Graf, die schon viele Jahre nicht mehr wirklich zurechnungsfähig gewesen war, hatten sie eingeredet, ihnen damit einen Gefallen zu tun. Es gibt noch weitere Gerüchte über Grubers Schandtaten, eine widerwärtiger als die andere.

Zum Zeitpunkt der letzten Gemeinderatswahl war Gruber noch nicht derart unbeliebt gewesen, wie er es nun war. Dennoch hätte er unter normalen Umständen niemals die Wahl gewinnen können. Bei einem so kleinen Ort wie Grundendorf, mit lediglich etwa 400 Wahlberechtigten, konnten solche Tricksereien leicht ins Gewicht fallen.

»Kann mir vielleicht einer erklären, was der Scheiß hier soll?«, brüllte er nun mit rot leuchtenden Backen und schwabbelndem Doppelkinn.

»Siehst du doch!«, rief jemand aus der Menge zurück.

»Spiel dich nicht so auf!«, ein anderer.

»Die Suchaktion wird vom Gemeinderat und der Polizei organisiert. Wenn überhaupt! Bisher wissen wir ja noch nicht einmal, ob …!«

»Geh scheißen, Gruber!«

Gelächter.

»Ja, verschwind!«

Sein Kopf lief noch roter an. Seine Kieferknochen mahlten.

»Ihr könnt froh sein, dass bisher noch kein beschissenes Kamerateam da ist, sondern nur diese Wichtigtuer von den Regionalblättern, denen eh niemand zuhört!«

»Pichler vom Niederösterreich-Kurier, können Sie das bitte genauer erklären!«

»Einen Scheiß kann ich! Ihr spinnt doch!«

»Schleich dich!«

»Wollt ihr unser Grundendorf wieder in den Zeitungen stehen sehen? Oder im Fernsehen? Ihr könnt doch nicht ernsthaft glauben, dass …«

»Uns doch egal!«, wurde er unterbrochen.

»Herumkommandieren kannst' daheim bei deiner Frau!«, rief ein anderer.

»Da hat er doch auch nichts mehr zu sagen, drum hurt er ja durch den ganzen Ort.«

Erneutes Gelächter.

Das war Gruber zu viel, denn der letzte Kommentar war von Franz Reiter, seinem politischen Kontrahenten und sehr wahrscheinlich künftigen Bürgermeister gekommen. Alois Gruber ging auf ihn zu, seine mächtige Wampe wie ein Schutzschild hinausgestreckt. Er blieb mit dem Kopf wenige Zentimeter von dem seines politischen Feindes stehen: »Was hast du g'sagt?«

»Hörst' leicht schlecht, alter Mann?«

»Wennst' dich nicht gleich zusammenreißt, schmier ich dir eine.«

»Wennst' mir drohst, zeig ich dich an.«

»Wer droht hier?«

»Du, Gruber! Ich hab's gehört und kann's bestätigen!«, rief jemand.

»Ich auch!«, ein anderer.

»Und jetzt geh heim und kümmere dich um deine Frau«, sagte Reiter mit einem süffisanten Lächeln auf den Lippen. »Und lass die anderen in Ruhe.«

»Ja, genau! Fick deine eigene Frau!«, brüllte jemand.

»Oder geh ins Puff!«, ein anderer.

Schallendes Gelächter.

Alois Gruber kochte vor Wut. Man konnte es ihm an jeder Faser seines Gesichts ansehen. Es musste ihn eine unglaubliche Überwindung gekostet haben, nicht handgreiflich zu werden. »Wir zwei treffen uns schon noch mal alleine«, knurrte er schließlich und klatschte seinem Gegenüber zweimal auf die Wange.

»Spinnst du?«, fauchte ihn Reiter an und stieß ihn von sich weg. »Greif mich nicht an!«

Jetzt explodierte Gruber: »Du schubst mich?« Er gab Reiter einen kräftigen Stoß gegen den Brustkorb, worauf dieser von den Männern hinter ihm aufgefangen werden musste. Sobald er sich berappelt hatte, stürzte Reiter sich auf Gruber. Die zwei packten sich gegenseitig an den Krägen, zerrten aneinander, schlugen aufeinander ein, schrien. Gejaule unter den anderen setzte ein. Alle schrien wild durcheinander, heizten die beiden noch weiter an.

»Gib ihm!«

»Ja, lass dir von dem alten Trottel nichts gefallen!«

»Gruber, schleich dich!«

»Schleicht's ihr euch g'fälligst«, fand sich auf einmal ein Unterstützer des Bürgermeisters.

»Ja, genau!« Ein zweiter.

Und dann ging alles ganz schnell.

Gruber bekam Aufwind. Reiter wurde wieder von ihm nach hinten gestoßen. Gruber setzte nach, stürzte sich auf ihn. Reiter schlug blind um sich, um Gruber auf Distanz zu halten. Er traf Gruber an der Schulter. Dieser setzte zum Gegenschlag an. Irgendjemand aus der Menge ging auf einmal dazwischen. Keine Ahnung, ob er die beiden trennen oder ebenfalls zuschlagen wollte. Gruber traf den Mann im Gesicht. Der jaulte auf. Reiter traf Gruber im Gesicht. Ein weiterer mischte sich ein, attackierte Gruber von hinten.

Und plötzlich schlugen gut zehn Männer aufeinander ein. Die übrigen schrien, feuerten sie an, tranken Bier. Einige Frauen drängten sich nach hinten in eine Ecke, weil der Ausgang versperrt war. Die meisten aber brüllten und kreischten ebenfalls mit.

Irgendjemand fiel auf mich, ich stolperte zurück, jemand anders fing mich auf. Stieß mich zurück ins Geschehen. Eine Faust schoss an meiner Nase vorbei. Ich duckte mich gerade noch rechtzeitig. Fuhr herum, schaffte es, auf den Beinen zu bleiben. Ich musste hier raus.

Plötzlich noch eine Faust von rechts, zu schnell, als dass ich hätte reagieren können. Der Schlag traf mich an der rechten Schläfe und am Auge. Mit voller Wucht.

Schmerz explodierte in meinem Schädel.

Kurz wurde mir schwarz vor Augen.

Atemnot.

Orientierungslosigkeit.

Ich wurde gerammt, ging zu Boden. Irgendjemand fiel über mich. Ein Tritt gegen meinen Oberschenkel. Plötzlich packte mich eine Hand, zog mich hoch, zerrte mich aus dem Gerangel. Ich versuchte Luft in meine Lungen zu bekommen, blickte hektisch um mich. Keine Ahnung, wer mir geholfen hatte. Ich drängte mich an die Seite, versuchte mich in Richtung Toiletten zu retten.

Ein beiläufiger Blick aus dem Fenster.

Da entdeckte ich ihn.

Während in der Kantine eine Massenschlägerei im Gange war, konnte ich sehen, dass der erste Übertragungswagen eines großen TV-Senders Grundendorf erreicht hatte. Er bog gerade in die Straße Richtung Kantine ein und steuerte direkt auf uns zu.

22

Julia vermisst seit: 9 Stunden und 3 Minuten

Mein Schädel brummte wie ein alter Traktorenmotor. Ein dumpfes Pochen, das von meiner Stirn ausging, breitete sich immer weiter Richtung Nacken aus. Zusätzlich spürte ich ein schmerzhaftes Ziehen von meinem rechten Ohr bis zu meinem rechten Auge. Ich konnte regelrecht fühlen, wie es zu schwellen begann. Immer wieder tastete ich danach und verzog dabei schmerzhaft das Gesicht. Immerhin blutete ich nicht, was nicht jeder in der Kantine von sich behaupten konnte. Aber nun hatte sich auch die Beule, die mir Hannes auf meinem Hinterkopf verpasst hatte, schmerzhaft zurückgemeldet. Ich war leicht benommen.

Sekundenbruchteile nachdem ich den Kleinbus des TV-Senders hatte kommen sehen, hatte eine Frauenstimme aus voller Kehle gekreischt: »Da kommen Reporter!«

Erst hatte sie kaum jemand wahrgenommen. Doch dann hatten immer mehr Leute durcheinandergeschrien:

»Aufhören!«

»Da kommt ein Kamerateam!«

»Schluss jetzt!«

»Hört auf!«

»Sofort aufhören!«

Es hatte etwas von einer Rauferei am Schulhof, bei der Späher einen herannahenden Lehrer entdeckt hatten und Alarm schlugen.

Nur langsam und erst als der Wagen bereits am Parkplatz vor der Kantine gehalten hatte, hatte sich die Lage beruhigt und die Streitenden hatten damit begonnen, sich ihre Kleidung zurechtzuzupfen, die Frisuren zu richten und Verletzungen zu kaschieren und zu versorgen.

Kaum einer sprach nun etwas. Jeder war mit sich selbst beschäftigt.

Nur Alois Gruber wollte sich nicht beruhigen. Seine Nase blutete und zwei seiner Hemdknöpfe waren abgerissen, weshalb nun seine enorme Wampe teilweise hervorlugte. »Das wird ein Nachspiel haben, Reiter! Das schwör ich dir!« Spucketropfen schossen aus seinem Mund.

»Leck mich, Gruber!«

»Ich zeig dich an! Wegen Körperverletzung!«

»Du bist ja lächerlich!«

»Sie kommen rein!«, rief eine Frau.

Hektik brach aus. Wildes Gemurmel. Einige verließen fluchtartig die Kantine, andere wollten sich auf die Toiletten retten und sich dort verstecken. Das Durcheinander erinnerte an einen Ameisenhaufen, in dem man mit einem Zweig gestochert hatte.

Gruber drängte ebenfalls zum Ausgang. »Aus dem Weg!« Wahrscheinlich hoffte er, sich in der Menge unerkannt an den Journalisten vorbeischummeln zu können. »Lasst mich durch, verflucht!«

»Hey!«

»Weg da!«

Fast hatte er es geschafft.

Doch als er nur noch zwei Meter vom Ausgang entfernt war, standen da plötzlich ein Mann mit geschulterter Kamera und eine junge rothaarige Reporterin mit unzähligen Sommersprossen im Gesicht und einem Mikrofon in der Hand. Sie war zierlich und gut einen Kopf kleiner als Grundendorfs ranghöchster Politiker.

»Herr Bürgermeister Gruber, welch Freude«, begrüßte sie ihn und er hatte keine Chance, an ihnen vorbeizugelangen. »Isabella Haberfellner von ÖTV. Herr Bürgermeister Gruber können Sie schon etwas zu den jüngsten Vermisstenfällen sagen?« Sie streckte ihm das Mikrofon direkt vors Gesicht. Er versuchte sich zu winden, entkam ihm jedoch nicht.

»Kein Kommentar.« Blut tropfte Gruber aus der Nase.

Sie riss die Augen auf, schien es erst jetzt bemerkt zu haben. »Um Gottes willen, geht es Ihnen gut?«

»Ja«, knurrte er und wischte sich mit dem Handrücken darüber, woraufhin er eine rote Schleifspur im Gesicht hatte.

Ihre Augen wurden noch größer, als sie sein zerrissenes Hemd bemerkte. »Sind Sie gestürzt?«

»Ja.« Er wollte an ihr vorbei.

Doch sie sprang nach links und versperrte ihm abermals den Weg. »Was ist passiert? Sind Sie verletzt?«

»Kein Kommentar.«

»Das hat er schon lange verdient gehabt«, rief Reiter aus dem Hintergrund und Gruber schäumte vor stiller Wut.

»Was haben Sie verdient gehabt, Herr Bürgermeister?«

»Nichts, dieser Mann ist verrückt.«

»Du bist verrückt, wenn du glaubst, dass du die nächste Wahl wieder gewinnen wirst.«

»Du grüner Zeck!«

»Fragen Sie den lieben Herrn Bürgermeister einmal, mit welchen Methoden er die letzte Gemeinderatswahl gewonnen hat, Frau Reporterin. Fragen Sie ihn mal nach den Hilfsarbeitern, die ihn gewählt haben. Oder nach den Wahlkarten. Oder den verschwundenen Stimmzetteln.«

»Du spinnst ja!«

»Oder danach, was er bisher für die arme Frau Steiner gemacht hat.«

Gruber wollte ihm dazwischenreden, doch Reiter wurde noch lauter: »Vor einem halben Jahr hat er großspurig im Fernsehen versprochen, sich um die arme Frau zu kümmern und ihr einen Heimplatz zu verschaffen. Und was hat er getan? Fragen Sie ihn danach!«

»Herr Bürgermeister …«

»Hören Sie nicht auf diesen Spinner!«

»Nichts hat er getan! Nichts!«, stichelte Reiter noch ein letztes Mal, bevor er sich damit begnügte, seinen Kontrahenten vor laufender Kamera bloßgestellt zu haben.

»Herr Bürgermeister, wollen Sie vielleicht …«

»Ich will, dass Sie mich in Ruhe lassen.«

»Aber …«

»Sie sollen mich in Ruhe lassen!«

»Gibt es neue Erkenntnisse in den jüngsten Vermisstenfällen?«

»Nein.«

»Glauben Sie, dass das Verschwinden der kleinen Julia etwas mit den schrecklichen Ereignissen des letzten Winters zu tun hat?«

»Kein Kommentar.«

»Handelt es sich um einen Nachahmungstäter?«

»Lassen Sie mich gefälligst in Ruhe!« Erneut startete er einen Versuch, an ihr vorbeizukommen. Normalerweise wäre er wohl nicht so zimperlich gewesen, doch vor laufender Kamera wollte selbst Gruber eine Frau nicht zur Seite schubsen.

»Kann es sein, dass der wahre Täter noch nicht gefunden ist?«

»Unsinn!«

»Was macht Sie da so sicher?«

Nun reichte es Gruber endgültig und er schob die Frau bestimmt zur Seite. Sie machte einen theatralischen Ausfallschritt, der sich bestimmt ausgezeichnet auf dem Video machte. Gruber verschwand nach draußen, hetzte zu seinem Wagen und brauste mit durchdrehenden Reifen davon.

Während um mich herum gelacht, getuschelt und durcheinandergerufen wurde, stand ich nur da und starrte ins Leere. Die Fragen der jungen Reporterin hatten etwas in mir ausgelöst. Sie ließen mich denken, wie ich es bisher noch nicht getan hatte. Was, wenn wirklich ein Nachahmungstäter am Werk war? Doch dagegen sprachen die getöteten Hunde, die hatte es zuvor nicht gegeben. Aber die zweite Frage machte mir noch viel mehr zu schaffen. Konnte es sein, dass der wahre Täter noch nicht gefunden war? Oder dass es einen Mittäter gegeben hatte, der unentdeckt geblieben war? Aber warum hatte er dann ausgerechnet jetzt wieder zugeschlagen? Fast ein halbes Jahr später.

Und warum Julia?

Wie hatte sie so lautlos aus dem Haus meiner Großeltern verschwinden können? Warum hatte mein Großvater nichts gehört oder bemerkt. Er war doch unten im Erdgeschoss gewesen. Auch von der Veranda aus hätte er doch etwas hören müssen. Oder etwa nicht?

Ein grauenvoller Verdacht drängte sich mir auf.

Doch ich wischte ihn mit aller Macht zur Seite. Es konnte ganz einfach nicht wahr sein. Mein Großvater war zwar ein gefühlskalter Griesgram, doch dass er an Julias Verschwinden Schuld hatte, traute ich nicht einmal ihm zu.

Oder etwa doch?

23

Julia vermisst seit: 10 Stunden und 29 Minuten

Für viele war die Suchaktion vorbei, noch ehe sie begonnen hatte. Grundendorf stand sich bei dem Versuch, das Richtige zu tun und so etwas wie Gemeinschafts- und Mitgefühl zu zeigen, selbst im Wege. Der gute Gedanke hatte in einer Massenschlägerei geendet. Deutlich weniger Bewohner als noch im letzten Winter beteiligten sich anschließend an der von der Polizei organisierten Suche. Die meisten verkrochen sich in ihren Häusern und beschränkten sich darauf, sich darüber zu beschweren, dass sich nichts tat und die Polizei bei den Ermittlungen nicht weiterkam.

Zumindest diese fuhr mit einem Großaufgebot auf und versuchte mit allen Mitteln ein weiteres Fiasko zu vermeiden. Unzählige Beamte und Suchhunde waren im Einsatz. Angeblich war sogar ein Helikopter zur Unterstützung angefordert worden. Nicht nur nach den Vermissten wurde gesucht, auch nach Hannes wurde auf Hochtouren gefahndet. In Polizeikreisen galt er mittlerweile als Hauptverdächtiger. Sein Name war bereits an die Medien durchgesickert, was für zusätzliche Aufregung sorgte. Irgendjemand hatte den Mund nicht halten können.

In der letzten Stunde hatte ich mich an der Suchaktion beteiligt, hatte mich mit einigen anderen in einer Reihe durch das Unterholz in dem Waldstück gekämpft, in dem der alte Horvat am Morgen Julias toten Hund gefunden hatte. Doch keine Spur, weder von Julia noch von den anderen. Es war zum Verrücktwerden. Verzweiflung begann sich in mir breitzumachen. Aus meiner Vergangenheit als Polizist wusste ich: Je länger Julia verschwunden blieb, desto geringer würden die Chancen sein, dass wir sie noch lebend fanden. Uns lief die Zeit davon, in knapp fünf Stunden würde es dunkel sein.

Irgendetwas musste passieren.

Das tat es auch.

Und bis dahin sollte es nicht mehr lange dauern.

Um 17 Uhr, also in etwas mehr als einer halben Stunde, war eine Pressekonferenz im Grundendorfer Gemeindehaus angesetzt. Meine Oma sollte dort vor die Kameras treten und die Menschen um Hinweise bitten. Erst nach langem Überreden und dem Versprechen, dass ich sie begleiten würde, hatte sie zugestimmt, und so war ich jetzt auf dem Weg zu ihr, um sie abzuholen.

Als ich mich der Abzweigung näherte, von wo aus der schmale Feldweg hinauf zum Hof führte, konnte ich bereits einige Reporter entdecken, die dort vor ihren Wagen und Bussen in der brütenden Nachmittagshitze herumlungerten und ihre T-Shirts und kurzärmligen Hemden durchschwitzten. Eine Frau lehnte an der Fahrertür und rauchte eine Zigarette. Zwei Männer saßen im Straßengraben, nahmen Einstellungen an ihren Kameras vor und zeigten einander Schnappschüsse auf den kleinen Displays. Sie sind wie Geier, dachte ich mir. Aber immerhin hatten sie den Anstand, dort unten an der Straße zu bleiben und nicht hinauf zum Hof zu kommen. Als sie mich entdeckten und ich in den Feldweg einbog, sprangen sie auf und hielten mein Ankommen mit unzähligen Schnappschüssen fest.

Es standen ganze sieben Fahrzeuge entlang des Feldweges, der hinauf zum Grundstück führte, und unmittelbar davor noch einmal zwei. Wegen der zahlreichen Sträucher und des überwuchernden Gestrüpps war keine freie Parkfläche mehr zu finden. Ich hielt einfach mitten auf dem Weg, hatte keine Lust und keine Geduld, auf der engen Fläche zu wenden und unten so nahe an den Reportern zu parken. Wollte auf keinen Fall schon wieder mein Gesicht in den Zeitungen und im Fernsehen entdecken müssen. Schon gar nicht mit einem lädierten Auge, das wäre ein gefundenes Fressen für die Meute gewesen.

Ich machte kurzerhand den Motor aus, zog den Schlüssel ab und die Handbremse an. Blieb jedoch sitzen.

Stille umgab mich.

Nicht friedlich und entspannend, sondern quälend und erdrückend.

Ich wünschte mir nichts mehr, als dass sie verschwand. Dass sie von Julias Lachen und jenem meiner Großmutter verdrängt würde. Von dem Klimpern und Klappern von Besteck und Geschirr, von Schmatzgeräuschen und belangloser, lockerer Plauderei. Meinetwegen auch vom Knistern der Zigarettenglut meines Großvaters, solange er das friedliche Beisammensein nicht durch seine Griesgrämigkeit zerstörte. Er sollte schmatzen und an einem Hähnchenflügel nagen, dann würde er mich wenigstens in Ruhe lassen.

In Gedanken hörte ich Julia lachen. Und meine Oma.

Doch in Wirklichkeit umgab mich weiter Stille.

Diese verfluchte Stille.

Ich atmete tief durch. Hatte Angst vor dem, was mich im Haus erwartete. Konnte keine Tränen mehr sehen, kein Leid. Hatte es so satt.

Ehe ich es mir anders überlegen konnte, riss ich die Tür auf und stemmte mich nach draußen in die trockene Hitze. In dem Augenblick, in dem ich den heruntergekühlten Wagen verließ, wurde meine Haut mit einer feinen Schweißschicht überzogen. Unsichtbarer Staub kitzelte mich in der Nase. Ich musste niesen. Einmal. Ein zweites Mal. Ich fing mich.

Spürte es plötzlich.

Ich wusste schon, dass er mich die ganze Zeit über beobachtet hatte, bevor ich ihn gesehen hatte. Erst wagte ich keinen Blick und starrte, während ich mich dem Haus näherte, zu Boden. Dann tat ich es aber schließlich doch und sah meinen Großvater in seinem Rollstuhl auf der Veranda sitzen. Die Glut seiner Zigarette leuchtete auf. Wie ein Warnsignal, das mir zu verstehen geben sollte: Komm nicht näher!

Mein Puls ging schneller und ich hasste mich selbst dafür.

Fieberhaft suchte ich nach den richtigen Worten. Nach irgendwelchen Worten, die nicht sofort wieder zu einem Streit führen würden.

Doch ehe ich sie gefunden hatte, schnauzte er mich schon an: »Du behinderst die anderen Fahrzeuge, wenn du da stehen bleibst! Wie soll da noch einer rauskommen?«

War das tatsächlich sein größtes Problem?

Ich ignorierte ihn.

Er machte einen neuerlichen Zug von seiner Zigarette.

»Hast du nicht gehört?«

»Ich fahr dann einfach weg, wenn wer raus möchte.«

»Warum machst du es nicht jetzt?«

Ich antwortete nicht.

»Hörst du schlecht?«

»Wo ist Oma?«

»Es geht ihr nicht gut.«

»Das ist mir …«

»Freunde sind da, die sich um sie kümmern.«

Natürlich verstand ich, was er mir damit hatte sagen wollen: Andere kümmerten sich um meine Großmutter, während ich mich irgendwo in der Gegend herumtrieb. Ihm zu erklären, dass ich die ganze Zeit über auf der Suche nach Julia gewesen war und keine ruhige Minute seit dem heutigen Morgen gehabt hatte, wäre vergeudete Mühe gewesen.

Ich spürte, dass mir vor lauter Wut Hitze ins Gesicht stieg und meine Kieferknochen zu mahlen begonnen hatten. Ich konnte nichts dagegen tun.

Er nahm einen letzten Zug und dämpfte die Zigarette im übervollen Aschenbecher, der vor ihm auf dem Holzgeländer stand, aus. Erst dann blies er den Rauch aus.

Ich wollte ihm gerade sagen, dass er sich mit diesen verdammten Zigaretten noch ins Grab bringen würde. Einfach, um ihm irgendetwas an den Kopf zu werfen. Einfach, um … ach, ich weiß auch nicht.

Doch er kam mir zuvor. »Sie ist krank …«

»Ich bin auch krank vor Sorge!«, schoss es aus mir heraus. Zornig und viel zu laut. Ich hatte keine Lust, ihn ausreden zu lassen, mir seine Vorwürfe weiter anzuhören.

Er hatte es wieder einmal geschafft. Binnen weniger Sekunden und so weniger Worte hatte er eine Diskussion zwischen uns ausgelöst und die Wut in mir hochsteigen lassen. Ich konnte doch nichts dafür, dass mein Vater sich aus dem Staub gemacht hatte und meine Mutter verstorben war. Ich hatte mir das alles nicht ausgesucht.

»Du bist das Letzte«, murmelte ich deshalb und erschrak selbst am meisten über meine Worte. Niemals zuvor in meinem ganzen Leben hatte ich ihm etwas derart Hartes an den Kopf geworfen.

Ich wagte es nicht, ihn anzusehen. Doch aus dem Augenwinkel konnte ich sehen, wie er plötzlich die Hände an den Armlehnen seines Rollstuhls abstützte. Fast wirkte es, als wollte er sich hochstemmen und sich auf mich stürzen. Als habe er vergessen, dass er sein Leben lang an dieses verfluchte Ding gebunden war.

Doch ich wollte ihm keine Aufmerksamkeit mehr schenken, wollte ihm den Gefallen nicht tun. Drängte mich an ihm vorbei, riss die Tür auf und trat ins Haus. Dabei schlug mir das Herz fast bis zum Hals und ich zitterte auf einmal am ganzen Körper. Ich ließ die Tür hinter mir zufallen. Es knallte. Meine Beine fühlten sich an wie Gelee. Wackelig und schwach.

Einen Moment lang stand ich einfach nur da. Musste mich am Türstock festhalten. Meine Wangen glühten förmlich.

Erst jetzt nahm ich meine Umgebung wahr. Überall waren Menschen, der halbe Ort schien sich im Haus meiner Großeltern versammelt zu haben. Ich sah sie. Begriff, dass sie mich anstarrten. Doch ich schaffte es nicht, mich zu rühren. Allmählich regte sich Gemurmel, doch kein einziges Wort schaffte es, meine geistige Lähmung zu durchdringen und in meinem Verstand anzukommen. Wie ein Zombie ging ich an den Leuten vorbei und suchte im Haus nach meiner Oma.

Dabei wurde mir klar, wie surreal das alles war. Von so schrecklichen Dingen wie Vermisstenfällen, Massenschlägereien und Morden las man doch normalerweise nur in der Zeitung oder sah diese in den Spätnachrichten im Fernsehen. Selbst als Polizist am Land. Im besten Fall fühlte man mit den Angehörigen, sie taten einem leid. Doch man glaubte sich stets in der Gewissheit, dass einem selbst, Menschen, die einem nahestanden, oder Leuten, die man kannte, so etwas niemals passieren würde. So ein Schicksalsschlag traf nur Fremde. Aber niemals einen selbst. Und auf gar keinen Fall zweimal im Leben. Schon gar nicht innerhalb von nur wenigen Monaten, in einem derart kleinen Ort wie Grundendorf.

Das war unmöglich.

Wie man sich täuschen kann.

Ich entdeckte meine Oma schließlich auf der Wohnzimmercouch. Neben ihr der Dorfpfarrer, er hatte ihr gerade die Hand auf die Schulter gelegt. So schrecklich die Situation gerade war, so tröstend war dieser Anblick für mich. Ich wusste, dass meine Oma beliebt im Ort war, sie half, wo sie nur konnte. Sie leitete den Kirchenchor, half bei der Organisation von Veranstaltungen und lud gerne zu Kaffee und Kuchen. Doch die enorme Anteilnahme rührte mich.

»Patrick!«, sagte sie, als sie mich im Türrahmen entdeckt hatte, und die Ahnung eines tapferen Lächelns zuckte in ihrem Gesicht auf.

Doch mich konnte sie nicht täuschen. An jedem Quadratmillimeter ihrer Mimik konnte ich ihr ansehen, wie dreckig es ihr ging. Meine Oma war immer schon dünn gewesen, doch nun, innerhalb nur eines halben Tages, schien sie förmlich bis aufs Skelett abgemagert. Die Haut im Gesicht und am Hals hing schlaffer als sonst an ihr herunter und die Falten wirkten wie tiefe Gräben in einer ausgedörrten Landschaft. Ihre Augen waren vom vielen Weinen geschwollen und von unzähligen feinen, roten Äderchen durchzogen. Ihre schmalen Lippen rissig, ihr Teint blass.

Dann passierte es schließlich doch: Eine einzelne Träne löste sich aus ihren zittrigen Lidern und lief ihr über die faltige Wange. In diesem Augenblick schien alles Leid dieser Erde in ihrem Blick zu liegen.

Meine Brust wurde immer enger, ich bekam kaum Luft.

Keiner der übrigen Anwesenden rührte sich, niemand sagte ein Wort.

Ich trat auf sie zu.

Der Pfarrer machte mir Platz, erhob sich wortlos vom Sofa.

Ich setzte mich neben sie. Wir sahen einander tief in die tränenerfüllten Augen und fielen uns in die Arme.

Erst jetzt begann meine Oma bitterlich zu weinen und zu schluchzen.

Und ich weinte und schluchzte mit ihr.

Es war mir gleich, dass so viele Menschen um uns herumstanden. Völlig egal, dass sie uns vermutlich anstarrten.

In diesem Moment gab es nur uns beide.

Meine Oma und mich.

Und unsere Hoffnung, dass wir Julia finden würden und sie noch am Leben war.

24

Julia vermisst seit: 11 Stunden und 17 Minuten

Kurz nach fünf wurde mit leichter Verspätung die Pressekonferenz im Grundendorfer Gemeindehaus abgehalten, einem Gebäude, das nicht sinnbildlicher für unser Dorf hätte sein können. Es war ein Zweckbau, ohne Schnörkeleien oder liebevolle, verspielte Elemente. Von Blumen auf den Fensterbrettern oder am Eingang gar nicht erst zu sprechen. Die Fenster waren normalerweise derart verdreckt, dass selbst an so sonnigen Tagen wie diesen nur ein schwaches Licht in die alten Räume fiel. Heute waren sie in aller Eile geputzt worden und man konnte noch ganz deutlich die eingetrockneten Schlieren erkennen. Der metallene Schriftzug »Gemeindeamt Grundendorf« rostete seit Jahren vor sich hin und niemand schien sich daran zu stören. Auf dem Dach fehlten einige Schindeln, die einst weiße Fassade war verdreckt und an besonders schlimmen Stellen kleinflächig übermalt worden. Das Ergebnis glich einem Ausschlag.

Rund um das Gebäude herum und die Hauptstraße entlang in beide Richtungen war kaum noch ein freier Parkplatz zu finden. Einige Wagen standen gar in zweiter Spur mitten auf der Straße – private PKWs, Einsatzfahrzeuge von Polizei und Rettung und natürlich Autos, Busse und Übertragungswagen, auf denen Aufschriften von großen und kleinen, regionalen und überregionalen TV- oder Radiostationen prangten.

In dem Saal, in dem normalerweise der Grundendorfer Gemeinderat unter der Führung von Alois Gruber seine Sitzungen und Saufgelage abhielt, tummelten sich unzählige Reporter mit Kameras, Fotoapparaten, Mikrofonen und Diktiergeräten in den Händen. Stühle gab es viel zu wenige, viele Medienvertreter saßen auf dem Boden oder standen im Hintergrund. Leises Getuschel unter den Anwesenden. Letzte Einstellungen an den Geräten wurden optimiert, an das düstere Licht angepasst. Ab und zu klickte es und ein Kamerablitz zuckte auf.

Ich schloss die Tür, durch deren Spalt ich in den Saal gespäht hatte, und wandte mich meiner Oma zu. Sie sagte kein Wort, zeigte keine Regung und saß einfach nur auf diesem Stuhl, zu dem ich sie einige Minuten zuvor geführt hatte. Die Hände hatte sie in den Schoß gelegt. Das Kreuz hatte sie durchgestreckt, sie versuchte, stark zu wirken. Doch die Angst in ihrem Blick sprach Bände.

Ich ging neben ihr in die Knie und konnte hören, wie sie dabei ein lautes Knacksen von sich gaben. Ich ergriff die Hände meiner Oma, sie waren trotz der Hitze in dem kleinen Zimmer eiskalt, zitterten.

»Patrick, ich … ich kann das nicht«, sagte sie und schüttelte den Kopf.

»Ich werd mit dir da rausgehen.«

»Ich … ich will nicht.«

»Wir machen es gemeinsam.«

»Patrick, ich hab Angst.«

»Wir werden Julia finden.«

»Was, wenn nicht?«

»Ich verspreche es dir.« Die Worte waren draußen gewesen, ehe ich darüber nachgedacht hatte. Ich bereute sie im selben Augenblick. Wusste ganz genau, dass ich es niemals hätte sagen dürfen. Ich musste mich unweigerlich fragen, ob ich selbst daran glaubte, dass wir sie wiederfinden würden. Ich konnte es nicht sagen, war hin und her gerissen zwischen der Hoffnung, dass alles gut werden würde, und der Angst, dass sie tot war und irgendwo da draußen im Wald lag.

Meine Oma sagte nichts, nickte nur. Sie wusste genauso gut wie ich, dass mein Versprechen leere Worte gewesen waren.

»Sind Sie so weit?«, wollte ein Mann in Anzug wissen, der aufgetaucht war, ohne dass ich es mitbekommen hatte.

Meine Oma atmete tief durch und nickte.

»Und Sie?«, wollte er von mir wissen und rückte sich seine Brille zurecht.

Ich nickte ebenfalls.

»Gut, dann fangen wir an. Das Mikrofon ist eingeschaltet, Sie brauchen also nichts weiter …«

Seine Stimme verschwand irgendwo im Hintergrund, ich nahm sie nicht mehr wahr. Ich meinte, hinter mir ein Handy klingeln zu hören, doch diese Information schaffte es nicht aus meinem Unterbewusstsein.

Uns wurde die Tür geöffnet und wir betraten gemeinsam den Saal. Blitzlichtgewitter setzte ein, gefühlt hundertfaches Klicken. Mikrofone wurden uns entgegengestreckt. Die Stühle und der Holzboden knarrten. Aufgeregtes Rufen. Nervosität brach in mir aus, mein Puls flatterte.

Mein Gesicht begann zu glühen. In dem Raum musste es weit über 40 Grad haben.

Ich konnte spüren, wie meine Oma sich um meinen Arm verkrampfte. So fest, dass es fast wehtat. Sie zog mich unweigerlich zu sich hinab, ich ging leicht gebückt. Die rechte Schläfe und mein leicht angeschwollenes und bläulich angelaufenes Auge begannen schmerzhaft zu pulsieren. Die Wirkung der Schmerzmittel wie weggeblasen. Ich wollte weg, weit weg!

Ich wollte sie an den Tisch führen, der vorbereitet worden war – mit zwei Holzstühlen, einem weißen Tischtuch, einem Glas Wasser und einem zerkratzten, veralteten Mikrofon. Doch ich spürte den Widerstand, den ihr Körper mir entgegensetzte. Sie blieb neben dem Tisch stehen, wollte sich nicht setzen. Also stellte ich mich in etwa zwei Metern Abstand rechts von ihr hin. Jederzeit bereit, einzugreifen und ihr zu helfen, wenn es nötig war.

Das Gemurmel verstummte.

Sekunden verstrichen.

Sekunden, in denen meine Oma mehrmals schlucken musste und sichtlich Mühe hatte, ihre Tränen zu unterdrücken.

Ein letztes Mal schluckte sie, atmete tief durch. Dann begann sie zu sprechen. Sie stellte sich vor und war dabei ohne Mikrofon nur schwer zu verstehen. Doch niemand der unzähligen Anwesenden wagte es, seine Stimme zu erheben und »Lauter!« zu rufen. Mit einem Schlag war es so still geworden, dass man eine Stecknadel hätte fallen hören können.

»Julia ist meine Enkelin. Aber sie … sie ist noch viel mehr als das. Seit dem … dem … Unfalltod ihrer Eltern, als sie sechs war, ist sie …« Sie schöpfte Atem. »Ist Julia auch meine Tochter. Sie ist mein Ein und Alles, mein Leben. Ich … ich liebe sie …« Meine Oma musste sich erneut unterbrechen, kämpfte gegen die Tränen an. »Ich … ich bitte jeden, der weiß, wo sie sich gerade aufhält, um Hilfe.«

Totenstille im Saal. Alle lauschten gespannt, tief in ihren Herzen getroffen. In meinem Hals wuchs ein Kloß heran. Hätte man mich jetzt darum gebeten, ich hätte kein einziges Wort herausgebracht.

Meine Oma flehte mögliche Entführer an, Julia freizulassen. Dann bat sie noch einmal jeden, der etwas wusste oder glaubte, einen Hinweis zu haben, auch wenn dieser noch so belanglos zu sein schien, sich bei ihr oder der Polizei zu melden. Anschließend brach sie in Tränen aus und presste ein »Bitte helfen Sie uns« heraus, das nur noch mit sehr viel Mühe als solches verstanden werden konnte.

Ganz bestimmt würden die TV-Sender nun ein Bild von Julia einblenden, dachte ich. Sicher würde der Anblick meiner kleinen Cousine die Zuseher tief berühren. Ihr Lächeln, die Grübchen an den Wangen, ihr niedlicher Pony, die friedlichen Augen, die zierliche Nase, die Sommersprossen.

Es war unfassbar!

Dann, ehe ich mental so richtig in dem Saal angekommen war, war die Pressekonferenz auch schon wieder vorbei und ich hätte nicht sagen können, ob sie bloß eine halbe Minute oder vielleicht sogar fünf Minuten oder noch länger gedauert hatte. Meine Oma wartete darauf, dass ich ihren Arm nahm, sie stützte und nach draußen führte.

Aber ich stand nur da.

»Patrick«, krächzte sie mit Tränen in den Augen.

Und erst dann begriff ich und half ihr aus dem Saal. Dabei war ich fast wackeliger auf den Beinen als sie.

Hinter uns wurde die Tür geschlossen.

Stille umhüllte mich, nichts drang zu mir durch. Obwohl so viele weitere Personen da waren. Obwohl sie wild durcheinandersprachen und Handys klingelten. Obwohl ganz offensichtlich Hektik ausgebrochen war.

»Patrick?«, sagte ein Mann und hatte beide Silben in die Länge gezogen. Sein Gesicht war unmittelbar vor meinem.

Lukas. Mein ehemaliger Partner.

War er vorhin auch schon hier gewesen?

»Hast du nicht gehört?«, fragte er.

»Was ist?«

»Komm mit.«

»Wohin?«

»Zum Saugrund.«

»Warum?«

»Offensichtlich haben sie vom Helikopter aus etwas entdeckt.«

25

Julia vermisst seit: 11 Stunden und 38 Minuten

Ich saß auf dem Beifahrersitz von Lukas' Dienstwagen und wurde gehörig durchgeschüttelt. Lukas bretterte mit fast 80 Sachen über den holprigen Feldweg und nahm keinerlei Rücksicht auf Schlaglöcher oder schärfere Kurven, in denen es den Wagen bedenklich schleuderte. Große und kleine Steine schlugen so heftig gegen den Wagenboden, dass sie garantiert Schäden hinterließen. Hinter uns türmte sich eine mächtige Staubwolke auf. Unzählige Insekten schlugen gegen die Windschutzscheibe und blieben dort zermatscht kleben.

Von rechts kam plötzlich ein Hase aus einem Maisfeld geschossen und querte den Feldweg. Lukas sprang auf die Bremse. Mein Oberkörper drängte nach vorne, der Gurt schnitt mir in die Brust. Lukas konnte es vermeiden, den Hasen zu rammen, hatte jetzt aber Mühe, den Wagen auf Spur zu halten. Er schlitterte nach links, dann nach rechts. Lukas riss das Lenkrad herum, brachte den Wagen wieder unter Kontrolle.

»Verdammte Viecher«, murmelte er und raste weiter, noch schneller als zuvor.

Ich vertraute ihm. Hatte jahrelang neben ihm auf dem Beifahrersitz gesessen.

Unmittelbar am Ende der Pressekonferenz hatte Lukas die Information erreicht, dass vom Helikopter aus ein schwarzer Wagen entdeckt worden war. Versenkt im Saugrund, einem kleinen Tümpel, etwa einen Kilometer außerhalb von Grundendorf. Das Gewässer war trüb, von Algen durchzogen und am Ufer fast völlig mit dichtem Gestrüpp zugewachsen. Im Winter trafen sich hier gelegentlich ein paar Kinder zum Eislaufen. Auch ich war ein paar Mal mit Julia dort gewesen, als sie noch kleiner gewesen war. Früher hatten sich ab und zu auch Fischer dorthin verirrt. Doch der Bestand war längst leer gefischt und es schwammen wohl nur noch Kröten und leere Bierdosen darin herum.

Zu diesem Zeitpunkt gab es wohl niemanden, der daran zweifelte, dass es sich bei dem schwarzen Wagen um den

Mercedes unseres Dorfarztes handelte. Auch ich war davon überzeugt. Zuvor hatte ich noch den Funken Hoffnung verspürt, dass es sich bloß um ein Missverständnis handelte und Julia wohlauf war. Es konnte tausende Gründe geben, weshalb der Dorfarzt nicht wie üblich pünktlich in seiner Ordination aufgetaucht war und niemandem Bescheid gegeben hatte. Sehr wahrscheinlich gab es auch viele harmlose Gründe, weshalb Julia verschwunden war und sich bisher nicht gemeldet hatte. Mir wollte zwar absolut keiner einfallen, doch das musste nicht heißen, dass es nicht trotzdem so war. Doch nun war Dr. Wallners Wagen offensichtlich gefunden worden, versenkt in einem Tümpel. Was hätte man da noch missverstehen können? Welch logische und völlig banale Erklärung hätte es noch geben können?

Es musste etwas Schreckliches passiert sein. Es musste ganz einfach.

Ein tiefes Schlagloch schüttelte uns kräftig durch.

Bis auf Lukas' »Verdammte Viecher« hatten wir während der ganzen Fahrt über kein Wort gesprochen. Und das, obwohl Lukas normalerweise kaum seinen Mund halten konnte. Auf der Dienststelle hatten wir ihn öfter deswegen aufgezogen und als ich noch mit ihm gemeinsam auf Streife gewesen war, hatte ich mir nicht nur einmal nichts sehnlicher als Ohrstöpsel gewünscht. Oder eine dicke Wollsocke, die ich ihm in den Mund hätte stopfen können.

Jetzt versuchte Lukas es doch mit einer Art Konversation. Zuvor hatte ich aus dem Augenwinkel bemerkt, wie er ein paarmal zu mir hinübergeschaut und offensichtlich nach den richtigen Worten gesucht hatte.

»Alles in Ordnung?«, wollte er wissen. Wahrscheinlich eine der dümmsten Fragen, die er in dieser Situation hätte stellen können.

»Geht«, log ich.

»Scheiß Situation, ich kann's mir vorstellen.«

»Mh.« *Kannst du nicht!*

»Es könnte doch auch sein, dass …« Er brach den Satz ab.

Ein großer Stein knallte lautstark gegen den Wagenboden.

»Ich meine, …«, setzte Lukas erneut an. Ließ es aber schließlich sein.

Wir schwiegen wieder.

»Und, wie läuft's mit dem Wimmer so?«, fragte ich schließlich, um mich abzulenken.

»Frag nicht.«

»So schlimm?«

»Ich sitz nur noch hinterm Schreibtisch. Seit du weg bist, hat er's auf mich abgesehen. Normalerweise lässt er mich überhaupt nicht mehr auf die Straße.«

»Das tut mir leid …«

»Mir auch.« Nach einer Weile: »Du kannst ja nichts dafür.«

Erneutes Schweigen.

Von Weitem konnte ich bereits den Saugrund sehen. Unzählige Wagen, die darum herum und entlang des Feldwegs standen. Die Lacke glänzten im Sonnenlicht. Ein Helikopter schwebte darüber in der Luft. Der Tümpel war von Äckern umgeben, etwa 200 Meter entfernt lag ein kleines Wäldchen. So still und unscheinbar dies auch schien, so würde es doch für immer ein Ort des Schreckens bleiben. Dort war im letzten Winter die erste Tote gefunden worden. Nackt. Verstümmelt und mit einem Ast zwischen ihren Beinen. Der grausame Anblick hatte sich in meine Netzhaut eingebrannt. Ich sah die Tote vor mir, wenn ich schlafen ging und wenn ich aufwachte. Wenn ich ins Leere starrte oder mich vom Fernseher berieseln ließ. Immer war da dieser Ast, der zwischen ihren Beinen aus ihr herausragte.

Plötzlich erfasste mich ein Schaudern. Was, wenn wir auch Julia so finden würden? Ich versuchte das Bild zu verdrängen. Doch es blieb hartnäckig in meinem Verstand haften.

Dann hatten wir endlich den Saugrund erreicht. Ich hatte den Gurt gelöst und die Beifahrertür geöffnet, noch ehe der Wagen zum Stehen kam. Ich sprang hinaus und sprintete hinüber in Richtung Ufer. Polizisten, Männer der Freiwilligen Feuerwehr, Sanitätskräfte und Dorfbewohner hatten sich um die wenigen Stellen, an denen das Ufer nicht völlig zugewachsen war, geschart, um einen möglichst guten Blick auf den Tümpel zu haben. Niemand beachtete mich. Keiner sagte etwas. Alle starrten gespannt auf das Wasser.

Hundegebell, Motorensurren und das Rattern des Helikopters durchschnitten die heiße Luft.

Ich versuchte mich durch die Menschentraube hindurchzukämpfen, drängte links und rechts Personen zur Seite. Beschwerden erklangen. Jemand schubste mich. Ich schob mich weiter nach vorne.

Dann hatte ich endlich das Ufer erreicht.

Vom Boden aus war das Wagendach nur schwer zu erkennen gewesen, obwohl der Tümpel kaum tiefer als zwei bis drei Meter gewesen sein konnte. Doch das Wasser hatte einen intensiven Grünstich und war trübe von den vielen Algen. Ohne Hubschrauber wäre das Auto wohl noch lange verborgen geblieben.

Ein Taucher im schwarzen Ganzkörperanzug kletterte gerade aus dem Wasser und wurde von zwei weiteren Männern in Empfang genommen – der eine im hellgrauen Anzug, der andere in Feuerwehruniform. Er nahm seine Taucherbrille ab, schüttelte den Kopf und fuhr sich durchs nasse Haar. Der Mann im Anzug fragte ihn etwas, der Taucher nickte, gab ein Daumenzeichen nach oben.

Ich vermutete, dass er ein Metallseil an dem Wagen befestigt hatte. Das andere Ende war an einem riesigen Traktor festgemacht worden, dessen Motor nun laut aufheulte.

»Es kann losgehen!«, rief der Mann im grauen Anzug.

»Alle zurück, sofort!«, schrie ein Feuerwehrmann, den ich nicht kannte, und drängte die Anwesenden mit ausgebreiteten Armen zur Seite. »Zurück!«

Seine Kollegen halfen ihm, die Menschentraube zurückzudrängen.

»Los, weg hier!«, brüllte einer von ihnen mich an.

Ich versuchte rückwärtszugehen, doch hinter mir standen alle so dicht gedrängt, dass ich kaum einen Schritt machen konnte.

»Los!«, brüllte der Mann mich erneut an und ich glaubte, Spucketröpfchen im Gesicht zu spüren.

Der Traktor setzte sich in Bewegung und das Seil spannte sich.

Die Leute hinter mir drängten mich wieder Richtung Ufer.

»Aua!«, schrie eine Frau in meinem Rücken.

»Zurück, hab ich gesagt!«, schrie der Feuerwehrmann.

Auf der anderen Uferseite entdeckte ich Valentin inmitten einer Menschentraube. Er starrte zu mir hinüber, doch in dem Moment, in dem sich unsere Blicke trafen, wandte er sich ab und sah betreten aufs Wasser.

Der Traktormotor ratterte lautstark, zog immer weiter und wenige Sekunden später war ein erster kleiner Teil des Wagens durch die Wasseroberfläche nach oben getaucht.

Meine Augen wurden groß.

Die Leute um mich herum wurden unruhiger, ungeduldiger.

Das Heck und das Autodach ragten nun zur Gänze aus

dem Wasser. Wasser lief davon ab und aus den geöffneten Fenstern.

Meine Augen wurden immer größer.

Ich verstand nicht.

Irgendetwas lief gerade entsetzlich schief.

Zwar handelte es sich, wie erwartet, um einen schwarzen Wagen, doch jeder von uns konnte erkennen, dass es nicht Wallners Mercedes war. Stimmen in meinem Rücken wurden lauter, doch ich bekam kein Wort mit. Ich konnte die ersten Blicke auf mir spüren. Glaubte, im Augenwinkel auf mich gerichtete Zeigefinger zu erahnen.

Der Wagen war erst zur Hälfte aus dem Teich gezogen.

Doch ich musste nicht mehr sehen. Wusste längst, wem er gehörte. Und so auch alle anderen um mich herum. Nur wollte ich einfach nicht begreifen, was das zu bedeuten hatte.

Ich glaubte, eben jemanden meinen Namen rufen gehört zu haben.

Instinktiv wollte ich zurückweichen, kam nicht weiter. Ich drehte mich um, versuchte mich durch die Menge zu schieben, doch es gelang mir nicht. Nicht der kleinste Spalt tat sich auf.

Plötzlich schrie ein Mann, zeigte zum Wagen.

Eine Frau kreischte.

Viele weitere setzten mit ein.

Panik kam auf. Alle schrien durcheinander.

Ich blickte zurück, sah es.

Und spätestens jetzt war mir klar: Ich hatte ein Problem. Ein verdammt großes Problem.

Immerhin war es mein Wagen, der gerade aus dem Teich gezogen wurde. Und mittlerweile konnte man ganz deutlich erkennen, dass da eine Leiche auf dem Fahrersitz im Gurt hing.

26

Julia vermisst seit: 12 Stunden und 50 Minuten

Eine knappe Stunde später hockte ich auf der Polizeiinspektion in Obermarch in genau demselben Zimmer, in dem ich Schulz und Mayerhofer bereits ein paar Stunden zuvor gegenübergesessen hatte.

Nachdem wirklich allen klar geworden war, dass es sich bei dem schwarzen Golf, der aus dem Saugrund gezogen worden war, um meinen Wagen handelte, konnte ich nicht nur hören, sondern auch mit jeder Faser meines Körpers spüren, dass die Stimmung mir gegenüber umgeschlagen hatte. Niemand, wirklich niemand in Grundendorf, hatte zu diesem Zeitpunkt auch nur annähernd eine Ahnung davon, was tatsächlich geschehen war. Doch alle glaubten sie auf einmal, dass ich etwas damit zu tun hatte, oder schlimmer noch, dass ich gar schuld daran war. Dass ich Sabine Felber, die tot auf dem Fahrersitz meines Golfs hing, umgebracht hatte. Dass ich sie mit unzähligen Messerstichen massakriert hatte.

Irgendjemand wollte mir etwas anhängen. Aber wer? Und warum? Meine Gedanken überschlugen sich. Ich begriff nicht.

Ein Raunen ging durch die Menge. Weit aufgerissene Augen, offen stehende Münder. Vereinzeltes Schluchzen, Kreischen. Die Blicke zwischen Sabines Leiche und mir hin- und hergerissen.

»Er will weg!«, hörte ich plötzlich jemanden rufen.

»Hey, hier geblieben!«, einen anderen.

Ich hatte gar nicht mitbekommen, dass ich mich hatte

davonstehlen wollen. Dass ich gegen die Menge drängte, einen Ausweg suchte. Ich wusste nur eines: Ich musste weg. Ganz schnell. Wenn ich jetzt verhaftet werden würde, hätte ich keine Chance mehr gehabt, nach Julia zu suchen.

Ich drängte weiter. Fand eine Lücke, zwängte mich hindurch.

»Haltet ihn auf!«, rief jemand.

Ich spürte eine Hand auf mir, sie wollte mich greifen, ich konnte mich hinauswinden. Drängte weiter. Jemand stellte sich mir in den Weg, ich schob ihn zur Seite. Hatte es fast durch die Traube geschafft, gleich. Wurde schneller. Mein Herz raste.

Auf einmal stand Schulz vor mir.

Scheiße!

»Wohin des Weges?«

»Ich … ich weiß nicht, wie …«, stammelte ich.

»Wir sollten uns unterhalten.«

»Das muss eine Falle sein, ich …«

»Kommen Sie mit.«

»Aber ich hab keine Ahnung, wie mein Wagen hierhergekommen ist. Und … und schon gar nicht … Sie müssen mir glauben!«

»Wir besprechen das auf der Polizeiinspektion. Kommen Sie!«

»Aber …«

»Sofort!«

Mein Golf war augenblicklich von der Spurensicherung in Beschlag genommen, die Schaulustigen zurückgedrängt und die Fläche weiträumig abgesperrt worden. Während Sabine Felbers Leiche und mein Wagen untersucht wurden, saß ich Schulz und Mayerhofer gegenüber. Schon über eine halbe

Stunde hatten die beiden mich in diesem kleinen, stickigen Zimmer in die Mangel genommen. Mein T-Shirt war völlig durchgeschwitzt und klebte an mir. Bei jeder noch so kleinen Bewegung stieg mir mein beißender Geruch in die Nase und es wurde immer schlimmer.

Ich konnte mich kaum auf das Gespräch konzentrieren. Meine Gedanken wollten einfach nicht zur Ruhe kommen. Krampfhaft versuchte ich zu verstehen, was passiert war. Wieso mir jemand etwas anhängen wollte. Und vor allem, wer.

Offensichtlich trieb ein Mörder in unserem Ort sein Unwesen. Was, wenn er auch Julia …? Ich wagte es nicht, den Gedanken zu Ende zu denken. Nicht mehr lange und es würde finster sein. Ich sollte nach ihr suchen. Aber stattdessen musste ich Schulz immer und immer wieder dieselben Fragen beantworten, während er wieder einmal an einem verfluchten Zitronenzuckerl lutschte und Mayerhofer sich im Zweifingersystem Notizen in sein Notebook machte. Meine Nerven lagen blank.

»Und warum haben Sie den Diebstahl nicht gemeldet?«, fragte Schulz zum wiederholten Mal und der synthetische Zitronenduft seines Zuckerls strömte mir entgegen.

»Das hatten wir doch schon.«

»Bitte beantworten Sie einfach meine Frage.«

»Wie oft denn noch?«

»So oft, bis ich es verstehe.« Er schmatzte.

»Das kann dauern, fürchte ich …«

Mayerhofer entkam ein kurzes Schmunzeln. Doch nachdem ihm Schulz einen mahnenden Blick zugeworfen hatte, presste er seine Lippen zusammen und blickte betreten auf den Bildschirm seines Notebooks.

»Ich glaube, Sie sind nicht in der Position, dumme Witze zu reißen«, sagte Schulz.

»Und ich glaube … ach, vergessen Sie's einfach.«

»Also, ich frage Sie zum letzten Mal: Warum haben Sie den Diebstahl Ihres Wagens nicht angezeigt?«

»Keine Ahnung, ich hab es vergessen.«

»Vergessen?«

»Ja, anscheinend. Ich … der alte Horvat hat mich geholt und da hab ich bemerkt, dass der Wagen weg war. Aber der Horvat hat gestresst und gemeint, ich solle bei ihm mitfahren. Er wollte mir unbedingt so schnell wie möglich den Hund zeigen.«

»Wieder der Horvat …«

»Er hat damit nichts zu tun.«

»Woher wollen Sie das so genau wissen?«

Ich wusste es nicht. »Sucht lieber den Felber Hannes. Das muss er gewesen sein! Immerhin hat er doch …«

»Danke, wir wissen, wie wir unsere Arbeit zu erledigen haben.«

»Und wo ist er dann?«

»Wie Sie wissen, läuft die Fahndung nach ihm.«

»Mein Gott, das kann doch nicht so schwer sein, den zu finden. Der war offensichtlich völlig betrunken, das hab ich euch doch erzählt.«

»Zurück zu Ihnen.«

»Aber ich …«

»Warum haben Sie keine Anzeige erstattet, nachdem Herr Horvat Ihnen den Hund gezeigt hatte?«

»Weil wir gleich danach zu meinen Großeltern gefahren sind.«

Mayerhofer tippte unermüdlich, kaute immerzu an seiner Unterlippe und murmelte dabei kaum verständlich: »Großeltern gefahren …«

»Weshalb?«, hakte Schulz nach.

»Mein Gott, das wissen Sie doch schon alles. Seit Stunden.«

»Ich will aber, dass Sie es mir trotzdem noch einmal erzählen.«

»Sollten wir nicht lieber nach Julia suchen, als bloß hier …«

Er ging gar nicht auf meinen Einwand ein. »Also, warum sind Sie zu Ihren Großeltern gefahren, bevor Sie den Diebstahl gemeldet haben?«

»Weil der alte Horvat gemeint hat, dass es der Hund meiner Großeltern gewesen sein konnte.«

»Und Sie hatten diesen Verdacht nicht?«

»Ich wusste nicht, dass sie einen Hund hatten.«

»Nicht?«

»Nein.«

»Sie können sich schon vorstellen, wie das alles für mich klingt?«

»Wieso?«

»Sie hatten den Hund doch schon seit … warten Sie.« Er blätterte in seinem kleinen Notizbüchlein, in dem ich unlesbare handschriftliche Aufzeichnungen sehen konnte. »Ah, hier haben wir's.« Er tippte mit dem Finger auf seine Notiz. »Seit März.«

»Das kann sein.«

»Ist so.«

»Ich hab Ihnen doch schon gesagt, dass ich seit dem letzten Winter kaum Kontakt zu meinen Großeltern hatte.«

»Was haben Sie in der Zeit getrieben?«

»Das geht Sie nichts an, Schulz.«

»Ich glaube, dass es mich in Anbetracht der Umstände sehr wohl etwas angeht. Immerhin sind zwei Menschen verschwunden, einer davon ein Kind, Ihre Cousine. Und in Ihrem Wagen, der angeblich …«, Schulz zeichnete Anführungszeichen in die Luft, »gestohlen wurde, haben wir eine Leiche gefunden. Ich denke also, dass es uns alle verdammt noch mal jede Menge angeht, was Sie in den letzten Wochen und Monaten so getrieben haben. Haben Sie mich verstanden?«

Das hatte gesessen. Mir war klar gewesen, dass meine Situation nicht die beste war. Aber nachdem Schulz sie mir noch mal zusammengefasst hatte, fühlte ich mich, als wäre ich eben unter die Messer eines gewaltigen Mähdreschers geraten.

Ich konnte hören, wie Schulz' Zuckerl gegen seine Zähne klapperte.

»Also …«, drängte er mich.

Eine Spur kleinlauter als zuvor erklärte ich Schulz und Mayerhofer, wie es mir nach dem letzten Winter, nach Lisas Selbstmordversuch und dem medialen Interesse an meiner Person gegangen war. Besser gesagt, versuchte ich, es ihnen zu erklären. Dass irgendjemand mich verstand, konnte ich nicht verlangen – ich war mir ja selbst fremd geworden. Wie sollte ich all den Schmerz, die Tränen und das Gefühl, seit dem letzten Winter nur noch zu fallen und einfach keinen Halt zu bekommen, nur erklären? Gab es Worte für dieses quälende Gefühl der Zerrissenheit und Leere in mir drinnen? Wenn ja, dann kannte ich sie nicht.

Nachdem ich alles erzählt hatte, schwiegen wir uns ein paar Sekunden an. Von draußen drang ein Hupen zu uns herein.

»In Ordnung«, sagte Schulz irgendwann und schnaufte.

»Kann ich jetzt gehen?«

»Wie bitte?«

»Ob ich gehen kann.«

»Nein, natürlich nicht.«

»Meine Güte, was denn noch?«

»Was ist passiert, als Sie bei Ihren Großeltern waren?«

»Wollen Sie mich verarschen?«

»Sehr gerne, aber nicht jetzt. Jetzt will ich wissen, was passiert ist, als Sie bei Ihren Großeltern angekommen sind.«

»Ich hab Ihnen sicher schon fünfmal erzählt, dass ich da erfahren hab, dass Julia verschwunden ist. Und dass wir dann eine halbe Ewigkeit darauf gewartet haben, bis endlich der Wimmer und Nicole, seine neue Kollegin, bei uns aufgekreuzt sind.«

»Mh«, machte Schulz.

»Was?«

»Ach, nichts …«

»… aufgekreuzt sind«, murmelte Mayerhofer.

Die beiden trieben mich noch in den Wahnsinn.

»Wann haben Sie Ihren Wagen zuletzt gesehen?«

»Wie schon gesagt, keine Ahnung.«

»Denken Sie nach.«

»Was weiß ich … vielleicht vor einer Woche. Oder zwei. Könnten aber auch drei gewesen sein.«

»Das glaub ich Ihnen nicht. Sie müssen doch wissen, wann Sie Ihren Wagen zuletzt gesehen haben.«

»Nein, ich weiß es nicht und daran ändert sich auch nichts, wenn Sie mich noch hundertmal danach fragen.«

»Haben Sie ihn nie benützt?«

»Schon seit Wochen nicht mehr.«

»Was haben Sie da getan, als Sie ihn zuletzt benutzt haben?«

»Ich war im Krankenhaus.«

»Warum?«

»Na, warum wohl?«

»Sie waren bei ihr?«

»Ja.«

»Sie müssen doch wissen, wann das genau war. Denken Sie nach.«

Jetzt wusste ich es auf einmal. Ich rechnete im Kopf nach und es war tatsächlich weit weniger lange her, als ich geschätzt hätte. »Vor sechs Tagen war ich das letzte Mal bei ihr.«

»Das heißt, Sie haben Ihren Wagen vor sechs Tagen zum letzten Mal gesehen?«

»Ja.«

»Mh«, machte Schulz. »Kann das wer bestätigen?«

»Dr. Drömer wahrscheinlich.«

Schulz nickte, Mayerhofer notierte sich den Namen.

Dann fragte Schulz: »Wissen Sie, was ich nicht verstehe?«

Unter anderen Umständen wäre mir wohl eine Unmenge an angriffslustigen Antworten eingefallen. Aber jetzt sagte ich nur: »Was?«

»In Grundendorf gibt es doch kein Lebensmittelgeschäft, oder? Wo haben Sie dann eingekauft?«

»Der Bäcker aus Obermarch liefert jeden Morgen. Man lässt die Bestellung am Vortag an der Tür und am nächsten Tag bekommt man es geliefert. Gebäck, Butter, Käse, Wurst, Milch. Und in meinem Garten steht ein Apfelbaum. Mehr brauch ich nicht.«

Schulz schnaufte, kniff die Augen zusammen und rieb sich mit Daumen und Zeigefinger die Nasenwurzel. Mayerhofer hämmerte unermüdlich auf sein Notebook ein.

»… Wurst, Milch …«

»Wie haben Sie das bezahlt?«

»Die legen einmal im Monat eine Gesamtrechnung und einen Erlagschein bei. Bezahlt hab ich per Online-Banking.«

»Wer wusste, dass Ihr Wagen hinter dem Grundstück geparkt war?«, fragte Schulz.

»Was weiß ich … keine Ahnung!«

»Denken Sie nach, verdammt noch mal.«

»Jeder.«

»Wie, ›jeder‹?«

»Ich bitte Sie, in Grundendorf weiß doch jeder alles.«

»Nun, ganz offensichtlich ist dem nicht so.«

»Hören Sie, Schulz, wahrscheinlich konnte man den Wagen sogar von den umliegenden Häusern und dem Friedhof aus sehen. Der liegt doch höher und da sind keine Bäume und auch sonst nichts im Weg. Sicher sogar hat man ihn auch von dort sehen können, überprüfen Sie's doch. Ganz zu schweigen von den Leuten, die in den letzten Wochen und Monaten da hinter dem Dorf spazieren gegangen sind. Jedes Wochenende gehen dort welche herum und hinüber zum Saugrund. Und was ist mit den Bauern, die da hinten ihre Felder haben? Der Gruber zum Beispiel, der hat doch gleich hinter meinem Haus Zuckerrüben angebaut.«

»Also einige.«

»Nicht nur einige. Wahrscheinlich hat das ganze Dorf gewusst, dass mein Wagen da hinten stand. Es war kein Geheimnis und andere machen das genauso, weil die Straße vorm Haus so schmal ist.«

»Da stellt sich aber noch eine entscheidende Frage.«

»Und welche?«

»Wie kann derjenige überhaupt an den Wagenschlüssel gekommen sein?«

»Ich weiß es nicht. Aber wahrscheinlich war er nicht abgeschlossen.«

»Sie haben Ihren Wagen nicht abgeschlossen?«

»Wozu? In Grundendorf, ich bitte Sie …«

»Nun, wozu, sehen wir ja jetzt.« Er seufzte, rieb sich erneut die Augen und schmatzte an seinem Zuckerl. »Okay, wie viele Schlüssel haben Sie?«

»Zwei.«

»Und wo sind die?«

»Zu Hause.«

»Sicher?«

»Ja, mein Gott … wo sollten sie denn sonst sein?«

»Und wo genau?«

»Im Vorzimmer.«

»Beide?«

»Ja«, log ich. Ich hatte keine Ahnung.

»Gut, das werden wir überprüfen.«

»Können Sie … Sind wir jetzt um Himmels willen endlich fertig?«

»Ja, vorerst.«

»Na, halleluja.« Ich erhob mich. »Kann ich jetzt gehen?«

»Nein.«

»Wie, ›nein‹?«

»Sie bleiben vorerst hier.«

»Sie spinnen wohl. Ich gehe jetzt.«

»Nein, das werden Sie nicht tun.«

»Aber Sie können doch nicht …«

»Wie stellen Sie sich das vor? Ich kann Sie doch jetzt nicht gehen lassen. Ich meine, denken Sie einmal über die Umstände nach! Zuerst müssen wir klären, ob …«

»Sie haben sie ja nicht mehr alle!«, schrie ich ihn an.

»Kann sein, aber zuerst müssen wir klären, ob …«

»Ich muss Julia finden.«

»Das müssen wir auch.«

»Dann lassen Sie mich verdammt noch mal …«

»Sie bleiben hier, bis …«, unterbrach mich Schulz.

Auch ich ließ ihn nicht ausreden: »Finden Sie Hannes Felber, dann haben Sie Ihren verdammten Mörder!«

»Danke, wir wissen, was wir zu tun haben.« Sein Zuckerl schlug erneut gegen seine Zähne. Am liebsten wäre ich um den Tisch gestürmt und hätte ihn so lange gerüttelt und gewürgt, bis es ihm im Hals stecken blieb.

Doch ich versuchte meine Wut hinunterzuschlucken. Ich brauchte jetzt meinen vollen Verstand, brauchte einen Ausweg. Ganz sicher würde ich mich nicht hier festhalten lassen, während Julia irgendwo da draußen – vielleicht sogar in den Fängen eines Mörders war.

Ich musste raus.

27

Julia vermisst seit: 13 Stunden und 32 Minuten

Meine Gedanken rasten. Fieberhaft suchte ich nach einem Ausweg. Nach einer Lösung, die es anscheinend nicht gab. Aber das konnte ich nicht akzeptieren. Ich starrte auf die nackte, zerkratzte Tischplatte, doch mit meinem inneren Auge klapperte ich das Zimmer ab.

Komm schon, denk nach!

Mayerhofer fuhr sein Notebook herunter, erhob sich und klemmte es sich unter seinen Arm. Schulz klappte sein Notizheftchen zu, kramte in seiner Hosentasche, holte ein neues gelbes Bonbon hervor, packte es aus und steckte es sich mit einem genüsslichen Schmatzer in den Mund. Auch er erhob sich, sein Stuhl scharrte über den Boden.

Mir war klar, dass es zwecklos sein würde, sie zu überreden versuchen, mich laufen zu lassen. Nein, ich brauchte eine andere Idee. Und zwar schnell!

Mayerhofer öffnete die Tür und verließ als Erster den Raum. Draußen im Flur wartete er auf seinen Kollegen.

Schulz folgte ihm, blieb aber noch im Türrahmen stehen

und sagte: »Nicht weglaufen, es kommt gleich jemand, der Sie holt.« Er lächelte und sein grauer Schnauzer hing schief in seinem Gesicht.

Ich verfluchte ihn in Gedanken.

Er verschwand nach draußen und schloss die Tür hinter sich.

Unmittelbar danach sprang ich von meinem Sessel hoch. Hatte die absurde Hoffnung, dass ich nur einen Augenblick warten musste und dann fliehen konnte. Doch da hörte ich schon, wie der Schlüssel ins Schloss gesteckt und ich in diesem verfluchten Zimmer einsperrt wurde.

Scheiße!

Frustration überfiel mich, ich trat mit voller Wucht gegen den Stuhl, auf dem Schulz gesessen hatte. Er schoss davon, krachte gegen die Wand und blieb umgekippt liegen. Er war unversehrt, die Wand auch. Dafür schmerzte mein Fuß.

Verflucht, denk nach!

Ich hetzte zum Fenster, riss es auf, blickte vorsichtig die zwei Stockwerke nach unten. Keine Chance! Selbst wenn ich den Sprung aus knapp zehn Metern überlebte, unversehrt würde ich ihn garantiert nicht überstehen. Außerdem lag das Fenster unmittelbar über dem Haupteingang und dort herrschte ein ständiges Kommen und Gehen. Auch jetzt standen da eine Frau in beigem Kostüm und ein Mann in hellgrauem Anzug, die sich aufgeregt und wild gestikulierend unterhielten.

Ich verwarf die Idee mit dem Fenster.

Ging im Zimmer auf und ab und auf und ab. Doch so krampfhaft ich auch grübelte, es schien bloß zwei Möglichkeiten aus diesem Zimmer zu geben. Durch die Tür oder eben durch das Fenster. Durch die Tür ging es entweder direkt in die Verwahrungszelle oder ich müsste zu fliehen versuchen. Doch das war in einer Polizeiinspektion wohl von vorneherein zum Scheitern verurteilt. Vor allem, wenn sie vor lauter Beamten geradezu aus allen Nähten platzte.

Also dann doch das Fenster.

Ich hetzte zurück, lehnte mich vorsichtig über den Rahmen hinaus. Konnte mein Glück kaum fassen. War es ein höheres Zeichen, dass die Frau und der Mann verschwunden waren und gerade weit und breit niemand zu sehen war?

Kein Zögern, ich durfte keine Zeit mehr verlieren.

Ich kletterte auf das Fensterbrett. Doch auf einmal kam mir die Entfernung zum Boden noch größer und ein verletzungsfreier Sprung noch unmöglicher vor. Die parkenden Autos standen zu weit weg, ein Sprung auf ein Autodach, das den Aufprall zumindest ein wenig gedämpft hätte, war also nicht möglich. Nein, die einzige Möglichkeit, die mir blieb, war ein Sprung auf den schmalen, gelblich schimmernden Grasstreifen, gleich neben dem Haupteingang. Es würde ein verdammt harter Aufprall werden.

Los jetzt!

Ich presste meine Augen zusammen, spannte jeden Muskel meines Körpers an, zitterte auf einmal überall. Ich nahm mir vor, von drei rückwärts runterzuzählen. Bei null musste ich springen, keine Ausrede.

Drei.

Ich würde mir alle Knochen brechen, ganz sicher sogar.

Zwei.

Unten angekommen würde ich mich sofort hinter den Büschen verstecken müssen. Würde nicht schreien dürfen, egal, wie groß die Schmerzen sein würden.

Eins.

Plötzlich ein Geräusch. Ich hörte, wie von draußen ein Schlüssel ins Schloss gesteckt und gedreht wurde.

Ich musste springen. Jetzt. Wagte es nicht.

Die Klinke wurde nach unten gedrückt.

In weniger als einer Sekunde würde ich zu sehen sein. Auf dem Fensterbrett. Beim Fluchtversuch ertappt.

Was tun?

Die Tür ging auf.

28

Julia vermisst seit: 13 Stunden und 36 Minuten

»Spinnst du, Patrick?«

»Lukas!« Ich konnte mein Glück, dass ausgerechnet er mich abholen sollte, nicht fassen. »Gott sei Dank!«

»Was zum Teufel machst du da?«

Ich sprang vom Fensterbrett, kam auf ihn zu. Überlegte sogar, ihn zu umarmen.

Doch er war wenig begeistert, wich zurück. »Bist du verrückt geworden? Was wolltest du da oben?«

»Hör zu, du musst mir helfen!«

»Ich muss dich abführen.«

»Bitte hilf mir.«

»Wobei?«

»Ich muss hier raus!«

Er lachte, aber nur kurz, dann merkte er, dass ich es ernst meinte. »Vergiss es.«

»Bitte!«

»Wie stellst du dir das vor?«

»Ich muss Julia finden.«

»Und ich verlier meinen Job, wenn ich das tu, das weißt du ganz genau.«

»Aber ich bin unschuldig.«

Er starrte mich nur an, sagte nichts.

»Du glaubst doch wohl nicht wirklich, dass ich Sabine umgebracht hab, oder?«

»Und wieso war dann ihre Leiche ausgerechnet in deinem Auto?«

»Das weiß ich doch nicht. Irgendjemand versucht mir da etwas anzuhängen, um mich loszuwerden. Das hab ich auch Schulz und Mayerhofer schon zu erklären versucht.«

Er starrte mich wieder nur an, kaute an seiner Unterlippe.

»Denk nach, das ist doch völlig unlogisch ... Wenn ich Sabine umgebracht hätte, dann hätte ich sie doch nicht in meinem eigenen Wagen versteckt und anschließend im Saugrund versenkt. Das war doch klar, dass sie dort bald gefunden werden würde. Wahrscheinlich ist es der Felber gewesen, wieso sonst sollte er mich angegriffen haben und auf der Flucht sein. Außerdem weißt du selbst ganz genau, wie der ist. Ich meine ... überleg einmal, wie oft sind wir beide bei denen gewesen, um Streit zu schlichten. Wahrscheinlich will er sich jetzt an mir rächen, weil ich ihn damals verhaftet hab, als er ins Gefängnis musste.«

Seine Augen wurden schmäler. Ich kannte den Blick. Lukas grübelte.

»Du weißt es doch auch, Lukas.«

»Ich weiß gar nichts. Bei uns gibt's anscheinend überhaupt keine normalen Menschen mehr.«

»Ich bin kein Mörder.«

»Das trau ich dir auch nicht zu.«

»Dann lass mich gehen!«

Er sagte nichts, aber ich konnte ihm förmlich ansehen, dass sich seine Gedanken überschlugen.

»Lass mich Julia suchen.«

»Sei still und lass mich nachdenken!«

Ich ließ ihn, zumindest versuchte ich mich zurückzuhalten. Wahrscheinlich dauerte es keine fünf Sekunden, doch sie kamen mir wie eine Ewigkeit vor. Dann hielt ich es nicht mehr aus. »Los, Lukas!«

Er biss sich erneut auf die Unterlippe.

»Lukas!«

»Ich hoff wirklich, du sagst die Wahrheit.«

»Natürlich, du Trottel.«

»Das wird mir gehörige Probleme einbringen.«

»Ich werd nicht verraten, dass du mir geholfen hast.«

»Das werden sie auch so rausbekommen.«

»Schulz hat es auf mich abgesehen, du bist ihm egal.«

»Aber dem Wimmer nicht.«

»Lukas, diese Diskussion bringt doch nichts. Lass mich gehen, und zwar jetzt, sonst ist es zu spät.«

Drei Sekunden vergingen, vielleicht vier. Dann ging er bis auf einen halben Meter an die Wand neben der Tür ran, starrte sie an und holte tief Luft.

»Lukas?« Was hatte er vor?

Er antwortete nicht. Stattdessen holte er plötzlich mit dem Oberkörper aus und schoss nach vorne, als machte er eine kräftige Verbeugung. Er rammte seine Stirn mit voller Wucht gegen die Wand.

Dumpfes Krachen.

»Was soll das, bist du verrückt geworden?«

Er schluckte den Ansatz eines Schreies hinunter, sein

Gesicht schmerzverzerrt. Er holte erneut aus und schlug noch einmal mit seiner Stirn gegen die Wand.

Wieder krachte es.

Lukas knurrte, fluchte und rieb sich den Kopf, um den Schmerz zu verdrängen.

»Kannst du mir vielleicht erklären, was das soll?«

»Geh!«, sagte er nur.

»Was?«

»Du sollst verschwinden, verdammt noch mal.«

»Aber wie …?«

»Wenn wir Glück haben, ist da draußen niemand, der dich kennt. Du hast zehn Sekunden, dann werde ich auf den Gang laufen, um Hilfe schreien und behaupten, dass du mich überrumpelt hast.«

29

Julia vermisst seit: 13 Stunden und 38 Minuten

Zehn.

Ich zählte in Gedanken die zehn Sekunden runter, die Lukas mir zu geben versprochen hatte. Er würde lügen und behaupten, dass ich vermutlich nach rechts gelaufen war. Tatsächlich aber war ich nach links gegangen und würde versuchen, über das seitlich gelegene Nebentreppenhaus nach unten und aus dem Gebäude zu gelangen. Normalerweise trieb sich dort so gut wie nie jemand rum. Aber jetzt konnte ich es nicht einschätzen. Ich betete, dass keine Tür verschlossen war.

Neun.

Ich ging den fensterlosen Flur entlang. Mein Puls flatterte. Über mir das kalte Licht von nackten Neonröhren. Um mich herum unzählige Menschen, diskutierend – zu zweit, in größeren Gruppen oder am Telefon. Aber zum Glück nur Fremde oder solche, die mich höchstens flüchtig kannten und denen ich nicht sofort ins Auge stach. Irgendwo in meinem Rücken klingelte ein Telefon.

Acht.

Ich ging flott, versuchte aber nicht zu hetzen, um die Aufmerksamkeit nicht auf mich zu ziehen. Allerdings war mir klar, dass ich nur dann eine Chance hatte, wenn ich bereits im Stiegenhaus war, ehe Lukas zu schreien begann. Und bis dorthin war es noch ein gutes Stück. Es würde arschknapp werden.

Sieben.

Mein Herz hämmerte wie ein Presslufthammer. Die Räume hier oben waren normalerweise ungenützt und die Türen standen offen. Jetzt waren sie geschlossen und wurden wohl, wie im letzten Winter, als Besprechungsräume verwendet. Ich fürchtete, dass jeden Moment eine Tür aufgehen und jemand heraustreten würde, der mich erkannte. Ich merkte plötzlich, dass ich trotz meiner Vorsätze viel zu schnell ging, und zwang mich zu langsameren Schritten.

Sechs.

»Hey, warte!«, rief plötzlich eine männliche Stimme hinter mir und mir rutschte das Herz in die Hose. *Lauf!*, schrie alles in mir, doch ich nahm all meine Überwindungskraft zusammen, um scheinbar unbeeindruckt weiterzugehen. »Was denn?«, hörte ich eine andere Stimme. Der Erste: »Du hast dein Telefon liegen lassen.« Der andere: »Ah, danke.«

Fünf.

Ein »Pling« erklang. Der Fahrstuhl war angekommen. Einen schlechteren Zeitpunkt hätte es dafür wohl nicht geben können, denn ich war keine zwei Meter davon entfernt. Wenn sich die Türen öffneten, würde ich direkt davor sein. Wenn dann jemand heraustrat, würde ich ihm unmittelbar in die Arme laufen. Es half nichts, ich musste schneller werden.

Vier.

Ich war jetzt unmittelbar vor dem Aufzug. Konnte aus dem Augenwinkel sehen, dass sich die Türen rechts von mir öffneten. Es kostete mich alle Überwindung, die ich aufbringen konnte, um nicht hinzusehen oder einfach loszulaufen. Ich täuschte vor, mich an der Schläfe zu kratzen, versuchte so, mein Gesicht zu verdecken. Schulz' Stimme erklang aus der Richtung.

Drei.

Mein Herz würde explodieren, jeden Moment. Meine Handflächen waren nass, Schweißperlen standen mir auf der Stirn. Ich erwartete, Schulz »Hier geblieben!« rufen zu hören. Glaubte jeden Moment, seinen Griff an meiner Schulter zu spüren. Doch nichts dergleichen passierte. Ich hörte ihn nur »Mh« machen, nahm an, dass er telefonierte. Dann: »Mh, ich verstehe.«

Zwei.

Ich war am Aufzug vorüber. Schulz hatte mich anscheinend wirklich nicht bemerkt. Ich konnte mein Glück kaum fassen, obwohl ich noch lange nicht draußen war. Mir fehlten noch gut drei Meter bis zur rettenden Tür. Gleich würde ich im Treppenhaus sein, würde durchatmen können. Doch Lukas hatte anscheinend schneller als ich gezählt. Denn hinter mir hörte ich ihn plötzlich rufen: »Haltet ihn, er will flüchten!«

30

Julia vermisst seit: 13 Stunden und 38 Minuten

In meinem Rücken helle Aufregung. Lukas schrie, einige weitere auch.

»Wo ist er?«

»Los, hier lang!«

»Lasst ihn nicht entkommen!«

Schnelle Schritte auf Linoleum.

Ich wagte keinen Blick zurück. Griff die Türklinke wie einen rettenden Anker. Riss die Tür auf, schummelte mich hindurch, zog sie hinter mir zu.

Der Knall der zugefallenen Tür hallte durchs kahle Treppenhaus. Und gedämpfter Lärm aus dem Flur. Ich rannte los, wie ein Verrückter. Nahm drei Stufen auf einmal, kam ins Straucheln, stolperte, konnte mich gerade noch auf den Beinen halten. Mein Fuß schmerzte vom Tritt gegen den Sessel. In meinen Schläfen ein dumpfes Stechen. Das Blut rauschte mir in den Ohren.

Weiter, immer weiter. Gleich hatte ich es geschafft.

Doch plötzlich erstarrte ich vor Schreck.

Ein Geräusch. Irgendwo unter mir, ganz nahe.

Eine Tür? Ich konnte es nicht sagen, war viel zu sehr darauf konzentriert gewesen, nicht hinzufallen.

Auf einmal Schritte.

Alles geschah in Sekundenbruchteilen.

Sollte ich weiter? Hier warten? Oder zurück nach oben?

Doch ehe ich eine Entscheidung getroffen hatte, kam sie schon um die Ecke. Und plötzlich stand sie vor mir.

31

Julia vermisst seit: 14 Stunden und 35 Minuten

Wir hatten uns gegenübergestanden und einfach nur angestarrt. Einen Augenblick lang hatte keiner von uns beiden etwas gesagt oder sich geregt. Doch ich hatte Nicole ansehen können, dass ihre Gedanken rasten. Genauso wie meine.

Sollte ich einfach an ihr vorbeilaufen? Würde sie versuchen, mich aufzuhalten? Würde sie ihre Waffe benützen? Mich verfolgen und lauthals um Hilfe brüllen? Sollte ich sie besser zu überreden versuchen, mich laufen zu lassen? Würde sie mir glauben?

Noch ehe ich mich entschieden hatte, sprangen die Worte aus meinen Mund: »Ich bin unschuldig. Irgendjemand versucht mir etwas anzuhängen.«

Sie sagte nichts, musterte mich eindringlich. Ihre Hand schwebte über der Waffe.

Von irgendwo über uns waren Stimmen zu hören.

»Ich muss Julia finden.«

Ihr Blick hellte sich auf einmal auf. Ihre Körperspannung ließ nach. Sie trat zur Seite. »Viel Glück.«

Nun war es kurz nach acht. Die Sonne war eben untergegangen und mit ihr waren die langen, tiefen Schatten aus Grundendorf verschwunden. Obwohl es noch hell war, schwebte ein düsteres Licht über der Straße und zwischen den Häusern. Allmählich begann es dunkel zu werden. Am Horizont hinter den Dächern hatte sich der Himmel in kräftige

Rosa- und Orangetöne verfärbt, die ein Maler wohl nicht kitschiger hinbekommen hätte. Es musste immer noch über 30 Grad haben und langsam aber sicher zollte mein Körper der Hitze ihren Tribut. Mein Mund fühlte sich staubtrocken an, ich konnte mich nicht erinnern, wann ich zum letzten Mal etwas getrunken hatte. Zu meinen Kopfschmerzen gesellte sich allmählich ein leichtes Schwindelgefühl. Ich fühlte mich fiebrig und schwach auf den Beinen.

In der letzten knappen Stunde hatte ich mich durch kleine Wälder, Windschutzgürtel, Gestrüpp und, wenn es sich nicht hatte vermeiden lassen, quer über weitläufige Weizen-, Mais-, Rüben- und Salatäcker von Obermarch bis nach Grundendorf durchgekämpft.

In Grundendorf angekommen, fragte ich mich, ob das alles bloß ein böser Albtraum gewesen war, denn nichts und niemand schien meine Anspannung zu teilen. Das Dorf lag still da, die Dunkelheit breitete sich darüber aus wie ein Schleier. Die Blätter und Zweige in den Bäumen und Sträuchern hingen starr, nicht das leiseste Lüftchen regte sich. Keine Vögel zwitscherten, keine Katze, die irgendwo lauerte, kein Hund, der bellte, und nicht ein einziger Mensch war weit und breit zu sehen. Nicht einmal Reporter, keine Ahnung, wohin sich diese verkrochen hatten. Aber auch kein Einsatzwagen, mit dem man nach mir suchte – zumindest auf den ersten Blick. Kein beleuchtetes Fenster, nichts. Grundendorf wirkte wie eine Geisterstadt.

Ich hatte mich an der Rückseite des Dorfes über einen Feldweg vorwärtsgeschlichen, zwang mich dazu, immer weiterzulaufen, keine Zeit zu verlieren. Ich hatte ein Ziel. Konnte es kaum erwarten, zu erfahren, ob ich mit meinem Verdacht recht hatte oder nicht.

Die Frage, wer mich so sehr hasste, dass er mir etwas

hatte anhängen wollen, hatte mich den ganzen Weg nach Grundendorf beschäftigt. Es musste so sein, denn der Saugrund als Versteck war weder kreativ noch besonders erfolgversprechend gewesen. Wer auch immer ihn dort versteckt hatte, musste geahnt haben, dass der Wagen bald gefunden werden würde.

Hatte sich Hannes Jahre danach für seine Verhaftung rächen wollen? Gab er mir die Schuld an seinem Knastaufenthalt? Möglich. Doch wenn nicht er dahintersteckte, wer konnte es sonst gewesen sein? Als erste Reaktion hatte natürlich alles in mir *Niemand!* geschrien. Der Gedanke war ja geradezu lächerlich. Es konnte nichts mit mir zu tun haben, mein Wagen musste zufällig ausgewählt worden sein. Vielleicht, weil der- oder diejenige ganz genau gewusst hatte, dass er völlig unbeobachtet dort hinter meiner Gartenmauer auf dem Feldweg gestanden hatte. Doch wie hatte derjenige an den Schlüssel kommen können?

Diese Tatsache hatte mich auf dem Weg nach Grundendorf zu weiteren Fragen geführt: War der Mord also schon länger geplant gewesen? Und wenn ja, wie lange? Hannes war erst seit zwei Wochen aus dem Gefängnis draußen, das hatte zumindest der alte Horvat behauptet. Konnte einer meiner beiden Wagenschlüssel erst seit diesem Zeitpunkt verschwunden sein? War überhaupt einer verschwunden?

Ich musste an meinen Großvater denken, der noch nie einen Hehl daraus gemacht hatte, dass er mich nicht leiden konnte. Hatte er das alles nur deshalb veranstaltet, um mich ins Gefängnis zu bringen und endgültig von Oma fernzuhalten? Weil er sie ganz für sich alleine haben wollte, es nicht ertragen konnte, dass er den Rest seines jämmerlichen Lebens an seinen Rollstuhl gefesselt war und Oma, der einzige Mensch, der sich um ihn kümmerte, vielleicht noch jemand anderen als ihn liebte? Doch wie hätte er unbemerkt im Rollstuhl bis zu mir kommen können? Abgesehen davon, dass es für ihn wohl einer kleinen Weltreise gleichgekommen wäre, hätte er auch alle Aufmerksamkeit auf sich gezogen, wenn er zum ersten Mal alleine dahinrollend gesichtet worden wäre. Bisher war er doch ausschließlich gemeinsam mit Oma unterwegs gewesen. Sie hatte ihn mühevoll vor sich hingeschoben, während er allen Frust dieser Erde in seinem Gesicht getragen zu haben schien und kaum einmal ein Wort gesprochen oder gar gegrüßt hatte. Außerdem: Wie hätte er den Wagen fahren sollen?

Aber auch mit Alois Gruber war ich im letzten Winter einige Male zusammengekracht und selbst Wallner hätte ich wohl nicht zu meinen Freunden gezählt. Im vergangenen Winter hatten die Nerven bei uns allen blank gelegen. Es waren so einige Worte und Anschuldigungen gefallen, die man unter normalen Umständen wohl kaum gewagt hätte.

Da ich mich in den letzten Monaten zu Hause verkrochen und die Welt um mich herum ausgeblendet hatte, war ich dem Grundendorfer Verarbeitungsprozess entgangen. Die Leute hatten über alles hinweggesehen, sich wieder ganz normal verhalten, gegrüßt und ins Gesicht gelächelt. Damit hatten sie einander zu verstehen gegeben, dass alles in Ordnung war. Doch dieses Gefühl war mir nicht vermittelt worden, weil ich mich den Begegnungen eben nicht gestellt hatte. Ich hatte keine Ahnung, wem ich vertrauen konnte und wem nicht. Hatte das grauenvolle Gefühl, dass ich nichts mehr ausschließen durfte, einfach gar nichts.

Und je länger ich darüber grübelte, desto sicherer war ich mir auf einmal, dass es nur einen Menschen in Grundendorf gab, der mich derart hasste und dem ich ein so perfides Spiel zutraute. Der in der Vergangenheit schon öfter bewiesen hatte, dass er nicht nur eine verschobene Wahrnehmung hatte, sondern auch noch gefährlich war.

Ich war der Konfrontation lange genug aus dem Weg gegangen. Jetzt blieb mir keine andere Wahl, als mich ihr zu stellen. Ich musste wissen, ob sie etwas mit Julias Verschwinden zu tun hatte.

32

Julia vermisst seit: 14 Stunden und 49 Minuten

Anna hatte in den vergangenen dreieinhalb Jahren eine harte Zeit gehabt. Linda, ihre jüngere Schwester, war die erste Verschwundene gewesen. Über drei Jahre lang war ihr Schicksal ungeklärt und niemand konnte sagen, ob sie noch lebte oder längst tot war. Annas Familie zerbrach an dem grauenvollen Druck, ihre Eltern ließen sich scheiden und zogen aus Grundendorf weg. Anna blieb alleine zurück. Wegzuziehen hätte bedeutet, Linda aufzugeben, und das konnte sie ihrer kleinen Schwester nicht antun. Das hätte sie sich selbst nicht antun können, weil sie dann wohl für immer mit der Schuld hätte leben müssen, Linda im Stich gelassen zu haben.

In dieser schweren Zeit sah sie in mir allmählich etwas, das ich nie war. Ein Ersatzvater, Freund, Retter. Sie wusste es wohl selbst nicht so genau. Doch sie steigerte sich immer mehr hinein. Sie begann mich zu umgarnen, mich mit Liebesgeständnissen zu überhäufen.

Es war ein Fehler, sie zu küssen. Das war mir vom ersten Augenblick an klar. Es würde nur Probleme bringen, daran bestand für mich kein Zweifel. Doch es war einfach so passiert. Nach viel zu viel Alkohol und einer viel zu langen Zeit, in der ich Lisa nachgetrauert und nicht einmal den Gedanken an eine andere Frau zugelassen hatte.

Leider sollte ich recht behalten, denn was nach dieser Nacht folgte, waren jede Menge Probleme. Anna verbiss sich in den absurden Gedanken, dass wir zusammen waren. Sie posaunte es überall herum, rief sogar bei meiner Dienststelle und meinen Großeltern an.

Ich kann mich noch erinnern, dass meine Oma mich einmal bat, Anna am Sonntag doch einfach zum Essen mitzubringen. Außerdem stellte meine Oma klar, dass ich ihr doch ruhig hätte sagen können, dass ich eine Freundin hatte. Als ich ihr zu erklären versuchte, dass Anna nicht meine Freundin war, wollte sie mir erst gar nicht glauben. Sie dachte, dass es mir aus irgendeinem Grund peinlich war und ich es nicht zugeben wollte. Es dauerte Tage, bis meine Oma mir endlich glaubte.

So besessen war Anna.

So manipulativ.

So überzeugend, dass selbst meine Oma – der Mensch, der mich neben Lisa wohl am besten kannte – lange Zeit ihr und nicht mir glaubte.

In dieser Zeit war ich der Verzweiflung nahe, denn es brachte absolut nichts, Anna immer und immer wieder aufs Neue zu erklären, dass es nicht so war. Dass wir kein Paar waren und der Abend ein einmaliger Ausrutscher war, der mir leidtat und niemals hätte passieren dürfen. Doch Anna war taub dafür, was ich ihr sagte.

Als Lisa im letzten Winter zurück nach Grundendorf kam,

weil ihre Schwester Maria verschwunden war, griff Anna sie sogar an, weil sie in Lisa eine ernst zu nehmende Konkurrentin sah. Ich frage mich noch heute, wie weit sie wohl gegangen wäre, hätte nicht durch Zufall jemand den Angriff beobachtet und wäre dazwischengegangen. Nur aufgrund der besonderen Umstände und der dramatischen Stunden, die dem Angriff folgten, verzichtete Lisa damals auf eine Anzeige gegen Anna wegen schwerer Körperverletzung.

Doch nach dem letzten Winter und nachdem die grauenvolle Wahrheit über das Verschwinden ihrer kleinen Schwester ans Tageslicht kam, kanalisierte sich Annas Wut und konzentrierte sich auf mich. Ich war es, der ihr falsche Hoffnungen gemacht, sie ausgenutzt und in dieser einen verfluchten Nacht geküsst hatte. Ich hätte mit ihr gespielt. Sie hätte mir ihr Herz anvertraut und ich hätte es getreten. Ich hätte Schuld an all ihrem Übel, an allem, was passiert war. Diese und viele weitere Anschuldigungen hinterließ sie mir in unzähligen Ausführungen auf meiner Mobilbox – einmal unter Tränen und kaum zu verstehen, dann wieder brüllend und tags darauf mit einer sonderbaren Leere in ihrer Stimme. Irgendwann hörte ich sie mir gar nicht mehr an und las auch keine ihrer endlos langen SMS oder E-Mails mehr.

Ein Fehler?

Hatte ich Anna unterschätzt?

Nun war ich in unmittelbarer Nähe von Annas Haus, das eine Spur größer als die meisten anderen in Grundendorf war. Jedoch um nichts schöner und nur durch einen schmalen ausgetrockneten Grasstreifen von der Straße getrennt. Ich versteckte mich hinter einem Nussbaum auf der gegenüberliegenden Straßenseite und beobachtete es eine Weile. Versuchte durch die blickdichten Vorhänge hindurch einen

Hauch von Licht zu erahnen. Doch die Scheiben spiegelten nur das orange Licht der Straßenlaternen. Ansonsten war absolut nichts und niemand zu erkennen.

Schnell merkte ich, dass mich der erste Eindruck getäuscht hatte. Anscheinend wurde sehr wohl nach mir gesucht. Ein Streifenwagen näherte sich von rechts und fuhr im Schritttempo an mir vorüber. Kurz darauf kam einer von links. Ich hatte mich gerade noch rechtzeitig hinter einen Wagen unmittelbar neben dem Nussbaum werfen können und mich dort versteckt.

Während ich dort kauerte, war von den umliegenden Äckern das regelmäßige Zischen der Bewässerungsanlagen zu hören. Dahinter lauerte immer lauter werdendes Grillengezirpe und Mückensummen.

Sekunden verstrichen.

Mich beschlich ein seltsames Gefühl. Obwohl niemand zu sehen war, glaubte ich, dass jeder meiner Schritte beobachtet wurde. Ich konnte nicht sagen, von wem oder von wo. Doch ich bildete mir ein, die stechenden Blicke ganz deutlich auf mir zu spüren.

Ob auch Anna mich bereits entdeckt hatte?

Ob sie mich gerade beobachtete?

Die Fassade des Hauses bestand anstatt eines kräftig bunten Anstrichs aus dottergelben karoförmigen Eternitplatten, die an vielen Kanten abgeschlagen waren. An manchen Stellen fehlten sie gar und es war die darunterliegende verfaulte Dämmwolle zu sehen. Das Dach war an den Rändern mit Moos überzogen und auch hier fehlten einige der dunkelgrauen Eternitplatten. Doch von all dem war im fahlen Licht der Straßenlaternen kaum etwas zu erkennen.

Ich atmete tief durch, schaute noch einmal die Straße entlang, um sicherzugehen, dass die Luft rein war und ich keinem meiner Ex-Kollegen vors Abblendlicht lief, und suchte die umliegenden Fenster und Vorgärten ab. Niemand zu sehen. Ich wagte mich hinter dem Wagen hervor und machte ein paar schnelle Schritte auf die Eingangstür aus schneeweißem Kunststoff zu. Sie war im Gegensatz zu den Fenstern, deren alte Holzrahmen spröde waren, erst ein paar Monate alt. Die Tür wirkte viel zu massiv und wollte so gar nicht zum Rest des in die Jahre gekommenen Hauses passen. Aus dem verbeulten Briefkasten, der neben der Tür schief an der Hauswand hing, schauten mehrere zusammengerollte Tageszeitungen heraus. Der Briefträger hätte wohl nicht einmal mehr Platz für eine Postkarte gefunden.

Ehe ich es mir anders überlegen konnte, hatte ich die Klingel gedrückt.

Das Läuten drang zu mir nach draußen. Und tiefes Hundegebell.

Seit wann hatte Anna einen Hund?

Ansonsten passierte nichts, viele Sekunden lang. Oder war da eben ein dumpfes Klopfen gewesen? Ich presste mein Ohr gegen die Tür. Doch jetzt war da keinerlei Geräusch mehr zu vernehmen. Auch der Hund hatte zu bellen aufgehört.

Ich läutete erneut.

Wieder der Hund. Aber leiser als zuvor.

Ansonsten nichts.

Hätte ich mein Handy dabeigehabt, hätte ich Anna angerufen, um herauszufinden, ob ich ihres klingeln hören konnte. Doch das war mir auf der Inspektion vorhin abgenommen worden.

Ich ließ nicht locker, war mir aus irgendeinem Grund plötzlich ganz sicher, dass Anna zu Hause war. Deshalb klingelte ich noch einmal. Und danach noch einmal.

Plötzlich von drinnen Annas Stimme: »Verschwinde, Patrick!«

Sie musste sich angeschlichen haben, denn es hatte geklungen, als stünde sie unmittelbar hinter der Tür. Aber wieso wusste sie, dass ich es war? Einen Spion hatte die Tür nicht, sie musste mich also tatsächlich vom Fenster aus beobachtet haben.

»Ich muss mit dir reden«, sagte ich.

Ich konnte sie von drinnen schnaufen hören. »Ich hab keine Lust.«

»Es ist wirklich wichtig.«

»Leck mich, Patrick!«

»Es geht um Julia.«

Stille. Nein, halt, hatte sie eben geflüstert?

»Anna, bitte mach auf.«

»Viel Glück bei der Suche. Bei mir ist sie jedenfalls nicht.«

»Das hab ich auch nicht erwartet.« *Oder doch?*

»Was willst du dann hier?«

»Lass mich rein!«

»Vergiss es!«

»Bitte.«

»Geh einfach!«

Ich schnaufte, rieb mir das Gesicht, suchte nach den richtigen Worten. Wie konnte ich sie überzeugen? Dann kam mir ein anderer Gedanke: Wieso war der Hund auf einmal so leise? Dem tiefen Klang seines Gebells nach zu urteilen, musste es sich um einen großen Hund handeln, vielleicht einen Schäfer oder so etwas in der Art. Selbst wenn Anna ihn in ein Zimmer eingeschlossen hatte, dann musste sein Gebell doch immer noch zu hören sein oder etwa nicht?

Dann hörte ich Anna auf einmal seufzen und das metallische Klicken des Türschlosses. Anna öffnete mir, ließ mich jedoch nicht ins Haus, sondern versperrte mir mit verschränkten Armen den Zugang.

In diesem Moment wurde mir klar, dass ich sie seit dem letzten Winter nicht mehr gesehen und offensichtlich nicht nur ich mich seitdem verändert hatte. Sie hatte abgenommen, viel sogar. Seit ich mich zurückerinnern konnte, war Anna etwas rundlich gewesen, nicht dick, aber auch nicht wirklich schlank. Doch nun waren ihre Wangen eingefallen und ihre Gesichtszüge spitzer und kantiger als sonst, besonders ihr schmales Kinn stach ins Auge. Unter ihren Augen lagen dunkle Schatten und an den Außenseiten hatte sie tiefe Krähenfüße. Ihre einst schwarze, lockige Mähne war einem burschikosen Kurzhaarschnitt gewichen. Ihre Haut war bleich, viel Sonne konnte sie in diesem Sommer noch nicht abbekommen haben.

»Mach den Mund zu, ich weiß selbst, wie ich ausschaue!«, fuhr sie mich an.

»Tut mir leid, ich …«

»Und im Übrigen siehst du um nichts besser aus.«

Ja, da hatte sie wohl recht. Ich hatte in den letzten Monaten nicht nur Speck angelegt. Hinzu kamen nun meine lädierte Schläfe und ein geschwollenes Auge. Mein völlig durchgeschwitztes T-Shirt, meine schweißfeuchte Haut und mein Körpergeruch hatten das Ganze wohl nicht besser gemacht.

»Also, was willst du, Patrick?«

Ich versuchte an ihr vorbei ins Haus zu schauen, doch sie hatte den kleinen Spalt zur Gänze mit ihrem Körper ausgefüllt.

»Ich muss mit dir reden.«

»Was, wenn ich keine Lust darauf hab?« In ihre Stimme hatte sich Zorn geschlichen. Sie schnaufte, rieb sich mit

Daumen und Zeigefinger die Nasenwurzel, versuchte offensichtlich sich zu beruhigen.

»Anna, du …«

»Ich wollte auch mit dir reden!«, schrie sie auf einmal und ihre Stimme überschlug sich dabei. »Das letzte halbe Jahr!«

Ich zuckte zusammen, sah mich sofort um, ob irgendwo ein Licht anging und jemand aus den umliegenden Häusern nach draußen schaute. Aber nichts passierte.

»Anna, es tut mir leid, aber … was soll ich sagen, ich …«

»Einen Scheiß tut es dir leid.«

»Ich weiß, ich hätte …«

»Ich weiß, ich hätte«, äffte sie mich mit einer weinerlichen Stimme nach.

Mir war klar, dass ich nicht mehr viel Zeit hatte. Anna war kurz vorm Überkochen. Sie würde mir die Tür vor der Nase zuschlagen.

»Weißt du, wo Julia ist?«

»Nein.«

»Sicher?«

»Warum sollte ich das wissen?«

»Weißt du, wo Dr. Wallner ist?«

»Nein.«

»Hast du meinen Wagen im Saugrund versenkt?«

»Du spinnst doch.«

»Hast du?«

»Nein, und jetzt verpiss dich!«

»Ist Hannes bei dir?«

»Glaubst du, ich bin verrückt? Weshalb sollte ich den Idioten bei mir verstecken? Und jetzt zum letzten Mal: Verschwinde!«

Sie wich zurück ins Haus, wollte mir die Tür vor der

Nase zuschlagen. Doch ich schaffte es gerade noch rechtzeitig, meinen von der Polizeiinspektion lädierten Fuß dazwischenzustellen. Die schwere Tür schlug mit voller Wucht gegen meinen Fuß und meine leichten Sportschuhe konnten den Aufprall kaum dämpfen. Ich stöhnte auf vor Schmerz, wich jedoch nicht zurück.

»Hau ab, Patrick!«, kreischte sie so laut, dass die halbe Straße es gehört haben musste.

»Nicht, bevor du …«

»Lass mich in Ruhe!«

»Ich will doch nur …«

Auf einmal fielen mir die Kratzer auf ihren Unterarmen auf. Ähnlich, wie sie mir an Valentin am Morgen aufgefallen waren.

Doch ehe ich begriff, wich Anna zurück und kehrte mir ihre Seite zu. Dann kam alles viel zu überraschend. Ich wollte ihr nach. Doch im nächsten Moment hatte sie sich wieder mir zugewandt. In der einen Hand eine Vase, in der anderen die Blumen, die sie mir entgegenschleuderte. Instinktiv riss ich die Arme hoch. Dann warf Anna die Vase nach mir. Sie prallte gegen meinen Unterarm, Wasser spritzte mir ins Gesicht. Dann knallte sie zu Boden und zersprang in Hunderte Splitter.

Aus Reflex war ich zurückgewichen. Konnte nicht verhindern, dass Anna mir die Tür vor der Nase zuknallte.

Von drinnen schrie sie: »Verschwinde!«

»Anna, es … es tut mir leid, bitte lass uns …«

»Oder ich ruf die Polizei!«

Ich glaube, sie schrie danach noch etwas, doch ich bekam es nicht mehr mit. Ich war plötzlich wie vom Blitz getroffen. War mir auf einmal völlig sicher: Etwas, das Anna eben gesagt hatte, war von entscheidender Bedeutung.

Da sah ich ein Auto auf mich zukommen. Selbst im fahlen Licht der Straßenlaternen erkannte ich, dass es wieder ein Polizeiwagen war.

33

Julia vermisst seit: 15 Stunden und 8 Minuten

Er war vielleicht 100 Meter entfernt. Fuhr extrem langsam. Geduckt hetzte ich zu einem Gebüsch am Nachbarsgrundstück und sprang dahinter. Ich war voller Angst. Sekunden wurden mir zur Ewigkeit. Konnten sie mich im Dunkeln gesehen haben? Warten. Der Motorenklang kam näher. Und näher. Ich hielt vor Anspannung die Luft an. Das Auto war auf meiner Höhe. Fuhr in Schritttempo an mir vorüber. Entfernte sich.

Ich atmete erleichtert durch. Sie hatten mich tatsächlich nicht gesehen.

Doch mir blieb keine Zeit, mich von dem Schreck zu erholen. Denn da war immer noch die Frage: Wo konnte Hannes sich verstecken?

Er hatte kein Auto zur Verfügung, der alte Opel war von der Polizei beschlagnahmt worden. Er hatte offensichtlich auch keines gestohlen, denn das wäre doch mittlerweile aufgefallen und hätte die Runde gemacht. Es wurde nach ihm gefahndet und tagsüber sogar mit einer Wärmebildkamera vom Hubschrauber aus nach ihm Ausschau gehalten. Das ganze Dorf wusste, dass er gesucht wurde und als Hauptverdächtiger galt – Freunde hatte er sich mit seiner aggressiven Art nie gemacht und die letzten hatte er wohl mit seinem Gefängnisaufenthalt und der Tat, die ihn dorthin gebracht hatte, vergrault. Somit ging ich davon aus, dass ihm niemand geholfen hatte, aus dem Dorf zu kommen. Auch mit dem Zug konnte er nicht geflohen sein, denn zu den wenigen Zeiten, an denen einer in Grundendorf hielt, war ein Streifenwagen am Bahnhof gewesen, um sicherzugehen, dass er sich nicht heimlich in einen Waggon schlich. Die Postbusstrecke, die durch den Ort geführt hatte, war schon vor über zehn Jahren eingestellt worden. All diese Annahmen führten mich zu der Erkenntnis, dass Hannes sich noch in Grundendorf aufhalten musste. Nur wo?

Vermutlich ohne es zu wissen, hatte Anna vorhin etwas gesagt, das mir die vermeintliche Antwort auf diese Frage gegeben hatte: »Glaubst du, ich bin verrückt? Weshalb sollte ich den Idioten bei mir verstecken?«

Wer in Grundendorf war also verrückt genug, Hannes bei sich aufzunehmen und vor der Polizei zu verstecken? Sosehr ich auch darüber grübelte, mir wollte nur eine Person einfallen: der alte Herr Raab. Nicht weil er so verrückt war, sondern weil er es aufgrund seiner Senilität vielleicht gar nicht mitbekam.

Mir war klar, dass es keinen Sinn haben würde, zu läuten. Hannes würde sofort alarmiert sein und versuchen, die Flucht zu ergreifen. Oder er würde mich attackieren. Und in meiner momentanen Verfassung hätte ich wohl kaum auch nur den Funken einer Chance gegen ihn gehabt. Mit seiner bulligen Statur wäre er mir auch in Bestform überlegen gewesen. Nein, die einzige Möglichkeit war, ihn zu überraschen.

Nur wie?

Ich entschied mich dafür, mich über einen Feldweg und an einem Maisfeld entlang an die Rückseite von Herrn Raabs Haus zu schleichen. Doch dort angekommen, wusste ich nicht weiter. Das Grundstück wurde von einer knapp zwei Meter hohen, bröckelnden und mit Efeu zugewachsenen Ziegelmauer abgegrenzt. An der Seite ein Blechtor, doch das war verschlossen. Erst wollte ich nur einmal einen Blick über die Mauer werfen. Deshalb griff ich den brüchigen Rand, stemmte meinen rechten Fuß gegen die Mauer und zog mich hoch. Doch als ich oben war, hievte ich mich kurzerhand darüber.

Ich landete auf dem Rasen und hielt in der Dunkelheit inne. Ein paar Sekunden lang wagte ich es nicht, mich zu bewegen. Wollte sichergehen, dass mein Eindringen nicht bemerkt worden war.

Nichts passierte.

Also hetzte ich gebückt durch den Garten an die Rückseite des einstöckigen Hauses. Dabei schwirrte mir unweigerlich der Gedanke durch den Kopf, dass es absolut lächerlich war, was ich hier machte. Alles, was ich hatte, waren Vermutungen. Wahrscheinlich hatte sich Hannes längst aus dem Staub gemacht, vielleicht hatte er ja doch einen Sympathisanten oder einen Idioten gefunden, der ihm aus Mitleid oder für Geld geholfen hatte. Und ich schlich da nachts durch Herrn Raabs Garten und würde den armen Mann wohl zu Tode erschrecken. Wenn ich Glück hatte, würde er noch immer ganz einsam und verlassen mit einem Bier und unzähligen Zigaretten im Café Schwarz sitzen und gar nichts von meiner Aktion mitbekommen.

Ich stemmte mich gegen die grobkörnige Fassade des Hauses, unmittelbar neben einem unbeleuchteten, gekippten Fenster. Spitze Brocken bohrten sich durch das feuchte T-Shirt in meinen Rücken. Ich bemerkte, dass ich hektisch atmete, versuchte, es in den Griff zu bekommen. Aber es wollte mir nicht gelingen.

Ich lauschte der Stille, versuchte mit aller Macht irgendein Geräusch im Haus auszumachen. Doch da war nichts. Ich beugte mich zur Seite, wagte einen Blick durch das gekippte Fenster. Ich glaubte, Küchenmöbel zu erahnen, doch es war zu finster. Es schien niemand zu Hause zu sein.

Links von mir lagen zwei geschlossene Fenster, hinter denen ebenfalls kein Licht brannte. An der rechten Hausseite, gleich neben dem gekippten Fenster, war eine Metalltür.

Ich fasste Mut, schlich hinüber, griff die Klinke. Wollte sie gerade nach unten drücken. Da drang plötzlich ein Knarren zu mir nach draußen. Kaum wahrnehmbar.

Ich erstarrte.

Hatte ich es mir bloß eingebildet?

Ich wartete ab. Zehn Sekunden, 20, 30, eine Minute. Presste mein Ohr gegen das warme Metall. Doch es war nichts mehr zu hören.

Deshalb drückte ich sie weiter nach unten. Ganz sachte, Millimeter für Millimeter. Mein Herz schlug schneller, ich schluckte. Drückte weiter, bis die Klinke den Anschlag erreicht hatte.

Ich wartete erneut ab. Lauschte konzentriert.

Nichts.

Unbewusst hielt ich die Luft an, wollte gerade die Tür öffnen.

Da wurde ich überrascht.

34

Julia vermisst seit: 15 Stunden und 14 Minuten

Von innen wurde die Tür mit voller Wucht aufgestoßen. Keine Zeit, zu reagieren. Sie knallte mir ungebremst ins Gesicht. Es knackste. Ein mächtiger Schmerz entsprang in meiner Nase, schoss bis in meinen Schädel. Ich war augenblicklich benommen. Taumelte zurück. Stolperte, fand keinen Halt. Fiel zu Boden.

Alles ging so schnell, war so überraschend. Ehe ich begriff, stand Hannes schon über mir, stürzte sich auf mich, schwang seinen schweren Arm.

Ein Faustschlag traf mich im Gesicht.

Die Wucht war überwältigend. Einen Augenblick lang sah ich Sterne.

Hannes schrie mir etwas entgegen. Doch ich bekam es kaum mit. Ich versuchte meine Hände hochzureißen, mich zu schützen. Aber da traf mich schon der nächste Schlag. Noch wuchtiger als jener zuvor.

Ich knallte mit dem Hinterkopf auf den harten Rasen.

Hannes ließ von mir ab.

Ehe ich begriffen hatte, hörte ich ihn schon am Tor zerren. Das Blech schepperte laut. Es war verschlossen, kein Schlüssel, der steckte.

»Scheiße!«, fluchte er und trat dagegen.

Ich nahm alle Kräfte zusammen, raffte mich vom Boden hoch. Doch mir war schwindelig, ich fiel beinahe wieder. Fing mich rechtzeitig, kämpfte mich vorwärts. Die Dunkelheit um mich drehte sich. Meine Nase schmerzte höllisch. Warmes Blut floss daraus, rann mir über die Lippen und tropfte mir vom Kinn.

Hannes war zwar unglaublich kräftig, doch, wie sich herausstellte, in keinster Weise athletisch. Er versuchte über die Mauer zu kommen, aber dafür war er nicht gebaut. Wieder und wieder setzte er an, rutschte immer wieder ab. Er war gefangen. Denn um durch das Haus und die Vordertür zu flüchten, hätte er an mir vorbeigemusst. Und ohne einen Überraschungseffekt wie eben hätte er wohl keine Chance gegen mich gehabt. Dafür war er zu betrunken, wie mir nun immer klarer wurde.

Ich blieb dennoch auf Abstand. Hatte selbst immer noch Mühe, mich auf den Beinen zu halten.

»Lass es sein, Hannes«, sagte ich und mein ganzer Kopf schmerzte dabei.

Er reagierte nicht, startete stattdessen einen neuen Versuch, über die Mauer zu kommen. Wieder erfolglos. Dann noch einmal. Irgendwann gab er es auf. Hielt inne und starrte mit gesenktem Kopf auf die finstere Mauer. Er machte einen Ausfallschritt zur Seite. Fing sich.

»Hannes …«, setzte ich an.

»Lass mich in Ruhe!«, lallte er und taumelte in die andere Richtung.

Weinte er etwa?

»Wo ist Julia?«

Er antwortete nicht.

Ich ließ nicht locker: »Wo ist sie?«

»Was?«

»Wo ist meine Cousine?«

»Woher soll ich das wissen?«

»Lüg mich nicht an!«

»Ich weiß es wirklich nicht, verflucht.« Seine Stimme

war brüchig geworden. In der Dunkelheit glaubte ich, seine Schultern beben zu sehen. »Warum zum Teufel soll ich wissen, wo deine Cousine ist?«

»Wir haben den zerrissenen Stoff im Wald gefunden.«

»Was?«

»Was hast du Sabine angetan?«

Jetzt schluchzte er laut auf, weinte ohne Halt. Er ließ sich zu Boden fallen wie ein nasser Sack. Er lag da im Rasen. Schluchzte so bitterlich, wälzte sich von einer Seite auf die andere, schlug mit der Faust auf den Boden ein. Seine Silhouette ein Häufchen Elend in der Dunkelheit.

Ich wischte mir das Blut aus dem Gesicht und spuckte es aus. Die Schmerzen wurden immer schlimmer.

»Was ist passiert?«, fragte ich.

Hannes ignorierte mich. Irgendwann raffte er sich auf, lehnte sich mit dem Rücken gegen die Mauer, wischte sich die Tränen aus dem Gesicht. Wurde erneut von einem Heulanfall überwältigt.

»Was hast du gemacht?«

Er stammelte irgendwelche Klagelaute, die nicht zu verstehen waren, zog durch die Nase auf.

»Was, Hannes?«

Hannes brachte ein bitterliches »Ich weiß nicht, ich … ich …« heraus. Weinte wie ein kleines Kind. »Wir …« Er holte tief Luft, schluchzte weiter. »Wir haben … haben uns gestritten.«

»Warum?«

»Ich weiß nicht, ich …« Sein Satz verlief im Nichts.

»Warum hast du mich im Café angegriffen?«

»Ich … geh nicht mehr in den Knast, ich …«

Ich wartete, bis er weiter erzählte.

»Sabine … sie ist in der Nacht weggelaufen und ich … ich hab geglaubt, dass … dass sie mich angezeigt hat.«

Jetzt verstand ich. Das klang für mich plausibel. Hannes war erst kurze Zeit wieder auf freiem Fuß. Er konnte wirklich geglaubt haben, dass ich immer noch Polizist war. »Wann war das?«

»Ich … ich weiß nicht, ich … ich hab getrunken und …«

»Wann?«

»Irgendwann in der Nacht …« Er schlug mit dem Ellenbogen gegen die Mauer. »Mein Gott, was …«

»Wie hast du Sabine das nur antun können?«

»Was?«, fragte er.

Und ich verstand seine Frage nicht.

»Was … was angetan?«, fragte er.

Er weinte nun so heftig, dass er kein klares Wort mehr herausbrachte.

Ich gab ihm einen Augenblick. Wusste, dass die nächste Frage hart sein würde. Aber ich war mir sicher, dass sie von entscheidender Bedeutung war. Außerdem hatte ich immer noch nicht begriffen.

»Hat Sabine wieder eine Affäre gehabt?«

Er gab einen jämmerlichen Laut von sich.

»Hat sie?«

»Ich … ich weiß es doch nicht.« Nun schlug er wieder mit den Fäusten auf den Boden ein und mit dem Hinterkopf gegen die Mauer. Ein paarmal, dann schien er plötzlich ruhiger: »Wir … wir haben uns deshalb gestritten und …«

»Und was?«

»Nichts … ich glaub, sie hat noch mit dem Wallner … ich meine …«

»Du glaubst, dass sie immer noch eine Affäre hatten?«

Er gab einen gequälten Laut von sich, den ich als »Ja« interpretierte.

Ich ließ ihm Zeit.

Irgendwann begann er von selbst zu erzählen, schluchzte dazwischen immer wieder, hielt inne, holte Luft und erzählte weiter: »Wir … wir haben uns letzte Nacht gestritten, es … es sind wieder mal die Fetzen geflogen … Ich weiß gar nicht mehr genau, warum. Ich … ich glaub, weil … sie hat mich provoziert, ich … ich hab getrunken, ich … ach, ich weiß es nicht. Sie ist aus dem Haus gelaufen und … und ich bin ihr nach. Ich … ich hab geschrien, ich hab … hab sie geschimpft, ich … aber sie war zu schnell, ich … ich hab sie verloren, ich …« Er seufzte. »Ich hab mich noch in der Nacht im Café versteckt und dort geschlafen, da … da kommt man ja immer rein, weil hinten ist ja nicht abgeschlossen. Aber wie du …« Er holte abermals tief Luft. »Wie du dann dort aufgetaucht bist, da … da hab ich gewusst, dass … dass Sabine mich angezeigt hat und … und, dass du mich …«

Ich starrte auf seine dunkle Silhouette, verstand nicht. Wieso redete er so wirres Zeug und glaubte, dass Sabine ihn angezeigt hatte?

Er schaute zu mir auf. Und mit einem Mal lag eine ungeheure Entschlossenheit in seiner Stimme: »Ich geh nicht mehr zurück ins Gefängnis. Niemals. Es ist die Hölle dort.«

»Wie spät war es da, als Sabine aus dem Haus gelaufen ist?«

»Keine Ahnung … ich …«

»Denk nach.«

»Nach Mitternacht … mehr … ich weiß nicht … wirklich.«

Er begann wieder zu weinen.
»Hast du meinen Wagen gestohlen?«
»Was?«
»Hast du?«
»Wovon redest du?«, fragte er.
In meinem Kopf dröhnte es und meine Nase schmerzte immer schlimmer. Das Blut wollte einfach nicht aufhören zu laufen. Hannes saß weiter vor mir auf dem Boden und weinte so bitterlich, wie ich es ihm niemals zugetraut hätte.
Und plötzlich begriff ich. Viel zu spät.
Mein Gott!
Er hatte keine Ahnung! Wie denn auch? Wenn er tatsächlich die Nacht und den Vormittag über im Café verbracht hatte und sich dann in Herrn Raabs Haus versteckt hatte, konnte er tatsächlich nichts davon mitbekommen haben. Er wusste noch nicht, dass Sabine tot war. Er glaubte lediglich, dass sie ihn angezeigt hatte.
Er begann sich wieder am Boden zu wälzen. »Wo … wo ist sie?«, stammelte er.
Ich musste schlucken.
Aber mir war klar: Ich war dem Geheimnis um das Verschwinden meiner Cousine und Dr. Wallners und den Mord an Sabine zwar immer noch keinen entscheidenden Schritt näher gekommen, doch zumindest war ich überzeugt: Hannes hatte nichts damit zu tun. So weit traute ich meiner Menschenkenntnis noch – selbst wenn sie mich in der Vergangenheit im Stich gelassen hatte. Auch wenn er ein fieser Schläger, Alkoholiker und wer weiß, was noch alles, war – er war nicht der Mörder seiner Frau.
Doch diese Erkenntnis beantwortete immer noch nicht meine dringendste Frage: Wo war Julia?

35

Julia vermisst seit: 16 Stunden und 19 Minuten

Kurz vor halb elf.

Es mag kindisch klingen, doch bei stockdunkler Nacht etwa 200 Meter vom Dorf entfernt am Rande des Waldes entlangzuschleichen, jagte mir eine verdammte Angst ein. Aber solange ich in der Nähe des Waldes blieb, konnte ich jederzeit darin Unterschlupf finden.

Ich hatte keine Ahnung, wem ich noch trauen konnte. Obwohl ich die wenigen fahlen Lichter des Dorfes sehen konnte, fühlte ich mich unglaublich einsam. Schuldig. Und wieder war es so, dass ich der festen Überzeugung war, dass jeder einzelne meiner Schritte beobachtet wurde. Ich fühlte mich wackelig auf den Beinen, merkte, wie dehydriert ich war, brauchte dringend Wasser. Bei jedem Knacksen eines Zweigs unter meinen Schuhen verzog ich mein Gesicht, weil ich mich verraten glaubte. Bei jedem Geräusch aus dem Wald fürchtete ich, dass ein Unbekannter heraus und sich auf mich stürzen würde. Das Blut rauschte in meinem Kopf. Aber zumindest lief es mir nicht mehr aus meiner mittlerweile geschwollenen Nase. Sie tat höllisch weh, ich wagte es nicht mehr, danach zu tasten. War überzeugt, dass sie gebrochen war. Zu den Schmerzen und der Angst mischte sich das Mitleid mit Hannes. Er wusste tatsächlich noch nicht, dass seine Frau ermordet worden war. Ich hatte es ihm nicht sagen wollen, hatte ihm lediglich geraten, sich der Polizei zu stellen.

Aus dem Dorf war das Aufheulen eines Wagens zu hören. Ein Hund begann zu bellen, ein zweiter setzte ein.

Ich war alleine da draußen.

Oder doch nicht?

Gut 20 Minuten später hatte ich die Rückseite des Hofs meiner Großeltern erreicht. Ich hatte es die ganze Zeit über gehofft, doch nun konnte ich mein Glück kaum fassen – sie schienen tatsächlich alleine zu sein. Soweit ich das im Dunkeln erkennen konnte, stand kein Wagen vor dem Gartenzaun und auf dem Feldweg, der hinab zur Straße führte. Keine besorgten Freunde, keine Polizei und auch keine Journalisten waren zu sehen. Lauerten diese vielleicht irgendwo im Gebüsch, genauso wie ich? In der Küche brannte Licht, jedoch konnte ich weder Oma noch meinen Großvater oder sonst irgendjemanden entdecken.

Ich fasste Mut und lief los. Sprang über den hüfthohen Gartenzaun, schlich durch die vom Küchenfenster fahl beleuchtete Rückseite des Gartens und presste mich an die Hauswand neben der Hintertür. Jene Tür, durch die Julia über 16 Stunden zuvor wahrscheinlich verschwunden war. Alleine? Freiwillig? Bei Bewusstsein?

Ich lauschte.

Schritte. Die gedämpfte Stimme meiner Oma. Dann die meines Großvaters. Ich konnte nicht verstehen, was sie sprachen. Horchte dennoch weiter, versuchte mich auf jedes Geräusch zu konzentrieren, um keinen Fehler zu begehen. Meine Großeltern schienen tatsächlich alleine zu sein. Stille. Dann erneut Schritte. Ganz nah.

Plötzlich schrie ich vor Schreck auf, denn die Tür wurde aufgerissen.

»Wer ist da?«, kreischte meine Oma im Türrahmen. Ich sah nur ihre Silhouette, die von einer Korona umgeben war.

»Psst, ich bin's, Patrick.«

»Patrick?«, schrie sie und es klang, als wäre es eine Frage, Ausdruck von Freude, Überraschung und Angst zugleich.

»Seid ihr alleine?«, flüsterte ich, obwohl es völlig unnötig war. Selbst wenn ich bisher unentdeckt geblieben war, hätte durch Omas Schrei spätestens jetzt jeder gewusst, dass ich hier war.

»Ja, komm rein«, sagte sie und sah mir verstohlen über die Schultern.

Auch ich blickte mich noch einmal um und schlüpfte ins Haus.

»Patrick ist hier!«, rief sie ins Haus.

Von irgendwoher hörte ich meinen Großvater murren. Ein Knarren, ein Quietschen.

Meine Oma fiel mir um den Hals, drückte mich ganz fest an sich.

»Ach, Patrick.« Nun hatte sie Frust und Angst damit ausgedrückt.

»Gibt es etwas Neues? Eine Spur von Julia?«

»Nein.«

»Was sagt die Polizei?«

»Die sucht dich.«

»Ich weiß. Bitte mach dir keine Sorgen. Was sagen sie wegen Julia?«

»Nichts, sie haben nichts.«

»Und die Pressekonferenz? Keine Hinweise?«

»Keine brauchbaren, soweit man uns informiert hat.«

Sie löste die Umarmung, sah mich erst jetzt im Licht. Ihre Augen wurden groß und immer größer, füllten sich mit Tränen. Sie schlug sich die Hand vor den Mund. »Patrick, um … Gottes willen, was … was ist mit dir passiert?«

Ich musste so schrecklich aussehen, wie ich mich fühlte.

»Es ist halb so schlimm«, versuchte ich zu beschwichtigen. Sie sollte sich nicht auch noch um mich Sorgen machen.

»Ist … ist sie gebrochen?«

»Ich weiß nicht.«

»Los, du legst dich sofort nieder.«

Sie ließ keine Widerrede zu, führte mich ins Wohnzimmer und ich legte mich auf die Couch, während sie im Badezimmer verschwand. Ich konnte nicht fassen, wie gut sich das in diesem Moment anfühlte. Ich schloss für einen Moment die Augen, versuchte das schmerzhafte Pochen in meinem Kopf auszublenden. Doch es wurde immer schlimmer. Erst jetzt fiel mir wieder ein, dass auch mein T-Shirt blutverschmiert war und ich den weißen Stoffüberzug der Couch damit versaute. Ich richtete mich auf, wollte es ausziehen, doch in dem Moment kam meine Oma zurück.

»Bleib liegen!«

»Aber mein T-Shirt …«

»Du sollst liegen bleiben!«

Sie hatte eine Unmenge an Fläschchen, Salben, Pillen, Tupfer, Zangen und viele weitere Utensilien dabei.

Zuerst reichte sie mir ein Glas Wasser, in dem sich gerade irgendeine Tablette auflöste. »Hier, trink das.«

Ich tat es, machte einen kräftigen Schluck. Endlich etwas zu trinken!

Aus dem Augenwinkel konnte ich sehen, dass mein Großvater herangerollt war und die Szene aus dem Hintergrund beobachtete. Er sagte nichts, knurrte nur unverständliche Laute in sich hinein.

»Los, austrinken!«, wies mich meine Oma an, als ich nach zwei Drittel das Glas absetzen wollte.

Währenddessen hantierte sie geschäftig herum. Mit einer Zange griff sie einen Wattetupfer und tränkte ihn mit einer beißend riechenden, durchsichtigen Flüssigkeit.

Ich stellte das Glas auf den Tisch neben der Couch.

»Achtung, das wird jetzt wehtun«, sagte sie und unmittelbar danach tupfte sie mir ins Gesicht.

Es brannte wie die Hölle und ich versuchte, ihrem Getupfe auszuweichen.

Doch meine Oma ließ sich dadurch nicht beeindrucken. Sie tupfte immer weiter, wechselte die Stoff- oder Wattebausche, tränkte sie mit immer mehr der brennenden Flüssigkeit und wiederholte alles mit einer weiteren Tinktur. Dann fuchtelte sie mit einer Pinzette in meiner Nase herum und der Schmerz war so heftig, dass es mich fast um den Verstand brachte. Ich schrie.

»Sch«, machte meine Oma.

»Er braucht einen Arzt«, knurrte mein Großvater aus dem Hintergrund. »Siehst du das nicht?«

»Papperlapapp, wie stellst du dir das vor?«

»Er muss …«

»Nichts muss er!«, fuhr sie ihn an. Dabei versorgte sie mich weiter.

Er fluchte vor sich hin, blieb aber, wo er war.

Ich spürte, wie meine Wut auf ihn immer größer wurde.

Omas Behandlung dauerte eine gefühlte Ewigkeit und ich fragte mich die ganze Zeit über, wann das Schmerzmittel, das sie mir im Wasser aufgelöst hatte, endlich zu wirken beginnen würde. Denn die Schmerzen wurden immer schlimmer.

Irgendwann war sie schließlich doch fertig und der Tisch neben der Couch mit unzähligen blutverschmierten Tupfern und Taschentüchern übersät.

»Hier, nimm die noch!« Sie hatte zwei kleine Pillen aus einem braunen Fläschchen geschüttelt und reichte sie mir.

Ich schluckte sie.

»Und die auch noch.«

Ich nahm auch diese.

»Du kannst die Nacht über hierbleiben«, sagte sie, nachdem ich sie geschluckt hatte.

Ich kam gar nicht dazu, zu antworten, denn mein Großvater fuhr schon dazwischen: »Nein!« Er rollte näher an uns heran.

»Aber Patrick kann doch nicht …«, setzte meine Oma an.

Er ließ sie nicht aussprechen: »Wir brauchen Ruhe.«

»Patrick braucht meine Hilfe!«

»Nein!«

»Aber …«

»Ich habe *Nein* gesagt!« Sein Tonfall war so schneidend und scharf gewesen, dass er keine Widerrede zuließ.

»Ist schon okay«, sagte ich und als ich meiner Oma in die Augen sah, hatte ich es zum ersten Mal – das Gefühl, dass sie Angst vor ihm hatte.

»Du gehst jetzt nach Hause!«, setzte er nach, wendete mit seinem Rollstuhl und fuhr aus dem Zimmer. Er ließ keine weitere Diskussion mehr zu und ging davon aus, dass wir machten, was er wollte.

Ich hasste ihn. Sehnte mich nach seiner Zuneigung. Nach seiner Hand auf meiner Schulter. Wünschte mir nichts mehr als ein liebes, an mich gerichtetes Wort aus seinem Mund und das Gefühl, dass ich ihm genügte. So, wie ich war. Einfach nur Patrick.

Ich hasste mich für meine Schwäche.

»Ich könnte …«, stammelte ich zu meiner Oma, ohne zu wissen, was ich könnte.

»Sch.«

»Du musst nicht hierbleiben.«

»Ist schon gut, Patrick.«

»Aber du …«

»Wirklich.«

»Du könntest mit zu mir kommen.«

»Nein, ich bleibe bei deinem Opa.«

»Aber er ist doch …«

»Ehrlich, Patrick. Du kannst fahren.«

Ich konnte meiner Oma die Wut über sein Verhalten ansehen, die Verzweiflung. Konnte meine eigene Wut immer weiter in mir aufsteigen spüren. Nein, mehr noch – Hass. Ja, in diesem Moment hasste ich meinen Großvater aus ganzem Herzen. Doch ich versuchte dieses Gefühl mit aller Macht hinunterzuschlucken. Auf keinen Fall durfte ich in dieser Situation auch noch einen Streit zwischen den beiden heraufbeschwören. Meine Oma hatte auch so schon genug Sorgen.

Stattdessen sagte ich: »Egal, was sie dir über mich erzählen, es stimmt nicht. Ehrlich, ich hab nichts getan. Irgendjemand versucht mir etwas anzuhängen.«

Sie presste die Lippen zusammen, dann die Augen. Tränen quollen daraus, sie presste Daumen und Zeigefinger dagegen. »Das weiß ich doch, Patrick.«

»Gut, dann versuche ich morgen wiederzukommen.«

Meine Oma lächelte und meinte, dass sie ohnehin versuchen müsse, ein wenig Schlaf zu finden. Obwohl sie recht hatte, weil sie Julia in keinster Weise würde helfen können, wenn sie sich völlig verausgabte und nicht auf sich achtete, wusste ich doch, dass sie keine Minute Schlaf finden würde. Dass sie das nur gesagt hatte, um dem Wunsch ihres Mannes zu entsprechen. Dieses verfluchten Tyrannen.

Ich wollte mich gerade abwenden und gehen, als ich auf einmal etwas in ihrem Blick aufblitzen zu sehen glaubte.

»Was ist?«, fragte ich.

»Ach, nichts … es … vergiss es.«

»Jetzt sag schon.«

»Es … es ist nur so, dass …« Sie musste erneut gegen ihre Tränen ankämpfen. »Patrick, ich mach mir solche Vorwürfe.«

»Aber das brauchst du nicht. Es ist nicht deine Schuld, dass Julia verschwunden ist.«

»Aber ich hätte etwas sagen müssen.«

»Was sagen?«

»Patrick, ich … ich hab dir noch nicht alles erzählt.« Sie blickte ängstlich hinter sich, wollte offensichtlich sichergehen, dass mein Großvater uns nicht hören konnte.

»Was ist denn los?«

»Es geht um Dr. Wallner … es … es muss so vor zwei Wochen gewesen sein. Da hab ich etwas gesehen, das …« Sie brach ab, rang nach Atem, setzte erneut an. »Ich bin im Erdgeschoss gewesen, als er oben bei Julia war und … und als ich wieder nach oben gekommen bin, hat er mich offensichtlich nicht gehört gehabt.«

»Was ist passiert?«

»Ich weiß auch nicht, ich … ich kann mich auch irren, aber …«

»Was?«

»Die Decke war zur Seite geschlagen und Julias Nachthemd war hochgezogen und …«

»Sag endlich!«

»Ich glaub, er hat sie angefasst.«

Plötzlich mein Großvater aus einem anderen Zimmer: »Da kommt jemand.«

»Was?«, entfuhr es meiner Oma und mir gleichzeitig.

»Da kommt ein Wagen den Feldweg hoch. Ich glaub, es ist schon wieder die Polizei.«

»Los, du musst weg, Patrick!«, drängte mich meine Oma und sammelte hektisch Tupfer, Fläschchen und den Rest ein, mit dem sie mich verarztet hatte. Auf keinen Fall sollten sie merken, dass ich hier gewesen war.

»Mach dir keine Sorgen um mich«, sagte ich und hetzte zur Hintertür.

36

Julia vermisst seit: 17 Stunden und 48 Minuten

Ich hatte es gerade noch rechtzeitig aus dem Haus, durch den Hintergarten, über den Zaun und hinein in die schützende Dunkelheit des Waldes geschafft, bevor Wimmer und ein weiterer Kollege, den ich nicht erkannte, aus dem Wagen gestiegen waren. Wieder entkommen, um Haaresbreite.

Doch das änderte nicht das Geringste daran, dass ich, als ich kurz vor Mitternacht mein finsteres Haus durch das kaputte Kellerfenster betrat, absolut nichts hatte. Nicht die leiseste Ahnung, wo Julia steckte. Nicht die geringste Idee davon, was hinter ihrem und Wallners Verschwinden steckte. Hinter dem Diebstahl meines Wagens, dessen Versenkung im Saugrund und Sabines Ermordung. Ich war keinen Schritt weitergekommen. Ganz im Gegenteil – es hatten sich im Laufe des Tages immer mehr Fragen aufgetan. Und jetzt hatte meine Oma auch noch angedeutet, dass Wallner Julia vielleicht unsittlich berührt hatte. Ich wusste nicht, was ich davon halten sollte. Meine Oma war sich ja selbst nicht sicher. Dennoch kam mir schon beim Gedanken daran das Kotzen.

Es war zum Verrücktwerden. Ich trat auf der Stelle.

Nun, das dachte ich zumindest.

Tatsächlich aber hatte ich im Laufe des Tages schon einen entscheidenden Hinweis erhalten. Nur wusste ich zu diesem Zeitpunkt noch nicht, dass es einer gewesen war. Das sollte mir erst später klar werden.

Doch nun fühlte ich mich als Versager. Leer. Und mich quälten Schuldgefühle.

Meine Stimmung war am Boden.

Körperlich war ich ein Wrack. Nicht nur, dass meine Nase wahrscheinlich gebrochen, mein Auge geschwollen und meine Schläfe verletzt war. Nun begann sich auch noch meine Umgebung immer wieder zu drehen. Ich fühlte mich schwach und mir wurde zunehmend übel. Ich ließ ein Glas mit Wasser volllaufen und trank gierig. Doch schon nach der Hälfte hatte ich das Gefühl, nichts mehr hinunterzubekommen.

Es roch muffig, doch das Fenster zu öffnen, kam nicht in Frage. Damit hätte ich sofort verraten, dass ich zu Hause war – trotz des intakten Polizeisiegels auf meiner Vorder- und der Hintertür. Aber ich nahm ohnehin an, dass mir die Dreistigkeit, mich zu Hause zu verstecken, niemand zutraute. Vermutlich wurde ich überall, nur nicht hier gesucht. Dennoch ließ ich die Fenster geschlossen und sämtliche Lichter ausgeschaltet. Stattdessen machte ich den klapprigen Standventilator im Wohnzimmer an.

Dieser setzte sich schwerfällig in Bewegung und gab dabei furchterregende metallische Geräusche von sich. Das Ding war mir nicht ganz geheuer.

Ich warf einen Blick auf die Wanduhr. Kurz vor Mitternacht, konnte ich im Dunkeln erkennen. Eigentlich schon viel zu spät für mein alltägliches Ritual. Doch ich war mir sicher, hätte ich mein Handy bei mir gehabt, ich hätte auf der Stelle ihre Nummer gewählt. Wie an jedem anderen verdammten Tag seit Ende März. Während ein leises Knacksen mir verraten hätte, dass der Anruf aufgebaut wurde, hätte ich wie immer gemerkt, dass ich unter Strom stand. Dass meine Hand schweißnass war und das Telefon auf einmal so kalt und schwer wie ein Eisblock wirkte. Dass ich am ganzen Körper zitterte und ich die Luft anhielt.

Dass Bon Jovi, die ich zur Beruhigung, vor allem aber zur Erinnerung an Lisa, angemacht hatte, keine Wirkung zeigten.

You see I've always been a fighter
But without you I give up

…

»Ich nehme an, Sie wissen, wie spät es ist.« So oder sehr ähnlich hätte sie sich wohl gemeldet. Doch sie hätte nicht wirklich verärgert geklungen, ich hätte einen Funken Verständnis in ihrer Stimme mitschwingen gehört.

Ich hätte mich entschuldigt, ihr gesagt, dass ich den ganzen Tag über verhindert gewesen wäre.

»Sie hätten auch morgen anrufen können.«

»Ja, aber …«, hätte ich gesagt und nicht weitergewusst.

Sie hätte geschnauft.

»Und?«, hätte ich gefragt.

»Ich kann Ihnen nichts Neues sagen. Genau wie gestern. Und Vorgestern.«

Dr. Drömer, eine junge Assistenzärztin im Krankenhaus, in das Lisa nach ihrem Sprung aus dem Fenster eingeliefert worden war, hatte im vergangenen März so viel Mitleid mit mir gehabt, dass sie mir ihre private Handynummer gegeben und angeboten hatte, dass ich mich immer bei ihr melden könnte. Ich war davon überzeugt, dass sie diesen Fehler längst bereute, denn seitdem hatte ich sie beinahe täglich angerufen. Ich hatte einfach nicht anders gekonnt, auch wenn ich es mir jeden Morgen ganz fest vorgenommen hatte. Spätestens am Abend war ich schwach geworden.

Ich musste an ihren Anruf vom Vormittag denken, als ich gerade auf der Veranda meiner Großeltern gestanden hatte und Wimmer mit Nicole am Hof angekommen war. Ich hatte ihn in der Aufregung danach völlig vergessen und obwohl es am selben Tag gewesen war, kam es mir schon so verdammt lang her vor. Unglaublich, wie lange sich der Tag bereits anfühlte. Monatelang hatte ich darauf gewartet, dass sie mich von sich aus anrief. Monatelang hatte ich mir nichts sehnlicher gewünscht und gleichzeitig nichts mehr gefürchtet. Denn das hätte bedeutet, dass sich an Lisas Zustand etwas grundlegend verändert hatte – zum Positiven oder zum Negativen. Und heute Morgen, als der Anruf endlich gekommen war, hatte ich ihn verpasst und nicht zurückgerufen. Hatte die Hosen voll gehabt.

Dabei hatte Dr. Drömer angekündigt, dass es bald so weit sein würde. Vor sechs Tagen, als ich zuletzt im Krankenhaus gewesen war. Es war so absurd – man könnte meinen, dass mich diese Nachricht optimistisch gestimmt hätte. Dass ich von nun an jeden Tag an ihrer Seite sein würde. Doch das Gegenteil war der Fall gewesen. Ich hatte Angst. Panik. Hatte getrunken.

Jetzt war ich in gewisser Weise froh darüber, dass sie mir mein Handy abgenommen hatten und damit auch die Entscheidung, ob ich Drömer zurückrufen sollte oder nicht. Schon beim Gedanken daran schlug mein Herz wie verrückt.

Ich seufzte, ließ mich erschöpft auf die Couch fallen und im selben Moment blitzte die Erinnerung an das letzte Mal, als ich es mir gemeinsam mit Lisa dort gemütlich hatte, in mir auf. Es war kein freudiger Anlass gewesen, ihre Schwester Maria war nur wenige Tage zuvor verschwunden. Lisa war angespannt und mit den Nerven am Ende gewesen. Ich hatte sie eingeladen, um ihr ein wenig Ablenkung zu bieten, hatte Pasta gemacht – meine Eigenkreation, nach der sie verrückt gewesen war, seit ich sie zum ersten Mal ausprobiert hatte. Das Geheimnis lag in den sonnengetrockneten Tomaten, die mindestens eine Woche lang in einer speziellen Soße eingelegt werden mussten. Ich hatte immer einen Vorrat davon im Keller. Lisa hatte mich oft gelöchert und versucht, das Rezept der Soße zu erfahren. Doch ich hatte es ihr nie verraten. Das hatte es noch geheimnisvoller gemacht. Vor allem aber hatte ich so nicht zugeben müssen, was wirklich darin steckte.

Lisa und ich hatten uns an jenem Abend vollgegessen auf die Couch fallen lassen, die wir einige Jahre zuvor gemeinsam in einem Wiener Möbelhaus gekauft hatten. Damals, als wir noch zusammen gewesen waren, als ich noch gedacht hatte, dass ich die Frau fürs Leben gefunden hatte, meine große Liebe. Die Couch hatte nicht einmal annähernd in unseren Wagen gepasst – ich weiß auch nicht, was wir uns damals beim Kauf gedacht hatten. Jedenfalls hatten wir über eine Stunde mit geöffnetem Kofferraum bis nach Grundendorf fahren müssen. Es war eisig kalt an diesem Tag gewesen und als wir zu Hause angekommen waren, waren unser beider Nacken steif gefroren.

Und dann, Jahre später, hatten Lisa und ich ein letztes Mal gemeinsam auf dieser Couch gesessen, mit vollen Mägen und den sanft-kitschigen Klängen der Kuschelrock-CD in den Ohren, die ich zuvor aufgelegt hatte. Lisa liebte Rock-Schnulzen und ja, ich hatte mir tatsächlich Hoffnungen gemacht, dass ich sie doch noch einmal dazu würde bewegen können, zu mir zurückzukommen. Doch weit gefehlt. Lisa hatte wütend auf meinen Annäherungsversuch reagiert, war aufgesprungen, hatte den CD-Player abgewürgt. Ich hatte mich wie der größte Idiot auf Erden gefühlt. Lisas Schwester war verschwunden, niemand hatte zu diesem Zeitpunkt sagen können, ob sie noch lebte oder nicht. Und ich hatte tatsächlich den Nerv gehabt, sie anzumachen.

Es war das Mindeste gewesen, ihr zumindest ein paar Ermittlungsergebnisse zu verraten, die bis dahin geheim gewesen waren. Sie hatte mir auch versprochen, niemandem davon zu erzählen, und ich hatte nicht den kleinsten Zweifel an ihrer Ehrlichkeit. Das Blöde war nur, dass sie sich wenig später ausgerechnet Schulz und Mayerhofer gegenüber verplappert hatte und die beiden natürlich sofort überrissen hatten, von wem Lisa die geheimen Informationen erfahren hatte.

Die beiden hatten mir ein Disziplinarverfahren anhängen wollen, das jedoch fallen gelassen worden war. Doch ihre Abneigung mir gegenüber hatte sich gehalten und ich fragte mich, ob sie mich auch hätten festnehmen wollen, wenn es den Vorfall damals nicht gegeben hätte. Gut, Sabines Leiche war in meinem Wagen gefunden worden, dennoch war ich bis zu meiner freiwilligen Kündigung ein unbescholtener Polizist gewesen. Ein Held wider Willen. Hätten sie meinem Wort vertraut?

Jetzt versuchte ich, die trüben Gedanken zu verdrängen. Doch es wollte mir nicht gelingen.

Ich hatte Angst um Julia. Fühlte mich angespannt und nervös. Überall lauerten Schatten. Sie schienen sich zu bewegen, Stimmen schienen zu flüstern und fremde Augen aus dem Schutze der Dunkelheit zu mir hineinzustarren. Ich hätte gerne die Vorhänge zugezogen, um die Dämonen draußen zu lassen. Doch meine Unruhe hätte sich dadurch wohl nicht gelegt und außerdem hätte man von draußen sehen können, dass im Haus etwas verändert worden war. Und so ließ ich die Dämonen gewähren.

Ich weiß nicht, wie lange ich so dalag. Die Wanduhr hing in meinem Rücken und ich brachte keine Kraft mehr auf, um mich hochzustemmen und nach ihr zu sehen. Ich hätte eine Dusche vertragen können, mein eigener Geruch war mir zuwider. Zumindest hätte ich mein blutverschmiertes T-Shirt ausziehen sollen.

Ich wollte nicht einschlafen. Nicht, solange ich nicht Gewissheit hatte, dass es Julia gut ging. Doch ich hatte absolut keine Chance. Mir fielen die Augen zu, ich riss sie auf, sie fielen mir wieder zu. Ein paarmal wiederholte sich der Kampf, irgendwann gab ich mich geschlagen. Meine Atmung wurde ruhiger, mein Puls verlangsamte sich. Ich zuckte mit dem Bein, ein letztes Aufbäumen. Dann übermannte mich die Müdigkeit und breitete ihren tonnenschweren Schleier über mir aus.

Das Letzte, was ich wahrzunehmen glaubte, bevor ich einschlief, war ein leises, kaum hörbares Plätschern. Doch ich konnte es nicht zuordnen und es ergab auch überhaupt keinen Sinn. So nahm ich an, dass ich bereits träumte. Das redete ich mir zumindest später ein – was ich tatsächlich in diesem Moment dachte, kann ich nicht mehr sagen. Dafür war ich viel zu fertig, meine Sinne vom herankriechenden Schlaf schon ganz vernebelt.

Und so ignorierte ich das Plätschern.

Ein fataler Fehler.

Denn da draußen, an der Rückseite meines Hauses, hatte sich jemand angeschlichen und wartete nur darauf, bis ich einschlief.

Der Duft von Benzin lag in der Luft.

DIENSTAG, 14. JULI

37

Julia vermisst seit: 18 Stunden und 58 Minuten

Es war eine stockdunkle Nacht. Kein Mond, nicht ein einziger Stern und auch kein blinkendes Licht eines Flugzeuges war über mir zu sehen. Da war bloß diese massive tiefschwarze Wolkenschicht, die tief über dem Land schwebte und immer weiter herabzusinken schien.

Ich stand am Rande des Saugrunds, inmitten eines Meeres aus weiten Ackerflächen und Waldfetzen. Um mich herum ein dichter Ring aus Nebelschwaden. Sie schimmerten gespenstisch weiß. Der Kreis schien immer enger zu werden, der Nebel immer näher an mich heranzukriechen.

Ich starrte hinab auf die starre schwarze Wasseroberfläche. Hatte vergessen, wieso ich das tat. Ich versuchte mich an den Grund zu erinnern, fühlte, dass es wichtig war.

Die drückende Schwüle trieb mir den Schweiß aus den Poren, meine Haut war nass. Die Luft hing regungslos da, nicht das leiseste Lüftchen wollte aufkommen. Es wurde immer heißer. Ein Schweißtropfen lief mir vom Haaransatz die Stirn hinab und verfing sich in meiner rechten Augenbraue. Ein weiterer rann mir den Nacken hinab.

Seit einer gefühlten Ewigkeit schon war es still um mich herum.

Totenstill.

Plötzlich über mir: Ein Luftzug. Unmittelbar danach ein Krähen. Unglaublich laut. Ich riss den Kopf hoch, instinktiv auch die Hände zum Schutz. Blickte in alle Richtungen, suchte im Himmel über mir. Aber da war nichts. Nur endloses Schwarz.

Auf einmal ein Krähen hinter mir. Ganz nah.

Ich fuhr herum.

Doch auch da war nichts.

Aber ich musste feststellen, dass sich der Nebel in meinem Rücken still und heimlich weiter herangeschlichen hatte. Dass er jetzt ganz nah war, keine zehn Meter von mir entfernt. Dass er brodelte wie eine kochende Flüssigkeit. Dass auf einmal Stimmen daraus zu hören waren. Flüstern. Zischen. Kichern.

Plötzlich ein höllischer Stich im Nacken.

Ich fuhr herum. Nichts. Begriff nicht. Der Schmerz wurde immer schlimmer. Lautes Krähen. Ich riss meinen Oberkörper wild umher. Schrie. Schlug mir in den Nacken. Spürte etwas. Federn. Krächzende Laute. Erst jetzt begriff ich, dass sich die Krähe in meinem Nacken festgekrallt hatte. Sie peckte auf meinen Schädel ein. Immer heftiger. Ich wurde panisch, schlug nach ihr, warf mich zu Boden, wälzte mich hin und her, doch das Tier wollte nicht von mir lassen. Auf einmal war da eine zweite Krähe, die sich auf mich hinabstürzte, mir ihren spitzen Schnabel in die Wange rammte.

Ich kreischte wie verrückt. Wälzte mich. Schlug um mich.

Doch nichts half.

Auf einmal war da noch eine Krähe. Höllischer Schmerz. Sie hatte mir ein Stück Fleisch aus dem Unterarm gerissen. Es hing ihr aus dem Schnabel. Blut spritzte. Sie schluckte es. Dann kam noch eine. Und noch eine. Es wurden immer mehr. Ihr Krähen war ohrenbetäubend laut. Ich trat mit den Beinen ins Leere. Packte die Vögel, wollte sie wegzerren, doch sie verbissen sich in meiner Haut. Sie waren zu stark. Zu viele. Die Schmerzen brachten mich fast um den Verstand. Ich schlug immer fester nach ihnen. Auch das war zwecklos.

»Hilfe!«, kreischte ich. Immer wieder. »Hilfe!«

Aber ihr Krächzen war viel lauter.

Ein spitzer Schnabel schrammte knapp an meinem Auge vorbei. Rammte sich knapp unterhalb durch die Haut. Kratzte am Wangenknochen. Schmerzblitze. Panik. Hilfeschreie.

Ich glaubte, dass es mein Ende war.

Doch dann, auf einmal, war es wieder still um mich herum. Die Krähen hatten von mir abgelassen. Einfach so.

Ich lag verkrampft da, versuchte zu Atem zu kommen. Wagte es lange Zeit nicht, die Augen zu öffnen. Hatte panische Angst davor, dass die Vögel jeden Moment zurückkommen würden.

Doch sie blieben fern.

Zaghaft öffnete ich ein Auge, sah nur weiß. Dann das zweite. Immer noch nur weiß. Erst jetzt begriff ich: Der Nebel hatte sich bis zu mir herangeschlichen, hatte mich umhüllt. Er war so dicht, ich konnte absolut nichts um mich herum erkennen. Selbst die Hand vor meinem Gesicht nur schemenhaft. Aber ich glaubte, dass das Blut verschwunden war. Ich tastete meinen Körper ab, auch die Verletzungen waren weg. Ich versuchte zu verstehen.

Plötzlich erneutes Flüstern. Kichern. Zischen.

»Hallo?«, rief ich.

Keine Antwort. Die Stimmen verstummten.

»Wer ist da?«

Es blieb still.

Dann ein kurzes Kinderlachen.

»Julia?«

Auf einmal ihre Stimme, ganz nah hinter mir: »Komm, Patrick!«

Ich fuhr herum, doch meine Cousine war nicht da. Ich raffte mich hoch, machte ein paar Schritte im Nebel. Aber ich fand sie nicht.

Plötzlich links von mir: »Warum kommst du denn nicht?«

Ich schaute nach links, doch da war keine Julia.

In meinem Rücken. »Hilf mir, Patrick!«

Wieder konnte ich sie nicht entdecken. »Wo bist du?«

Plätschern erklang.

Julia lachte heiter.

Vor mir lichtete sich der Nebel. Es wurde hell. Der Saugrund tauchte auf. Das Plätschern wurde wilder. Julias Lachen lauter.

»Komm, Patrick!«

Jetzt entdeckte ich sie im Wasser. Sie planschte. Kicherte, schien fröhlich. Schlangen schwammen um sie herum, glitschig und schwarz. Sie wanden sich um ihren Hals, Julia schien es nicht zu kümmern.

»Pass auf!«, rief ich ihr zu.

Doch sie lachte zu laut, planschte zu heftig.

Nun hatten die Schlangen sich um ihre Arme geschlängelt und bis hinauf in ihr Gesicht.

»Julia, komm da raus!«, schrie ich, so laut ich konnte.

Doch es war zu spät. Eine Schlange war ihr in den Mund gekrochen. Julia hatte die Augen weit aufgerissen, wurde panisch. Sie strampelte und schlug um sich. Doch die Schlangen zerrten an ihr.

»Julia!«, schrie ich und wollte zu ihr. Doch ich schaffte es nicht. Mit aller Macht versuchte ich mich zu bewegen. Aber ich kam nicht von der Stelle. Ich blickte an mir hinab. War nackt. Aber nichts und niemand, der mich zurückhielt.

Ich verstand nicht. »Ich komme!«, brüllte ich. Versuchte es mit aller Kraft, doch ich rührte mich keinen Millimeter.

Und dann, mit einem Mal, waren Julia und die Schlangen verschwunden. Das Wasser blubberte. Luftblasen stiegen an die Oberfläche.

Plötzlich Sonnenschein, klare Luft.

Ich blickte in den Himmel empor. Das gleißend helle Licht blendete mich. Ich sah wieder nach unten und merkte, dass der Saugrund verschwunden war. Dass ich plötzlich inmitten eines weiten, kahlen Ackers stand. Er schien sich unendlich in alle Richtungen zu erstrecken, kein Ende zu nehmen. Ich fuhr herum, blickte hinter mich, nach links und rechts.

Aber keine Spur von Julia.

Ich versuchte zu begreifen. Spürte erneute Panik in mir hochsteigen.

»Julia!«, schrie ich.

Da spürte ich eine Berührung im Rücken. Mir blieb vor Schreck fast das Herz stehen. Ich wirbelte herum.

Da stand Julia.

Sie sah mich fragend an. »Was machst du hier?«

Ich konnte mein Glück kaum fassen. »Gott, Julia, du hast mich zu Tode erschreckt.« Ich öffnete die Arme, wollte sie umarmen.

Aber sie machte einen Schritt zurück.

»Julia, was …?«

Sie hatte die Hände hinter ihrem Rücken versteckt, lachte heiter auf. »Aber das war doch nur Spaß, Patrick.«

Ich verstand nicht. »Ich hab mir solche Sorgen gemacht.«

Sie lachte lauter.

»So etwas darfst du nicht machen, Julia.«

Plötzlich, wie aus dem Nichts, fegte eine kräftige Windböe über uns hinweg und brachte einen beißenden Geruch mit sich. Es roch streng, irgendwie vertraut. Doch ich kam nicht darauf, wonach.

Julias Lachen erstarb. Ihre Miene verfinsterte sich.

»Was ist?«, wollte ich wissen.

Sie antwortete nicht.

»Was hast du da hinter deinem Rücken?«

Da holte sie ihre rechte Hand hervor. Und ein brennendes Streichholz.

38

Julia vermisst seit: 19 Stunden und 6 Minuten

Ich wachte auf, ohne zu wissen, warum. Ich fuhr von der Couch hoch, doch mein Kreislauf blieb liegen. Die Dunkelheit um mich herum drehte sich, ich machte einen Ausfallschritt zur Seite. Musste mich an der Lehne der Couch abstützen.

Der Schwindel schwand.

Ich starrte ins dunkle Wohnzimmer. Keine Ahnung, wie spät es war. Ich konnte nicht einschätzen, ob ich eine Stunde oder bloß fünf Minuten geschlafen hatte.

Ein kaum hörbares Knistern.

Erst glaubte ich, dass die Polizei gekommen war, um nachzusehen, ob ich hier war. Vielleicht hatten sie das Haus ja umstellt?

Ich rieb mir die Augen. Nahm erst jetzt das flackernde

Licht wahr, das von einem schmalen Streifen an der Wand reflektiert wurde. Es fiel durch den Spalt der angelehnten Tür. Auch das Knistern kam von dort.

Ich begriff immer noch nicht, mein Verstand war vernebelt.

Ich ging langsam darauf zu. Versuchte, die klebrigen Reste meines Schlafs abzuschütteln. Klar im Kopf zu werden.

Ein strenger Geruch stieg mir in die Nase.

Das Knistern wurde immer lauter.

Rötliches Flackern.

Plötzlich traf mich die Erkenntnis, viel zu spät: Es brannte!

Ich machte einen Satz auf die Tür zu, riss sie auf und sprintete hinaus in den Flur. Durch das Fenster sah ich Flammen. Scheinbar meterhoch. Die Rückseite meines Hauses brannte.

Panik. Tausende Gedanken. Was tun?

Ich schloss die Tür zum Garten auf, die Klinke war glühend heiß. Ich stieß die Tür auf. Doch die Flammen waren zu groß, die Hitze zu stark. Ich konnte nicht raus. Nicht das ganze Ausmaß sehen. Mein Arm schmerzte, als ich die Tür wieder griff und zuzog.

Ich hatte keine andere Wahl, musste die Feuerwehr rufen. Rannte zurück ins Wohnzimmer. Suchte mein Handy. Fand es nicht.

Das konnte doch nicht wahr sein!

Ich hob die Polster der Couch hoch, warf sie zu Boden. Kein Handy. Tastete die Ritzen ab. Kein Handy. Am Esstisch lagen Zeitschriften und alte Zeitungen, ich fegte sie zu Boden. Darunter kein Handy. Ich fiel auf die Knie, presste meine Wange auf den Boden, glaubte, dass es vielleicht unter die Kommode gerutscht war. Nichts. Ich robbte weiter. Irgendwo musste es ja sein. Da fiel mir wieder ein, dass sie es mir ja abgenommen hatten.

Scheiße!

Ich brauchte eine Idee!

Jetzt!

Plötzlich ein lautes Klirren aus dem Flur.

39

Julia vermisst seit: 19 Stunden und 7 Minuten

Ich sprintete zurück in den Flur. Sah einen faustgroßen Stein am Boden. Glasscherben.

Die Flammen drängten ins Haus.

Der Vorhang fing Feuer.

Ich rannte ins Abstellzimmer. Holte einen Eimer aus dem Schrank. Sprintete ins Badezimmer, ließ ihn halb volllaufen. Zurück in den Flur. Ich schüttete das Wasser über den brennenden Vorhang. Die Hälfte ging daneben, nur ein kleiner Teil der Flammen erlosch.

Ich warf den Eimer beiseite und stemmte mich mit aller Kraft gegen die Kommode unter dem Fenster. Wollte sie wegschieben. Doch die Flammen waren zu heiß, schon nach einer Sekunde glühte meine Haut und ich sprang zurück.

Mist!

Sollte ich das Haus durch die Vordertür verlassen? Hilfe holen? Oder es weiter zu löschen versuchen?

Ich lief mit dem Eimer zurück ins Badezimmer. Ließ ihn erneut halb volllaufen. Selbst das dauerte viel zu lange. Zurück ins Vorzimmer. Ein Zischen, als das Wasser einen Teil der Flammen löschte. Doch auf der anderen Seite begann bereits die Tapete zu knistern. Auch die Kommode würde nicht mehr lange standhalten. Zurück ins Bad, ich brauchte mehr Wasser. Ich verschüttete es über der Kommode. Die nächste Ladung über die Tapete. Doch ich begriff, dass es ein hoffnungsloses Unterfangen war. Ich musste versuchen, das Feuer von draußen zu löschen. Im Garten könnte ich den Wasserschlauch verwenden.

Ich trat mit aller Kraft die Tür auf.

Eine Höllenhitze schlug mir entgegen.

Ich wich zurück bis an die gegenüberliegende Wand. Zögerte einen Augenblick. Nahm allen Mut zusammen, stemmte mich von der Wand ab und stürmte mit einem Schrei durch die meterhohe Flammenwand aus dem Haus nach draußen. Dabei stolperte ich über irgendetwas und fiel.

Mein Blick streifte die finstere Rückseite des Gartens.

Halt! Konnte das sein?

Ich war mit der Seite am Boden gelandet. Raffte mich blitzschnell wieder hoch, sah noch einmal hin.

Tatsächlich! Da war jemand.

Ganz deutlich konnte ich eine Silhouette im offen stehenden Gartentor sehen. Doch derjenige hatte bemerkt, dass ich ihn gesehen hatte. Er ergriff die Flucht, verschwand hinter der Mauer aus meinem Blickfeld.

Verdammt!

Mein Blick hin- und hergerissen zwischen den Flammen und dem Gartentor. Ich hatte zwei Möglichkeiten: Ich konnte weiter versuchen, das Feuer zu löschen. Oder ich konnte versuchen, den Unbekannten zu schnappen.

40

Julia vermisst seit: 19 Stunden und 9 Minuten

Ich lief los.

Ließ die Flammen hinter mir. Rannte quer durch den Garten, durch das Tor und den finsteren Feldweg links entlang. Nach wenigen Metern hielt ich. Wo war der Unbekannte hin? Ich schaute in alle Richtungen, lauschte, versuchte herauszufinden, wohin er geflohen war. Fand ihn nicht, hörte nichts.

Scheiße, ich hatte ihn verloren!

Wohin sollte ich? Rechts, vorbei an der Stelle, wo mein Wagen gestanden hatte? Dieser Weg führte zur Kirche. Der linke zu einem Gestüt und weiter ins Dorfzentrum.

Ich wollte gerade nach links laufen. Da hörte ich plötzlich ein Geräusch: ein Rascheln. Es kam aus dem Maisfeld, keine fünf Meter entfernt.

»Halt!«, schrie ich unnötigerweise und wohl eher aus Reflex.

Ich stürmte auf das Rascheln zu und stürzte mich ins Feld. Darin war es so finster, dass ich kaum etwas erkennen konnte. Ich kämpfte mich nahezu blind vorwärts. Auf gut Glück. Streckte die Arme vor mich, versuchte die dicht aneinanderstehenden, gut zwei Meter hohen Stauden aus dem Weg zu schieben. Etwas zu ertasten. Blätter klatschten mir ins Gesicht. Der Ackerboden war uneben, ständig blieb ich an Stauden hängen. Aber ich kämpfte mich immer weiter in das Feld hinein. Dabei machte ich so einen Lärm, dass ich von dem Unbekannten nichts mehr hören konnte.

Plötzlich kamen mir beängstigende Gedanken: Was, wenn er bewaffnet war? Was, wenn ich ihm geradewegs in die Falle lief? Wieso sonst hatte er im Gartentor gewartet, bis ich ihn entdeckt hatte? Hatte er damit gerechnet, dass ich ihn verfolgen würde?

Ich versuchte, die Angst zu verdrängen, stolperte weiter vorwärts.

»Stehen bleiben!« Noch so eine unnötige Aufforderung, die ich gebrüllt hatte, bevor ich mir darüber im Klaren gewesen war.

So würde ich ihn niemals kriegen.

Ich hielt.

Horchte.

Erst war da nur mein Hecheln und das Rauschen des Blutes in meinem Kopf. Doch dann, ein Rascheln. Auf zwei Uhr. Von ganz nah.

Ich rannte in die Richtung.

Die Hände nach vorne gestreckt.

»Halt!«

Weiter, immer weiter!

Hatte ich da eben etwas berührt?

Weiter!

Plötzlich glaubte ich, vor mir einen Schatten zu sehen. Doch kaum entdeckt, war er wieder verschwunden.

Weiter!

Da! Da war er erneut!

Ich machte einen Satz, sprang in die Richtung des Schattens. Die rechte Hand ausgestreckt. Ich bekam etwas zu greifen, verkrallte mich darin. Es musste ein Kleidungsstück sein. Ich wollte es festhalten. Doch der Unbekannte schlug nach meiner Hand, zerrte, immer fester. Alles ging so schnell. Ich konnte Stoff reißen hören. Ein Schlag traf mich an der Schulter. Ich ließ nicht locker. Riss an.

Plötzlich gab der Stoff nach.

Meine Hand knallte zu Boden.

Das Rascheln entfernte sich, der Unbekannte entkam mir.

Ich raffte mich auf, wollte ihm nach.

Doch dann glaubte ich, im Dunkeln etwas zu erkennen. Ich betrachtete das Stück Stoff in meiner Hand, hielt es höher, um es im schwachen Mondlicht zu betrachten. Da stockte mir der Atem. Mein Herz setzte einen Schlag aus.

Was zum …?

Ich ließ die Hand fallen, ließ mich zu Boden fallen. Hatte auf einmal keine Kraft mehr, blieb einfach liegen. Keine Ahnung, wie lange. Trauer, Hass und Verzweiflung hatten mich mit der Wucht einer Abrissbirne erfasst. Mich mit sich gerissen. Und dann, Augenblicke später, hatten auch sie mich verlassen. Dann war da nur noch schwarze Leere.

Es war meine Schuld.

Ich war so blind gewesen.

41

Julia vermisst seit: 19 Stunden und 28 Minuten

Ich kann nicht sagen, wie lange ich in diesem verfluchten Maisfeld lag. Grillengezirpe umgab mich. Unzählige Viecher krabbelten auf mir. Meine Haut juckte, es war mir egal. Ich starrte zwischen den Maisstauden hindurch in den nächtlichen Himmel. Die schmale Mondsichel hing über mir, vereinzelt funkelten Sterne. Die Welt der anderen drehte sich weiter.

Aber meine war zusammengebrochen.

Irgendwann waren Schreie zu hören, kurz darauf zerschnitt die Sirene der Freiwilligen Feuerwehr die Stille. Tiefe Motorengeräusche folgten. Einsatzwagen rollten an. Menschen riefen durcheinander.

Sollten sie machen.

Dann kämpfte ich mich doch vom Boden hoch und in Richtung Ackerrand. Ich schob die letzten Maisstauden beiseite und konnte schon aus der Ferne sehen, dass die Flammen mittlerweile auf das Dach übergegriffen hatten. Es brannte lichterloh wie eine überdimensionale Fackel.

Ich blieb im Schutze der Dunkelheit.

Erstens hätte ich nichts mehr gegen die Flammen ausrichten können. Und zweitens hatten sich ohnehin schon unzählige Nachbarn und Schaulustige an der Rückseite meines Grundstücks rund um eine Absperrung versammelt. Das halbe Dorf schien gekommen zu sein.

Blaulicht zuckte durch die Nacht. Drei Polizeiwagen konnte ich ausmachen, zwei große Löschwagen und einen kleineren Einsatzwagen der Grundendorfer Feuerwehr. Außerdem einen Rettungswagen. Etwas abseits glaubte ich, ein paar Kleinbusse von Reporterteams entdeckt zu haben. Vereinzeltes Scheinwerferlicht, vermutlich von den Kameras. Lichtblitze von Fotoapparaten.

Zwei mächtige Wasserstrahle glitzerten im Feuerlicht.

Vielleicht würden sie noch etwas retten können.

Mir war es gleich, ich zog mich in das Maisfeld zurück. Ging ein paar Meter weit hinein, ließ mich dort auf den harten, unebenen Boden fallen. Eine Staude bohrte sich in meinen Rücken, irgendein Insekt kroch in meinem Nacken, ein weiteres an meinem linken Unterarm. Meine Haut begann wieder zu jucken.

Ich schloss die Augen.

Ein schwerer Gang stand mir bevor.

42

Julia vermisst seit: 23 Stunden und 49 Minuten

Als ich den Waldrand erreichte, dämmerte bereits der Morgen heran. Das nächtliche Schwarz am Himmel hatte sich aufgehellt und war verschiedenen Grautönen gewichen. In der Nähe des Horizonts ging es allmählich in ein Dunkelblau und später in ein Hellblau über, dann in ein Weiß und schließlich in einen intensiv leuchtenden, feurig-orangen Streifen. Die Sonne lauerte hinter der Kante, zögerte noch. Schien ihre Kräfte zu sammeln und sich für ihren gewaltigen Anstieg bereit zu machen. Nicht eine einzige Wolke war zu erahnen. Es war angenehm warm, nicht so drückend heiß, wie es die ganzen letzten Tage über und selbst in der Nacht noch gewesen war. Wie es spätestens in zwei Stunden wieder sein würde. Auch die Tierwelt schien sich dessen bewusst zu sein und die wenigen kühlen Stunden nützen zu wollen. Unterschiedlichste Vögel zwitscherten heiter und aufgeregt aus allen Richtungen. Schmetterlinge flatterten scheinbar ziellos durch die Luft. Eine Hummel brummte an mir vorüber. Alles roch frisch und unverbraucht – der Wald, das Gras, die Blumen. Mit jeder Minute und jedem Augenblick, den die Sonne dem Horizont näher kam, erstrahlte die Landschaft in noch intensiveren und prächtigeren Farben.

Alles leuchtete, schien zu leben.

Es war, als versuchte die Welt mich abzulenken. Den Schein zu wahren. So zu tun, als wäre nichts passiert.

Ich seufzte. Atmete tief durch.

Also los!

Ich schob ein paar Äste zur Seite und trat aus dem Wald hinaus. Ich näherte mich dem hüfthohen Gartenzaun und schwang mich darüber. Er wackelte, ein paar Holzlatten ächzten auf. Ich durchquerte die Rückseite des Gartens, ging an der Seite des Hauses entlang und glaubte schon, den Zigarettenrauch zu riechen. Und als ich um die Ecke an die Vorderseite trat, sah ich ihn. Genau dort, wo ich ihn erwartet hatte.

Mein Großvater saß, wie hätte es auch anders sein können, auf der Veranda in seinem Rollstuhl. Als er mich erblickte, flackerte ein Zucken über sein Gesicht. Sonst nichts. Er starrte zu mir hinab. Irgendetwas war da in seinem faltigen Gesicht zu erahnen. War es Traurigkeit? Oder Resignation? Er täuschte keine Verwunderung vor, stellte auch keine Frage, denn er wusste alle Antworten bereits.

Stattdessen sagte er nur: »Da bist du ja.«

Er lehnte sich nach vorne, dämpfte seine Zigarette aus und griff die rot-weiße Packung, die auf dem Geländer vor ihm lag. Er kippte sie, klopfte auf den Karton und fischte sich einen frischen Glimmstängel heraus. Das Feuerzeug holte er aus den Tiefen seiner Jogginghose. Nicht seiner Lieblingsjogginghose, jene schwarze mit den drei roten Streifen an der Seite, die er normalerweise getragen hätte. Ich hatte erwartet, dass er sie nicht anhaben würde. Immerhin hatte ich sie ihm ja zerrissen. Wenige Stunden zuvor. In diesem verdammten Maisfeld. Nachdem er mein Haus in Brand gesteckt hatte.

So sehr hasste er mich also.

Aber es tat nicht mehr weh. Auch die Frage nach dem Warum war mir inzwischen egal. Ich fühlte nur noch Wut. Nein, Wut war zu wenig – es musste Hass sein. Ja, ich hasste diesen verfluchten alten Mann. Hasste ihn dafür, dass er mich nicht liebte. Doch noch viel mehr dafür, was ich vermutete, das er getan hatte.

Er zündete sich die Zigarette an, nahm einen kräftigen Zug. Die Glut leuchtete feuerrot auf, grauer Rauch stieg auf. Die Zigarettenpackung und das Feuerzeug legte er am Verandageländer vor sich ab. Dann lehnte er sich in seinem Rollstuhl zurück, nahm einen weiteren kräftigen Zug, schloss die Augen und behielt den Rauch einfach in den Lungen.

Er schien es zu genießen. Das Nikotin, den Geruch des Qualms, den ganzen Moment. Als ob es seine letzte wäre.

Am liebsten wäre ich ihm an die Gurgel gegangen.

Doch ich stand einfach nur da. Und starrte ihn an. So lange, bis seine Zigarette fast zur Gänze abgebrannt war.

Er nahm noch einen letzten Zug und dämpfte die Zigarette aus.

Und genau in diesem Moment, in dem ich mich innerlich überwunden hatte und bereit war, dem Abgrund in die Fratze zu sehen, konnte ich spüren, wie die Sonne über den Horizont kletterte und ihre ersten heißen Strahlen über das Land warf. Ich konnte sehen, wie es schlagartig heller wurde, wie Tausende und Abertausende Schatten entsprangen.

Ich stieg die Veranda hinauf. Trat hinter ihn.

»Was tust du da?«, wollte er wissen.

»Ich will dir etwas zeigen.«

»Was?«

»Das wirst du gleich sehen.«

Er hatte die Bremsen seines Rollstuhls nicht angezogen. Tat dies auch nicht, als ich die Griffe nahm und ihn vom Geländer wegrollte. Ihn in Richtung Stufen wendete und bis vor an die Kante schob. Er nahm das alles kommentarlos hin, tat nichts, um mich aufzuhalten. Stellte keine Fragen. Und in diesem Moment wurde mir klar, dass er ganz genau wusste, was ich mit ihm vorhatte. Dass er da draußen auf der Veranda auf mich gewartet hatte. Und nun über sich ergehen ließ, was unausweichlich war.

Die Sonne strahlte.

Die Vögel zwitscherten.

Und ich stieß meinen Großvater in seinem Rollstuhl die Veranda hinab.

43

Julia vermisst seit: 23 Stunden und 55 Minuten

Der Rollstuhl ratterte die Stufen hinab. Mein Großvater fiel vornüber aus dem Stuhl. Dieser kippte nach links und blieb seitlich liegen. Mein Großvater stützte sich ab, machte eine Rolle, drehte sich und kam mit Blick zu mir zum Stehen.

Ja, zum Stehen!

Wahrscheinlich instinktiv hatte er beim Sturz seine Muskeln angespannt, um eine Verletzung zu vermeiden. Nun stand er mir leicht nach vorne gebeugt gegenüber, die Knie etwas angewinkelt. Die Augen weit aufgerissen, den Mund auch. Seine rechte Hand schützend über der rechten Hosentasche – als ob er Angst hatte, dass etwas herausfallen konnte. Aber das nahm ich in diesem Augenblick nur unbewusst wahr.

Auch wenn ich geahnt hatte, dass dies passieren würde, so war es dennoch ein Schock für mich. Ich verstand nicht, konnte mir absolut keinen Reim darauf machen. Und auf einmal waren da so viele Fragen: Seit wann hatte mein Großvater im Rollstuhl gesessen? Und warum eigentlich? Hatte ich jemals danach gefragt? Wie hatte er uns allen etwas vorspielen können? War Wallner ihm vielleicht auf die Schliche gekommen? Hatte mein Großvater ihn deshalb umgebracht und verschwinden lassen? Was hatte er Julia angetan? Warum? Hatte es ebenfalls mit seinem Geheimnis zu tun? Und war sie noch am Leben?

Mein Großvater stand immer noch da, starrte mich an. Mit jedem Augenblick, der verstrich, verfielen seine

Gesichtszüge. Tief unter seinen Falten hatte sich etwas geregt, das alles zum Einstürzen brachte.

»Ich …«, sagte er. Mehr brachte er nicht heraus.

Ich stieg die Stufen von der Veranda hinab. Meine Stimme zitterte so heftig, wie sie es noch nie zuvor getan hatte, als ich fragte: »Warum?«

Seine Lippen bewegten sich, aber es verließen keine Worte seinen Mund. Ich konnte ihm ansehen, dass auch seine Gedanken rasten.

Mit einem Schlag strahlte das Zittern auf meinen ganzen Körper aus. Meine Knie begannen zu schlottern und ich konnte meine Zähne klappern hören. Es wurde immer stärker.

»Warum?«, fragte ich noch einmal. Lauter als zuvor.

»Bitte sei leise«, flüsterte er.

Ich dachte gar nicht daran, ihm den Gefallen zu tun.

»Du weckst noch deine Oma.«

Er musste verrückt sein. Absolut verrückt. Alles, was er tat und sagte, war so weitab von allem Logischen, allem Nachvollziehbaren. Ich konnte es einfach nicht begreifen. Oma sollte wach sein. Glaubte er ernsthaft, dass sie nichts davon erfahren würde? Dass er damit durchkommen würde?

»Wo ist Julia?« Ich hatte jedes einzelne Wort mit einer geballten Portion Wut hinausgepresst.

Er seufzte. Rieb sich das Gesicht.

Da reichte es mir. Ich machte ein paar schnelle Schritte auf ihn zu, stieß ihn gegen den Brustkorb. Er stolperte zurück, blieb jedoch auf den Beinen. Sie waren kräftig genug dafür. Ich setzte nach, stieß ihn erneut, noch heftiger. Wieder konnte er einen Sturz vermeiden. Ich nahm alle Kraft zusammen, rammte ihn mit voller Wucht. Er stolperte zurück. Fiel.

»Wo ist sie?«, fragte ich erneut.

Er lag auf dem Boden, sah zu mir auf. Sein Blick hatte sich verändert.

Ich wusste, dass ich ihn so weit hatte. Er würde reden. Er würde mir sagen, dass Julia noch am Leben war. Warum sie sich versteckt hielt. Vor wem sie Angst hatte oder weshalb sie dieses ganze Theater veranstaltet hatten.

Er seufzte und es wirkte, als blies er allen Widerstand aus seinem Körper. Er raffte sich vom Boden auf und sagte: »Also gut, dann komm mit.«

»Wohin?«

»Sei ruhig, du weckst noch deine Oma.«

»Bleib stehen!«

Doch er ignorierte meine Aufforderung einfach und ging weiter.

»Rede mit mir!«

»Du willst doch die Wahrheit wissen, oder etwa nicht?«

»Ja …«

»Dann bringen wir's hinter uns.«

44

Julia vermisst seit: 24 Stunden und 3 Minuten

Mein Großvater war völlig selbstverständlich auf der Fahrerseite des SUVs eingestiegen und ich hatte auf dem Beifahrersitz Platz genommen. Den Rollstuhl hatte er einfach am Fuße der Stiegen liegen gelassen. Offensichtlich war es ihm egal, ob Oma ihn finden würde.

Seit wir den Hof verlassen hatten, war kein einziges Wort zwischen uns gefallen. Ich wagte keine Frage mehr. Hatte Angst. Eiskalte, grauenvolle Angst. Ich wollte ihn nicht einmal ansehen, doch aus dem Augenwinkel glaubte ich zu erkennen, dass die ganze Fahrt über Tränen über seine Wangen liefen.

Wir waren nach Obermarch gefahren und hatten bisher keinen einzigen Menschen auf den Straßen gesehen. Kein Leben, so schien es, weit und breit. Eben war da noch ein schwarzer Wagen in einigem Abstand hinter uns gewesen, doch nun war selbst der aus dem Sichtfeld des Seitenspiegels verschwunden.

Je näher wir dem Ortsende kamen, desto sicherer glaubte ich zu wissen, wohin wir fuhren. Und wenn ich recht behalten sollte, dann würde das nichts Gutes bedeuten. Denn hinter dem Dorf lag die Au, ein riesiges Sumpf- und Waldgebiet, das sich unzählige Kilometer in alle Himmelsrichtungen erstreckte. Perfekt, um etwas oder jemanden zu verstecken.

Und ich sollte recht behalten. Wir passierten das Obermarcher Ortsschild und ließen das Dorf hinter uns. Wie vermutet, stieg mein Großvater nun nicht aufs Gaspedal, bremste sogar ein wenig ab. Und zwar, weil unmittelbar nach einer lang gezogenen Linkskurve auf der rechten Seite die Abzweigung in Richtung Au kam.

Mein Großvater setzte den Blinker und bremste weiter ab. Wir verließen die Landstraße und bogen in eine schmale, holprige Forststraße ein, an deren Beginn ein Sackgassen-Schild stand. Der Weg führte zu einem kleinen Parkplatz, dessen Asphalt rissig und uneben war und auf dem kein anderes Fahrzeug stand. An einer Eisenstange war ein verbeulter Metallmülleimer angebracht, der so vollgestopft war, dass dessen Inhalt aus der Öffnung oben herausquoll. Am Boden daneben lagen eine verbeulte Cola-Dose, eine eingedrückte Plastikflasche und mehrere Taschentücher. Die Holzbank rechts davon war morsch und eines der beiden Bretter der Rückenlehne war durchgebrochen. Außerdem war das Holz mit unzähligen Kritzeleien beschmiert worden. Links vom Mülleimer war ein rostiger, geschlossener Schranken montiert, dessen rot-weiße Lackierung großflächig abgeblättert war. Dahinter begannen die unzähligen Wanderwege, die verschlungen durch die Au führten.

Nein, dass mein Großvater mich hierhergeführt hatte, konnte ganz und gar nichts Gutes bedeuten! Eine grauenvolle Vorahnung hatte mich erfasst.

Mein Großvater parkte neben der Holzbank und stellte den Motor ab.

Bis dahin hatte ich noch die leise Hoffnung gehabt, dass sich alles zum Guten wenden und als Scherz oder dummes Missverständnis herausstellen würde. Dass mein Großvater nur die falsche Abzweigung erwischt hatte und wir gar nicht hier sein sollten. Doch mit dem Ersterben des Motors waren plötzlich auch all meine Hoffnungen ausgelöscht. Meine Lider begannen wie wild zu zucken. Tränen schossen mir in die Augen. Erst versuchte ich sie mir noch mit den Unterarmen aus dem Gesicht zu wischen. Doch schnell sah ich ein, dass es zwecklos war. Es waren zu viele und es wurden immer mehr. Egal, was ich tat oder mir einzureden versuchte, sie wollten nicht mehr aufhören zu laufen. Mein ganzes Gesicht zuckte jetzt.

»Komm!«, sagte mein Großvater, öffnete die Tür, stieg aus dem Wagen und warf sie hinter sich zu.

Ich blieb sitzen. War wie erstarrt vor Angst.

Er hatte sich bereits einige Meter vom Wagen entfernt, mit erstaunlich sicheren Schritten. Als er merkte, dass ich ihm nicht gefolgt war, hielt er, wandte sich zu mir um und warf mir einen Blick zu, den ich nicht zu deuten vermochte. Ich hätte ihn als versöhnlich beschrieben, doch das passte weder zu meinem Großvater noch zu diesem furchtbaren Moment.

Er kam zum Wagen zurück, öffnete die Beifahrertür, wartete.

»Was … was sollen wir hier?« Ich weinte bitterlich, bekam es einfach nicht mehr in den Griff. Auch das Atmen fiel mir schwer.

»Komm, Patrick«, sagte er ganz ruhig, fast schon besänftigend. Es hatte den Anschein als fiel ihm das alles mindestens genauso schwer wie mir.

»Ich … ich will wissen, was … was tun wir hier?«

»Das weißt du.«

»Nein, ich … sag es mir.«

»Mach es uns nicht so schwer.«

Ich weiß nicht, wieso. Aber letztendlich tat ich, was er wollte, und stieg aus dem Wagen. Vielleicht, weil er mich bei meinem Namen genannt hatte, ohne Zorn in der Stimme. Vielleicht, weil es genau das war, was ich mir jahrzehntelang so sehr von ihm gewünscht hatte. Vielleicht, weil ich ihm trotz all der Wut und der Angst in gewisser Weise hörig war.

Mein Großvater warf die Beifahrertür hinter mir zu und ging mit hängendem Kopf voran. Ich folgte ihm in etwa drei Metern Abstand. Wir schummelten uns am Schranken vorbei und gingen einen schmalen und von den Seiten her zugewachsenen Pfad entlang, bis dieser sich nach etwa 200 Metern in drei Wege aufteilte. Einer führte geradeaus, einer nach rechts und der dritte nach links – diesen schlugen wir ein.

Plötzlich fuhr ich herum. Ich glaubte, hinter mir ein Geräusch gehört zu haben. Das Knacksen eines Zweiges.

Doch da war niemand.

Ich wartete einen Augenblick.

Es blieb still.

Ich musste mich getäuscht haben, dachte ich.

45

Julia vermisst seit: 24 Stunden und 18 Minuten

Mit jedem Schritt, den wir tiefer in die Au eindrangen, schien es kühler zu werden. Die hochsommerliche Morgenhitze schaffte es nicht durch die vielen Blätter und das dichte Geäst hindurch. Um mich herum schwirrten Hunderte Mücken und andere Insekten und es schienen mit jedem Schritt mehr zu werden. Ein Stich im Nacken, dann einer auf meinem rechten Unterarm und noch einer. Froschquaken, Holzknarren, Summen, Zischen, Blubbern umgab uns.

Nach etwa 500 Metern drehte sich mein Großvater zu mir um. Tränenschlieren glitzerten in seinem Gesicht. Er zeigte ins Unterholz und sagte: »Hier müssen wir rein.«

Ich nickte beklommen.

Er ging weiter voran, stapfte durch das unwegsame Gelände, schob Äste und Zweige zur Seite, sie schnalzten hinter ihm zurück.

Ich folgte ihm.

Der Boden war feucht, stellenweise sogar matschig. Ein paarmal sank ich mit meinen Schuhen ein. Ich hatte Mühe, sie herauszuziehen und dabei anzubehalten.

Vielleicht waren bloß zwei Minuten vergangen, vielleicht auch zehn. Ich kann es nicht sagen, hatte jegliches Gefühl für Raum und Zeit verloren. Aber irgendwann hielt mein Großvater.

Und da war es klar.

Dennoch wehrte ich mich mit aller Kraft dagegen, den Gedanken zuzulassen. Es zu akzeptieren. Vor allem auch deshalb, weil die Stelle genauso aussah wie alles andere um uns herum. Sie hatte nichts Markantes, nichts Offensichtliches. Scheinbar nichts Böses. Wovor hatte ich also solche Angst?

»Was … was tun wir hier?«, fragte ich unnötigerweise.

»Du wolltest doch wissen, wo sie ist.«

»Was … aber … wie?«

»Du wolltest wissen, wo Julia ist.«

Wir starrten einander an. Weinten.

Mein Herz hämmerte wie verrückt. In meinen Schläfen pochte es. Das Blut rauschte mir in den Ohren. Kurz wurde mir schwarz vor Augen, ich musste alle Kraft aufbringen, um die Übelkeit zu unterdrücken.

»Wo … wo ist sie?« Meine Stimme bebte, meine Zähne klapperten.

Er zeigte auf den Boden etwa fünf Meter von uns entfernt.

»Was … was meinst du?« Ich wollte es immer noch nicht wahrhaben. »Wo ist Julia?«

»Sie muss irgendwo da vorne liegen.«

Galle stieg in mir hoch.

»Was … was willst du damit sagen?«

»Was wohl, Patrick?«

»Sag es mir!«

»Sie ist tot, Patrick.«

Einfach so. Er sagte es einfach so.

Ich fühlte das Blut aus meinem Gesicht weichen.

»Aber ... aber ...«

»Julia ist tot.«

Stille. Eine halbe Ewigkeit. Mindestens. Ansonsten weiß ich nichts mehr von dem Moment. Ich erinnere mich nur noch an diese verfluchte Stille.

Irgendwann fand ich zu mir zurück. Vor lauter Tränen konnte ich nichts mehr sehen. Mit meinem T-Shirt trocknete ich mir das Gesicht, doch es kamen sofort neue nach. Ich sah zu meinem Großvater auf, alles war verschwommen. Und dennoch entdeckte ich es wieder in seinem Blick – jetzt war ich mir sicher, dass es Versöhnlichkeit war. Eine Versöhnlichkeit, die ich niemals zuvor gesehen hatte, ja, nicht einmal für möglich gehalten hätte. Noch viel stärker als jene, die zuvor am Wagen kurz aufgeflackert war.

»Patrick, ich ...«, sagte er, brach ab und gab ein jämmerliches Schluchzen von sich. »Patrick ...«

»Sei ruhig!«, schrie ich und ich merkte, dass ich hin und her zappelte, einen Schritt vor, dann zurück und dann wieder einen auf ihn zu machte. Ich ließ mich auf die Knie fallen, rieb mir die Haare, raffte mich wieder hoch. Es war absurd. Einerseits wollte ich erfahren, was passiert war. Andererseits wollte ich es nicht hören. Es durfte nicht wahr sein.

»Patrick, ich möchte dir nur sagen, dass ...«

»Sei still!« Ich konnte jetzt keinen Rechtfertigungsversuch ertragen. »Ich will es nicht hören!«

Ich hasste ihn aus tiefstem Herzen. Wie hatte er das Julia nur antun können? Wie grausam konnte ein Mensch sein?

Nein, er war kein Mensch, er war eine Bestie. Mir wurde schwindelig, die Umgebung verdunkelte sich. Ich musste dagegen ankämpfen, ohnmächtig zu werden. Ließ mich erneut auf die Knie sacken.

»Patrick, ich will dir nur sagen, dass du …« Er ballte seine Fäuste und blickte zum Himmel. Als er mich wieder ansah, war sein Gesicht zu einer gequälten Fratze verzogen. Seine Wangen zuckten heftig, es beutelte ihn am ganzen Körper. »Dass du … du …« Er brach ab, setzte erneut an: »Dass du ein guter Junge bist und … und, dass ich … ich stolz auf dich bin.«

Die Worte waren so absurd gewesen, dass ich sie erst gar nicht begriffen hatte. Mein Großvater hatte mich gelobt. Er hatte mir tatsächlich etwas Nettes gesagt. Zum ersten Mal in meinem Leben. Jetzt. Ausgerechnet jetzt. Wie konnte er nur?

Der Moment war … surreal. Verrückt. Wunderschön. Schrecklich. Traurig. Magisch. Alles zusammen und noch viel mehr.

Und dann passierte es.

Zum ersten und einzigen Mal sagte er es: »Weißt du, ich … ich hab dich lieb, Patrick.«

Die Welt hielt den Atem an.

Hörte sich auf zu drehen.

Eine Flutwelle an Emotionen durchströmte meinen Körper. Ein Ohnmachtsgefühl. Erfüllung und Leere zugleich.

Und ich?

Ich schrie ihn an: »Ich hasse dich!«

Er hatte Julia getötet, verdiente nichts anderes.

»Du verfluchtes Arschloch!«, brüllte ich mir die Seele aus dem Leib, raufte mir erneut die Haare.

»Du musst mir zuhören, Patrick«, sagte er.

»Warum? Warum hast du Julia getötet?«

»Ich … ich hab das alles nie gewollt, das musst du mir glauben. Ich kann so nicht mehr leben, ich … ich hab viel zu lange …« Er machte ein paar Schritte zurück.

»Bleib hier!«

»Es ist alles meine Schuld.«

»Du sollst hierbleiben.«

»Du musst vorsichtig sein und …«

»Ich hab gesagt, du sollst stehen bleiben!«, schrie ich ihn an.

Auf einmal passierte alles ganz schnell. Viel zu schnell.

Ich wollte ihm nach.

Da zog er eine Pistole: »Bleib stehen!«

Plötzlich eine Stimme aus dem Gebüsch schräg hinter mir: »Waffe weg!«

Mein Großvater hob sie dennoch.

Ein Schuss ertönte.

Ich zuckte zusammen.

Mein Großvater wurde an der Schulter getroffen, ging zu Boden.

Ich wollte zu ihm.

»Polizei, stehen bleiben!«, schrie jemand.

Mein Großvater sah mich an. Noch ehe ich ihn erreicht hatte, sagte er: »Such unter deinem Namen. Und pass auf deine Oma auf.«

Dann setzte er sich die Pistole an die Schläfe.

Schloss die Augen.

Drückte ab.

46

Julia tot seit: noch unbekannt

Die Welt hatte sich verändert.

Alles blendete mich und dennoch waren die Farben verblasst und von einem trüben Schatten überzogen. Alles war grell, obwohl die Sonne ihre Kraft verloren zu haben schien. Alles war dumpf und ohne Konturen, und trotzdem schmerzte jedes Wort und jede meiner Bewegungen. Jeder Ton, alles um mich herum war von einem schrillen Pfeifen übertönt. Die Vögel sangen nicht mehr, die Blätter in den Bäumen würden niemals wieder rascheln. Keine Schmetterlinge mehr, keine Mücken, Bienen, Grillen und auch sonst war da nichts mehr um mich herum.

Zumindest bekam ich nichts davon mit.

Die Erinnerung an jenen Moment, als mein Großvater den Abzug gedrückt und die Kugel durch seinen Schädel gerast war, würde ich wohl nie wieder vergessen. Das Blut, das spritzte, die Fetzen, die durch die Luft schossen, seine Augen, so weit aufgerissen, mein Schrei, der erst erklang, als es bereits zu spät war. Seine Körperspannung, die von einem Augenblick auf den anderen nicht mehr da war. Seine Hülle, wie sie zusammensackte wie ein Sack Mehl.

Wie er dalag.

Wie er aufgehört hatte zu existieren.

Während Schulz und Mayerhofer aus dem Gebüsch sprangen und zu uns gelaufen kamen, schossen mir völlig absurde

Gedanken durch den Kopf: Sollte ich mich neben meinem Großvater zu Boden stürzen? Vor Verzweiflung schreien? Sollte ich vielleicht auf seinen leblosen Körper einschlagen und immer wieder »Warum?« rufen? War es richtig, was ich tat? Dass ich einfach nur dastand, ihn betrachtete.

»Alles in Ordnung mit Ihnen?«, wollte Schulz wissen.

Ich starrte ihn nur an.

»Sind Sie verletzt?«

Stummes Kopfschütteln.

An die nächsten Minuten habe ich absolut keine Erinnerung mehr. Die setzt erst wieder ein, als ich schon auf der Polizeiinspektion war und Nicole mit schockiertem Blick vor mir stand.

»Um Gottes willen«, sagte sie. Mehr brachte sie nicht raus.

Ich muss schrecklich ausgesehen haben. Auf meinem T-Shirt klebte noch das Blut vom Vortag, außerdem Schweiß. Meine Augen waren vom Weinen gerötet und von dem Schlag, den ich in der Kantine abbekommen hatte, geschwollen. Meine Nase vom Bruch schief und ebenfalls geschwollen.

»Was ist passiert?«, wollte Nicole wissen.

Ich brachte bloß ein Flüstern über die Lippen: »Mein Großvater hat Julia getötet.«

Nicole schluckte. Als sie sich gefangen hatte, brüllte sie: »Wir brauchen einen Krankenwagen!«

Keine Ahnung, ob vorher niemand daran gedacht hatte oder ob ich es nur nicht mitbekommen hatte. Irgendwann tauchten jedenfalls zwei Sanitäter auf und kümmerten sich um mich.

47

Kurz vor 14 Uhr Nachmittag.

Die Nachricht vom Selbstmord meines Großvaters hatte, wie ich im Nachhinein erfuhr, tiefes Entsetzen im Dorf ausgelöst. Wie konnte so etwas nur passieren? Stimmte es tatsächlich, dass er seine Enkelin umgebracht hatte? Hatte er vielleicht auch seiner Frau etwas angetan? Die Gerüchteküche brodelte. Das volle Mitleid des Dorfes galt Julia, vor allem aber auch meiner Oma. Nahezu jeder in Grundendorf hatte das Bild meiner Oma im Kopf, wie sie sich trotz ihres hohen Alters und ihrer schmächtigen Statur mit dem schweren und unhandlichen Rollstuhl meines Großvaters abgemüht hatte. Wie sie ihn durchs Dorf führte, damit er trotz seiner Lähmung an die frische Luft kam und einen Hauch Normalität erlebte. Diese Tortur hatte meine Oma sogar in den letzten Monaten auf sich genommen, als Julia schwer krank gewesen war und sie sich auch noch um sie hatte kümmern müssen.

»So eine arme Frau«, war nun immer wieder in Grundendorf zu hören.

»Den Teufel im eigenen Haus, kann man sich das vorstellen?«

»Schlimmer noch, im eigenen Bett!«

»Man kann halt in die Menschen nicht hineinschauen.«

»Der Alte ist doch immer schon ein wenig seltsam gewesen, findest du nicht auch?«

»Ob der Wallner nicht auch damit zu tun hatte?«

Und immer wieder: »Die arme Frau.«

Die Leiche meines Großvaters war längst abtransportiert worden. Doch in der Obermarcher Au war immer noch eine Unmenge an Beamten und Suchhunden im Einsatz, um die Umgebung zu durchkämmen und nach Julias Leiche zu suchen. Denn diese war zu unser aller Überraschung nicht an der Stelle gefunden worden, die mein Großvater mir gezeigt hatte. Dort hatte nämlich Dr. Wallners Leiche gelegen. Vergraben in etwa einem halben Meter Tiefe und bedeckt mit jeder Menge Gestrüpp. Ermordet. Soweit ich informiert war, durch einen massiven Schlag auf den Hinterkopf.

Aber von Julia fehlte immer noch jede Spur. War sie vielleicht doch noch am Leben? Niemand konnte es sagen, niemand wagte es mehr zu hoffen. Vor allem ich nicht.

Es waren grauenvolle Stunden. Ich erlebte sie wie einen dumpfen Albtraum. Benommen.

Während das Haus meiner Großeltern noch einmal von der Spurensicherung bis ins Kleinste auseinandergenommen wurde, war meines inzwischen freigegeben worden. Die Freiwillige Feuerwehr hatte zumindest einen Teil des Gebäudes retten können. Das Dach und der gesamte Dachstuhl waren abgebrannt, Teile der Wand auf der Rückseite des Hauses, wo das Feuer gelegt worden war, würden wohl abgerissen werden müssen. Hier würde ich noch auf ein Gutachten eines Statikers warten müssen. Im Inneren war bloß der Flur in Mitleidenschaft gezogen worden. Die übrigen Räume waren nahezu unversehrt. Doch nichts konnte mir in diesen Stunden gleichgültiger sein.

Meine Oma und ich wurden den ganzen Vormittag über voneinander getrennt befragt. Ich erfuhr, was passiert war und wie Schulz und Mayerhofer gewusst hatten, wohin mein Großvater mich bringen würde.

Nachdem in der Nacht mein Haus in Flammen gestanden war, hatte Schulz die Vermutung gehabt, dass ich früher oder später bei meinen Großeltern auftauchen würde. Sie hatten ihren schwarzen Wagen gut versteckt hinter einem dichten Gebüsch geparkt und waren auf der Lauer gelegen, bis ich aufgetaucht war. Sie hatten beobachtet und mitgefilmt, wie ich meinen Großvater die Verandastufen hinabgestoßen hatte und er vor mir zum Stehen kam. Sie hatten unseren Streit mitbekommen, allerdings war die Entfernung zu groß gewesen, als dass sie etwas hätten verstehen können oder auf dem Video etwas zu hören gewesen wäre. Darauf waren nur Naturgeräusche und ihr Schnaufen zu vernehmen. Als wir dann den Hof verlassen hatten, waren sie uns in sicherem Abstand gefolgt. Ich erinnerte mich an den schwarzen Wagen, den ich im Rückspiegel gesehen hatte. In der Au hatten sie den Wagen bereits an der Landstraße neben der Einfahrt stehen lassen und waren uns zu Fuß gefolgt. Sie hatten unseren Streit mitbekommen, auch gehört, dass mein Großvater den Mord an Julia zugegeben hatte. Sie hatten gehofft, noch mehr über den Tathergang zu erfahren, doch als mein Großvater die Waffe gezogen hatte, war ihnen keine andere Wahl geblieben, als dazwischenzugehen. Dass er so weit gehen und sich umbringen würde, um einer Verhaftung zu entgehen, damit hatte niemand rechnen können.

»Was hat Ihr Großvater zu Ihnen gesagt, bevor er sich erschossen hat?«, wollte Schulz wissen.

»Was?« Ich war mit meinen Gedanken schon wieder abgedriftet.

»Was er gesagt hat, bevor er sich umgebracht hat.«

»Such unter deinem Namen. Und dass ich auf meine Oma aufpassen soll.«

»Such unter deinem Namen?«

»Ja.«

»Was heißt das?«

»Ich weiß es nicht.«

Das tat ich wirklich nicht. Ich hatte keine Ahnung. Sollte ich im Internet unter meinem Namen suchen? Auf Dokumenten? In Zeitungsartikeln? Mein Verstand war zu schwerfällig, ich hatte wirklich keine Ahnung. Wusste nicht, was ich damit anfangen sollte.

»Und das soll ich Ihnen glauben?«, fragte Schulz.

»Das ist mir egal«, antwortete ich mit einer tiefen Leere in meiner Stimme.

Das war es mir wirklich. Es war lediglich ein letzter, halbherziger Versuch von Schulz gewesen, mich aus der Reserve zu locken. Schulz glaubte mir und hoffte auf keinen Fehler mehr. Denn da waren keine Fehler mehr, die ich noch hätte machen können. Diese hatte ich in den Monaten zuvor gemacht, als ich mich zu Hause eingeschlossen und nur an mich gedacht hatte. In denen ich nicht mitbekommen hatte, was mein Großvater auf dem Hof mit Julia angestellt hatte.

Irgendwann sahen Schulz und Mayerhofer ein, dass ich genauso ratlos war wie sie, und beendeten die Befragung.

Meine Oma war bereits vor mir fertig gewesen. Sie hatte das Angebot einer psychologischen Betreuung abgelehnt und war auf der Polizeiinspektion geblieben. Dort hatte sie auf einem einsamen Stuhl auf mich gewartet.

Als ich sie fand und vor sie trat, sah sie nur zu mir auf und sagte nichts. Da waren keine Tränen in ihrem Gesicht, kein Schmerz und auch keine Enttäuschung. Da war einfach nur Leere in ihrem Blick.

Ich seufzte und streckte ihr die Hand entgegen. »Komm, lassen wir uns heimfahren.«

48

Gegen 18 Uhr.

»Auf gar keinen Fall gehe ich dorthin!«, protestierte ich und hoffte, die Diskussion damit beendet zu haben. Das war nun wirklich das Allerletzte, was ich in dieser grauenvollen Situation gebrauchen konnte. Im Leben nicht würde ich mich den Blicken des ganzen Dorfes aussetzen. Nie und nimmer. Ich wollte niemanden sehen, einfach nur alleine sein. Außerdem war ich der Meinung, dass auch meine Oma Ruhe brauchte. Oder ein intensives Gespräch mit mir. Sie schwieg bisher, das war auf keinen Fall gut. Da war der Selbstmord, da war der Mord und da war auch die Tatsache, dass ihr Mann vorgetäuscht hatte, im Rollstuhl sitzen zu müssen. Ich wollte wissen, ob sie etwas davon geahnt hatte. Ob mein Großvater sie vielleicht gar unter Druck gesetzt hatte.

»Und ob du wirst, Patrick!«, fuhr mich meine Oma in einem Tonfall an, mit dem sie keine Widerrede zulassen wollte. Es waren ihre ersten kraftvollen Worte des Tages gewesen. Zuvor hatte sie nicht mehr als ein flüsterndes Krächzen hervorgebracht. In den letzten Stunden hatte sie eine überdimensionale, nahezu blickdichte Sonnenbrille getragen, mit der sie hoffte, ihre tränengefüllten, geschwollenen Augen verdecken zu können. In Wirklichkeit jedoch hatte sie nur noch mehr Aufmerksamkeit auf sie gezogen.

»Oma, nein, das …«

»Patrick, du wirst tun, was ich dir sage«, unterbrach sie mich. »Wie stellst du dir das vor? Was glaubst du, was die Leute reden werden?«

Die Leute redeten doch schon längst. Und wenn wir dort aufkreuzten, noch viel mehr. Außerdem hatte ich Bedenken, ob die Wut des Dorfes sich gegen uns richten könnte. »Wir können doch nicht einfach …«

»Da müssen wir durch!«

»Aber ich …«

»Schluss jetzt!«

Und so betraten meine Oma und ich zwei Minuten vor 20 Uhr die Grundendorfer Kirche. Ein Raunen ging durch die voll besetzten Holzbankreihen. Ein paar Anwesende drehten sich zu uns um, schnell wurden es immer mehr. Knarren. Flüstern. Schockierte Blicke.

Scheinbar das ganze Dorf war zum Gedenkgottesdienst für die Opfer gekommen. Die Opfer meines Großvaters. Ich konnte es immer noch nicht fassen. Schweiß stand mir im Nacken, mein Herz pochte wild gegen den Brustkorb, meine Wangen glühten. Meine Oma hatte sich in meinen Arm eingehängt, sie zitterte, zog mich runter.

Ich wollte weg.

Stattdessen drängten wir uns unter der Beobachtung aller in eine der hinteren zerkratzten, knarrenden Holzbankreihen. Eingezwängt, war ich dazu verdammt, die Blicke über mich ergehen zu lassen. Am liebsten wäre ich im Erdboden versunken. Obwohl meine Oma versuchte, es mit Fassung zu tragen, quälte sie sich genauso durch diese schreckliche Situation. Jeder, wirklich jeder der Anwesenden konnte ihr ansehen, dass sie litt. Dass sie kurz vorm Zusammenbruch stand.

Zwischen die bebenden Schultern und zuckenden Köpfe in den vorderen Reihen hindurch konnte ich sehen, dass sich vor dem Altar ein Blumenmeer ausbreitete. Auf der linken

Seite waren überdimensionale Bilderrahmen mit den Fotos der Opfer aufgestellt worden. Der Anblick von Julias unbekümmertem Lachen schnürte mir die Kehle zu. Ich hatte ihnen drei gegeben, sie hatten das Foto gewählt, das im letzten Jahr in der Schule gemacht worden war. Aus der Ferne konnte ich es zwar nicht erkennen, doch ich wusste, dass sie darauf eine weiße Bluse trug und ein filigranes Goldkettchen mit Kreuzanhänger um ihren zierlichen Hals hängen hatte. Ihre niedlichen Stirnfransen hingen fast bis zu ihren unschuldigen Rehaugen hinab.

Ich musste mit den Tränen kämpfen. Es war so schrecklich.

An scheinbar jeder freien Stelle des Gotteshauses waren große und kleine, dicke und dünne Kerzen aufgestellt worden. Die unzähligen Flammen zuckten wild und warfen ihr warmes Licht ab. Schatten flackerten umher und huschten über das viele Gold.

Die düsteren Ölgemälde zu beiden Seiten machten den Eindruck, als wären sie viel zu schwer, als dass die alten rissigen Wände sie noch lange würden halten können. Doch ich kann mich erinnern, dass ich diese Angst schon als Kind gehabt hatte – irgendwie hatten sie es dennoch über Jahrzehnte hinweg geschafft, an den Wänden zu bleiben. Vielleicht würde es ja heute so weit sein.

Immer wieder war ein Schniefen und Schluchzen zu hören. Eine spürbare, abgrundtiefe Traurigkeit lag in der Luft. Aber auch die befürchtete Wut, Verzweiflung und Aggression.

Dass ich mich fehl am Platz fühlte, wäre wohl die Untertreibung des Jahrhunderts gewesen. Ich konnte regelrecht fühlen, wie sich die Blicke der Grundendorfer durch meine Haut brannten, wie sie mein Fleisch verätzten, es zu brodeln und stinken begann. Wie ihr Getuschel in mich eindrang wie unsichtbares Gift. Wie sich das harte, unbiegsame Holz in meinen Rücken bohrte, wie sich aufgrund meiner verkrampften Haltung langsam ein Schmerz in meinem Kreuz zur regen begann.

Ich konnte einfach nicht begreifen, wieso es meiner Oma so wichtig gewesen war, an der Gedenkfeier teilzunehmen.

»Was sich gehört, das gehört sich nun mal«, hatte sie am Nachmittag zu mir gesagt.

Ich vermutete aber, dass sie es als Bestrafung ansah und wir genau deshalb hier waren. Sie musste diese Stunde über sich ergehen lassen. Vielleicht würde dann der Horror, den wir alle wohl immer noch nicht in seinem gesamten Ausmaß realisiert hatten, begreiflicher für sie werden.

Mehr als zwölf grauenvolle Stunden waren seit dem Selbstmord meines Großvaters vergangen, knapp 40 seit dem Mord an Julia. So genau hatte man das zu diesem Zeitpunkt noch nicht sagen können, denn ihre Leiche war trotz intensiver Suche immer noch nicht gefunden worden. Es wurde lediglich angenommen, dass der Knall, von dem meine Oma am frühen Morgen aufgewacht war und den mein Großvater angeblich nicht gehört hatte, den Zeitpunkt markierte, als er zurück nach Hause gekommen war, nachdem er Julias, Wallners und Sabines Leichen beseitigt hatte. Er schien die halbe Nacht unterwegs gewesen zu sein. Doch mit Sicherheit konnte das damals noch niemand sagen.

Such unter deinem Namen.

Ich wusste nicht, was ich davon halten sollte. Was hatte mein Großvater damit gemeint? Sosehr ich auch darüber nachdachte, ich kam einfach nicht darauf.

Neben der leisen Hoffnung, dass Julia vielleicht doch noch lebte, beschäftigte mich am allermeisten die Frage, wieso mein Großvater mein Haus angezündet und mich offensichtlich hatte umbringen wollen, wenn er mir mit seinen letzten Worten doch weiszumachen versucht hatte, dass er mich insgeheim gern hatte? Das ergab doch einfach keinen Sinn. War es vielleicht ein letzter manipulativer Schachzug von ihm gewesen?

Die Menge erhob sich von den Bänken und murmelte ein kollektives Gebet. Ich hatte gar nicht mitbekommen, dass der Pfarrer vor den Altar getreten war und mit seiner Predigt begonnen hatte. Auch ich erhob mich, starrte vor mich hin. Irgendwann setzten wir uns wieder. Der Pfarrer hielt eine Ansprache, doch seine Worte verschwammen auf dem Weg zu mir, waren bloß noch ein dumpfer Brei, als sie bei mir angelangt waren.

Plötzlich ein Klingeln.

Gedämpft, weil es in irgendeiner Tasche steckte. Aber dennoch so laut, dass alle Anwesenden es hören konnten. Unruhe kam auf, erneut setzte Getuschel ein. Sogar der Pfarrer hielt irritiert inne. Menschen drehten sich um, blickten in meine Richtung.

Meine Oma gab mir einen Stoß mit dem Ellenbogen. Zischte: »Patrick!«

»Was?«

»Dein Telefon!«, knurrte sie.

Erst jetzt wurde es mir klar. Ich war so durch den Wind, dass ich das Klingeln meines eigenen Handys nicht wahrgenommen hatte. Das Vibrieren nicht gespürt hatte. Hektisch fischte ich in meiner Hosentasche, holte es hervor.

Ein Blick auf das Display.

Schock.

Ich war aufgestanden, ehe ich es begriffen hatte. War hinaus in den Mittelgang getreten. Alle starrten mich an.

»Patrick, was …?«, stammelte meine Oma. Sie war zu verblüfft, um den Satz zu Ende zu sprechen.

Ich sah zu ihr auf. Zurück aufs Display.

»Entschuldigung«, sagte ich und lief los.

Nichts wie raus.

49

Das Telefon läutete immer noch. Ich riss die schwere Holztür auf. Leises Quietschen. Ich schlüpfte nach draußen, ließ sie hinter mir ins Schloss fallen. Ein dumpfer Knall in meinem Rücken. Ein paar Menschen standen herum. Ich wollte alleine sein. Durchquerte den Friedhof, der die Kirche umgab. Schlüpfte durchs schwarz lackierte Gusseisentor. Auch dort war ich nicht alleine. Reporter lauerten. Erblickten mich.

Ich wollte dennoch rangehen.

Doch da hatte das Telefon aufgehört zu klingeln.

Ich löste die Displaysperre und rief den entgangenen Anruf auf.

Drömers Name kreischte mir entgegen.

Mir war heiß und eiskalt zugleich.

Seit ich knapp drei Stunden zuvor endlich mein Telefon zurückbekommen hatte, hatte ich es nicht gewagt, ihre Mobilboxnachricht abzuhören. Es war ein pausenloser innerer Kampf gewesen, ein Hin und Her. Und ständig hatte mein Herz dabei wie wild gepocht. Sollte ich sie zurückrufen? Mehrmals hatte mein Daumen über dem Anrufsymbol geschwebt. Doch ich hatte es nicht geschafft, daraufzudrücken.

Doch jetzt gab es kein Weglaufen mehr. Ich musste es wissen. Musste Gewissheit haben. Ohne weiter darüber nachzudenken, drückte ich die Rückruftaste. Ging wie ein Verrückter auf und ab und auf und ab, während der Anruf aufgebaut wurde. Als es zu läuten begann, schlug mir mein Herz bis zum Hals. Aus dem Augenwinkel glaubte ich Kameras wahrzunehmen, die auf mich gerichtet waren. Es war mir egal.

Es läutete immer noch. Dreimal. Viermal.

Ich raufte mir die Haare.

Dann sprang die Mobilbox an. *Willkommen in der Mobilbox der Nummer Null, Sechs, …*

Ich fluchte. Legte auf. Wollte es sofort noch einmal versuchen. Klickte mich hektisch durch das Menü, verdrückte mich, schaffte es schließlich.

Da erregte lautes Bellen meine Aufmerksamkeit.

Ich sah auf. Entdeckte Anna, die neben der Friedhofsmauer stand. In der rechten Hand hielt sie die Leine ihres Schäfers, in der linken Valentins Hand. Ja, sie hielten tatsächlich Händchen. Ich konnte es erst gar nicht glauben, aber die beiden waren offensichtlich zusammen.

Anna starrte zu mir hinüber.

Valentin sah betreten zu Boden.

Ich hatte sofort den Eindruck, dass er Schuldgefühle mir gegenüber hatte. Vielleicht glaubte er, dass ich es ihm übel nahm, dass er nun mit Anna zusammen war. Wahrscheinlich hatte sie ihm eine völlig verzerrte Geschichte von uns beiden erzählt. Ich wollte es gar nicht wissen. Der Schäfer bellte erneut laut auf und sprang Anna an. Sie versuchte ihn zu besänftigen, doch seine Tatzen fuhren immer wieder an ihrem Körper hinab, an ihren Unterarmen. Und plötzlich war es mir klar: Die Kratzer an Annas Unterarmen, die mir zuvor auch an Valentin aufgefallen waren. Sie hatten so ähnlich ausgesehen, weil der gleiche Hund sie verursacht hatte.

Ich überlegte, zu ihnen zu gehen.

Doch da klingelte mein Handy erneut und riss mich aus meinen Gedanken. Dr. Drömer rief zurück.

»Ja?«, hob ich ab. Keine Begrüßung, keine Höflichkeitsfloskel. Ich wollte nur noch wissen, was los war.

»Ich hab versucht, Sie zu erreichen. Gestern und …«

»Ja, ich …« Ich brach ab, hatte keine Lust auf Erklärungen.

»Stimmt es … ich meine … ist es wahr, was sie in den Nachrichten gesagt haben?«

»Was ist mit Lisa?«

»Ja, natürlich … ähm … Sitzen Sie?«

»Bitte sagen Sie endlich, was los ist.«

»Nun, es freut mich, Ihnen sagen zu können, dass Lisa in den letzten Tagen erhebliche Fortschritte gemacht hat.«

»Ich … versteh nicht, was heißt das?«

»Sie wird aufwachen.«

…

»Sind Sie noch da?«, fragte sie.

…

»Hallo?«

»Ja, ich … ich …« Ich wusste nicht, was sich sagen sollte. War überwältigt.

»Ich denke, dass Lisa morgen gegen Mittag zu sich kommen wird.«

50

Knapp 16 Wochen zuvor, Ende März, war es passiert. Ich weiß noch, dass ich mit einem guten Gefühl aufgewacht war. Dass sich schon beim ersten Augenaufschlag eine ganz, ganz leise Zuversicht geregt hatte, dass es endlich wieder bergauf gehen könnte. Keine Ahnung, wieso. Vielleicht, weil es laut Wetterbericht des Vorabends der bis dahin wärmste Tag des Jahres werden würde und ich zum ersten Mal seit Langem wieder heiter aufgeregten Vogelgesang wahrnahm. Vielleicht auch nur, weil ich zum ersten Mal seit dem letzten Winter durchgeschlafen hatte und nicht von lauten und blutverschmierten Albträumen geplagt worden war.

Ich streckte mich und konnte meine Knochen dabei knacksen hören. Mit noch vom Schlaf verklebten Augen tastete ich auf dem Nachtkästchen nach meinem stumm geschalteten Handy und schielte nach der Uhrzeit. Doch diese nahm ich nur unbewusst war – vielmehr erregte die Info von insgesamt vier verpassten Anrufen und ebenso vielen Mobilboxnachrichten meine Aufmerksamkeit.

Ich fuhr im Bett hoch.

Sie waren alle von ihr.

Lisa hatte mich schon seit Jahren nicht mehr angerufen. Bisher war immer ich es gewesen, der die Initiative ergriffen und sich nach ihr erkundigt hatte. Sie war es gewesen, die mir gesagt hatte, dass ich sie endlich in Ruhe lassen und mich um mein eigenes Leben kümmern sollte.

Doch dieses Mal war es anders.

Ich wusste nicht warum, aber irgendwie war mein gutes Gefühl wie weggeblasen. Irgendetwas stimmte nicht, war ich mir plötzlich sicher. Mein Puls hatte sich erhöht. Ich drückte auf das Anrufsymbol, um die erste Sprachnachricht abzuhören.

In dem Moment, in dem ich ihre Stimme hörte, verkrampfte sich mein Magen. Lisa lallte mehr, als dass sie sprach. Offensichtlich hatte sie wieder getrunken gehabt. Sie redete davon, dass sie keine Lust mehr hatte, dass das Leben für sie keinen Sinn mehr hatte. Dass ich zu ihr kommen sollte, wenn ich diese Nachricht hören würde. Dass sie mich brauchte. Sie schluchzte, dann war die Nachricht zu Ende.

Eine metallische Frauenstimme kündigte die zweite Sprachnachricht an. Eine Stunde hatte zwischen den beiden Anrufen gelegen und Lisa klang noch betrunkener als zuvor. Sie korrigierte sich darin: Ich sollte auf gar keinen Fall zu ihr kommen, sie brauche Zeit für sich. Wolle nichts und niemanden sehen. Gar nichts mehr sehen, sinnierte sie. Das wäre so schön. Wenn doch alles vorbei wäre. Endlich vorbei.

Der dritte Anruf kam eine halbe Stunde später, kurz nach 3 Uhr nachts. Lisa sagte, dass sie gerade auf dem Fensterbrett stünde und sich überlegte, einfach hinunterzuspringen. Es würde sie doch ohnehin niemand vermissen und vielleicht würde es ja gar niemandem auffallen. Dann hatte sie zu lachen begonnen, dann zu schluchzen und kurz darauf hatte sie aufgelegt.

Die vierte und letzte Nachricht hörte ich ab, während ich bereits auf einem Bein durch mein Schlafzimmer hüpfte und versuchte, mir meine Jeans anzuziehen. Das Handy zwischen Schulter und Ohr eingeklemmt. Der Anruf war gegen halb sechs am Morgen eingegangen. Lisa hatte so sehr gelallt, dass ich kaum noch ein Wort verstehen konnte. Sie hatte bitterlich geweint, von Maria, ihrer Schwester erzählt, von ihrem Vater, ihrer Mutter, ihrer Tante. Davon, dass die gemeinsame Zeit mit mir die schönste ihres Lebens gewesen war. Dass sie mir Unrecht getan hatte. Aber dass es jetzt für alles zu spät wäre. Fast eine Minute lang hatte sie geschluchzt und kaum ein Wort herausgebracht. Dann hatte sie sich von mir verabschiedet und aufgelegt. Zuvor hatte ich noch die Hupe eines Wagens gehört. Ich vermutete, durchs geöffnete Fenster.

Ich hetzte hinaus zu meinem Wagen und raste nach Wien. Während der gesamten Fahrt über versuchte ich immer und immer wieder, Lisa zu erreichen. Doch sie ging einfach nicht ran. Ich war am Verzweifeln. Hatte Angst. Eine verfluchte Scheißangst. Ich hinterließ ihr eine Mobilboxnachricht nach der anderen.

»Lisa, ich bin's, Patrick. Bitte ruf mich zurück!«

»Lisa, mach nichts Unüberlegtes!«

»Bitte ruf mich zurück, Lisa! Es ist wichtig!«

Viel zu lange hatte ich es vermieden. Aus Angst davor, dass wirklich etwas Schreckliches passiert war. Dass Lisa sich etwas angetan haben konnte. Ich hatte es mir nicht eingestehen wollen. Doch kurz nach der Wiener Stadtgrenze rang ich mich dazu durch. Ich rief den Notruf. Flehte die Dame am anderen Ende der Leitung an, jemanden zu Lisa zu schicken. Schnell! Da fiel mir auf, dass ich ihre Adresse nicht kannte. Ich wusste, wie ich fahren musste, um zu ihr zu kommen. Kannte das Haus, in dem sie wohnte, ihre Hausnummer. Doch ich hatte keine verdammte Ahnung, wie ihre Adresse lautete. Ich versuchte, ihr die Umgebung zu beschreiben. Die Dame versprach, sich darum zu kümmern.

Ich fluchte, raste weiter.

Als ich vor ihrer Wohnung ankam, ließ ich meinen Wagen in zweiter Spur stehen, mitten auf der Straße. Kurz glaubte ich, rechtzeitig gekommen zu sein. Für wenige Sekunden war da Hoffnung. Ich warf die Tür zu, drängte mich zwischen zwei parkenden Autos hindurch. Rannte fast eine Frau mit Hund an der Leine über den Haufen.

Dann war ich endlich vor ihrer Eingangstür.

Gehupe in meinem Rücken. Flüche. Hundegebell.

Ich streckte die Hand aus, wollte gerade die Klingel drücken. Mein Finger nur wenige Zentimeter von diesem verdammten Knopf entfernt.

Doch ich war zu langsam.

Hinter mir ertönte ein ohrenbetäubender Knall. Metall knirschte. Glas splitterte. Die Alarmanlage eines Autos sprang an.

Ich fuhr zusammen. Riss instinktiv die Arme vors Gesicht, stemmte mich gegen die Hauswand.

Schreie um mich herum. Panik.

Ich öffnete die Augen. Wagte einen Blick hinter mich.

Da sah ich Lisa. Auf dem Dach eines parkenden Autos.

51

Bei ihrem Sprung aus dem Fenster zog Lisa sich unzählige Knochenbrüche und innere Blutungen zu. Außerdem schlug sie sich beim Aufprall einige Zähne aus und Splitter der Windschutzscheibe steckten in ihrer Haut.

Es war ein unglaubliches Glück, dass nur Sekunden nach dem Sprung ein Rettungswagen an der Unglücksstelle vorbeikam. Die beiden Sanitäter leisteten Erste Hilfe und brachten Lisa ins nächstgelegene Krankenhaus, wo sie sofort notoperiert wurde. Die erste von vielen Operationen. Den Ärzten blieb keine andere Wahl, als Lisa in einen künstlichen Tiefschlaf zu versetzen, und vier quälend lange Wochen war nicht klar, ob sie durchkommen würde.

HORRORSTURZ ÜBERLEBT!, war auf der Titelseite einer österreichweiten Tageszeitung zu lesen.

GRUNDENDORF-DRAMA GEHT WEITER!

LISA G.: SUIZIDVERSUCH!

Und noch viele weitere Schreckensmeldungen schrien mir in den Tagen danach im Internet, den Zeitungen, aus dem TV und dem Radio entgegen.

Es war so schrecklich.

In den letzten Wochen hatte Lisa einige kleine Fortschritte gemacht, doch die Ärzte waren immer noch skeptisch, ob sie es überstehen würde. So sehr ich sie auch mit Fragen gelöchert hatte, sie ließen sich zu keiner konkreten Aussage hinreißen.

Ich kann mich an ein Telefonat mit Dr. Drömer erinnern. Es muss irgendwann zwei Wochen zuvor gewesen sein.

»Ihre Chancen stehen leider immer noch 50-50, daran hat sich nichts geändert«, sagte sie mir. »Es tut mir leid, aber ich kann Ihnen nicht mehr sagen. Und selbst wenn Lisa es überlebt, ist die Gefahr immer noch sehr groß, dass sie unter langfristigen Folgeschäden wird leiden müssen.«

»Langfristig?«

»Das haben wir doch schon besprochen.«

»Ja, aber Lisa hat doch Fortschritte gemacht. Ihr geht's doch besser.«

»Aber sie ist bereits lange im Tiefschlaf.«

Das alles wusste ich. Auch, dass ihr Gehirn dauerhaft beschädigt worden sein und sich das auf ihren geistigen Zustand auswirken könnte. Genauso gut könnten aber auch motorische Einschränkungen bleiben, niemand wagte das so recht vorauszusagen. Außerdem war ihre Leber aufgrund der Medikamente angegriffen und sie hatte massiv an Muskelmasse abgebaut. Von den zahlreichen Schrauben in ihrem Körper, die ihre gebrochenen Knochen zusammenhielten, gar nicht erst zu reden. Wie gesagt, das alles wusste ich. Aber ich wollte es nicht wahrhaben.

»Aber … aber das kann man doch wieder hinbekommen, oder?«, sagte ich am Telefon.

»Also, wissen Sie …«

»Ich meine mit einer Physiotherapie oder irgend so etwas.«

»Möglich, aber das sind alles Spekulationen.«

»Aber sie kann es schaffen?«

»Wir wissen doch noch nicht einmal, ob sie langfristige Folgeschäden haben wird. Und zu allererst muss sie den Kampf gewinnen und sich so weit erholen, dass wir sie aus dem Tiefschlaf aufwecken können.«

»Wann wird das sein?«

»Wie schon gesagt, das kann man nicht einschätzen. Vielleicht morgen, vielleicht in einem Monat. Vielleicht auch noch später.«

Jetzt war es also so weit!

Nachdem Dr. Drömer mir mitgeteilt hatte, dass Lisa aufwachen würde, war in mir ein Schalter gefallen. Ich konnte es nicht glauben. Blendete alles um mich herum aus, hatte alles vergessen – selbst den Schrecken der letzten Tage. Ich wollte nur noch eines: zu Lisa ins Krankenhaus.

Nur wie sollte ich nach Wien kommen?

Mein Wagen war Schrott. Der SUV meiner Großeltern noch immer von der Spurensicherung in Beschlag genommen. Also lief ich auf Anna und Valentin zu. Der Hund begann zu kläffen, die Leine spannte sich. Valentin wich zurück. Wieder hatte ich den Eindruck, dass er Angst vor mir hatte. Anna musste ihm völligen Schwachsinn über mich erzählt haben.

Ihr Blick verfinsterte sich. »Was willst du, Pa…«

Ich ließ sie nicht ausreden: »Ich brauche einen Wagen.«

»Ja und?«

»Kann ich mir deinen ausborgen?«

»Du spinnst wohl!«

»Bitte, ich muss nach Wien.«

»Vergiss es!«

»Anna, hör zu, ich …«

»Nein, auf keinen Fall.«

»Es geht um Lisa, sie wird aufwachen.«

»Und du denkst, das interessiert mich?«

»Anna, du kannst doch nicht …«

»Lass uns in Ruhe!«

»Aber …«

Da streckte mir Valentin plötzlich einen Schlüssel entgegen und zeigte auf den alten Jeep seines Vaters, der keine zehn Meter entfernt stand. Im fahlen Licht der drei Straßenlaternen auf dem Kirchplatz hatte ich ihn gar nicht gesehen.

Ehe Valentin es sich anders überlegen oder Anna ihn davon abhalten konnte, griff ich ihn. »Danke!«

Er nickte.

Dann lief ich zum Wagen, ohne meiner Oma Bescheid zu geben. Ich würde ihr später alles erklären.

52

Unmittelbar vor mir sprang eine Ampel auf Rot.

Verflucht!

Ich trat in die Bremse. Schlug mit der flachen Hand aufs Lenkrad ein.

Ich kannte die Strecke, wusste, dass ich in weniger als fünf Minuten im SMZ Ost sein würde – jenem Wiener Krankenhaus, in das Lisa nach ihrem Selbstmordversuch eingeliefert worden war. Dennoch drehte ich vor Ungeduld fast durch.

Die 50 Kilometer von Grundendorf hierher war ich wie ein Verrückter gefahren. Nicht schnell, aber mit rasendem Herzen und ohne jede Konzentration. Das Kunstleder des Lenkrads in meinen schweißnassen Händen, das vom Rückspiegel baumelnde Kruzifix im Augenwinkel. Hätte sich vor mir auf der Fahrbahn ein Abgrund aufgetan, ich wäre wohl ungebremst über die Kante geschossen und in die Tiefe gestürzt.

So viele Fragen waren durch meinen Kopf geschwirrt: Wie würde es sein, wenn Lisa aufwachte? Würde sie panisch sein oder Angst haben? Wie würde sie mich ansehen, wenn sie mich an ihrem Bett entdeckte? Würde sie lächeln? Mich wegschicken? Würde sie mich erkennen? Was würde sie sagen? Würde sie überhaupt sprechen können? Was sollte ich sagen? Würde sie jemals wieder gesund werden? Was, wenn etwas schiefgehen und sie … Nein, ich wagte es nicht, den Gedanken zu Ende zu denken.

Je näher ich der Wiener Stadtgrenze gekommen war, desto schwärzer war der nächtliche Himmel über mir geworden. Eine dicke Wolkenschicht hatte sich in den

Stunden zuvor übers Land geschoben. Wind war aufgekommen und wurde nun immer stärker. In den Nachrichten war vor einem gewaltigen Unwetter im Osten des Landes gewarnt worden. In der Ferne zuckten Blitze auf. Immer öfter, immer greller. Bald würde sich die drückende Hitze der letzten Tage entladen. Es würde heftig werden.

Im Krankenhaus angekommen, fragte ich zuallererst nach Dr. Drömer. Auch wenn sie mir bereits alles am Telefon gesagt hatte, so wollte ich es noch einmal aus ihrem Mund hören, von Angesicht zu Angesicht. Es fühlte sich noch so surreal an, wie ein Traum. Sie sollte mir sagen, dass Lisa tatsächlich aufwachen würde. Dass alles in Ordnung war und es bisher zu keinen Komplikationen gekommen war. Doch Drömer war gerade im Operationssaal. Also hetzte ich weiter in Lisas Zimmer, wo mich, wie jedes Mal, der Schrecken des letzten Winters mit der Wucht einer Kanonenkugel traf. Die Türklinke schien kälter als die Umgebung, die Schwelle mit unsichtbaren Latten verbarrikadiert. Die Luft in dem Raum wie eine zähe Masse, viel zu schwer, um sie in die Lungen zu bekommen, viel zu faul, um auch nur einen Funken Energie daraus ziehen zu können.

Ich hasste dieses Zimmer. Konnte Lisas Hilflosigkeit nicht ertragen. Und meine. Dennoch versuchte ich jedes Mal aufs Neue, mir nichts anmerken zu lassen. Ich war überzeugt, dass Lisa trotz ihres Zustands vieles mitbekam.

Also fasste ich Mut und trat an ihr Bett. Zögerlich, wie jedes Mal. Mit Tränen in den Augen.

»Hi, Lisa«, sagte ich und griff ihre Hand. Strich sanft über ihre Finger, merkte, dass ich zitterte. Wie immer versuchte ich ihren Anblick nicht an mich rankommen zu lassen. All ihre Verletzungen. Die kurzgeschorenen Haare. Es war selbst nach all den Monaten noch zu viel für mich.

Ich überlegte, was ich ihr noch sagen konnte. Ob ich sie in irgendeiner Weise auf den kommenden Tag vorbereiten konnte. Ob ich ihr Mut zusprechen oder die Bedeutung des bevorstehenden Ereignisses herunterspielen oder gar ignorieren sollte.

Weil ich irgendwann das Gefühl hatte, schon viel zu lange geschwiegen zu haben, flüsterte ich: »Alles wird gut.« Ich glaubte ja wirklich daran.

Lisa zeigte keinerlei Regung.

Ich war am Ende. Mit meinen Nerven und mit meinen Kräften. Ich zog mir einen Sessel heran, ohne dabei ihre Hand loszulassen, und setzte mich. Starrte auf die weiße Decke. Da war nur noch Lisas Hand in meiner. Und Leere in meinem Kopf. Keine Angst mehr, keine Wut, keine Trauer und auch keine Hoffnung. Ich schaffte es nicht einmal mehr zu weinen. Es war einfach zu viel. Alles.

Keine Ahnung, wie lange ich so dasaß und Lisa in leerem Tonfall Aufmunterungen zuflüsterte. Aber irgendwann dämmerte ich weg.

Als ich wieder zu mir kam, stand Dr. Drömer vor mir und starrte auf mich hinab. Ihre filigrane Brille war ihr so weit die Nase hinuntergerutscht, dass sie nur noch auf der äußersten Spitze saß und den Eindruck machte, als würde sie jeden Moment zu Boden knallen. Sie sah erschöpft aus, die Operation hatte sie sichtlich mitgenommen.

»Wollen wir am Gang reden?«, flüsterte sie.

Ich nickte und erhob mich vom Stuhl. Dabei gab es mir einen heftigen Stich im Kreuz. Ich stöhnte auf, versuchte es zu strecken, doch der Schmerz wurde nur noch schlimmer. Ich musste völlig verkrampft auf diesem unbequemen Kunststoffsessel geschlafen haben.

»Sie sehen schrecklich aus, wenn Sie mir die Bemerkung erlauben«, sagte sie, nachdem wir die Tür zu Lisas Zimmer geschlossen hatten.

Im Flur war das Licht gedämmt. Der beißende Desinfektionsmittel-Geruch war dort draußen viel heftiger als in Lisas Zimmer. Von irgendwoher war ein leises Piepsen zu hören.

»Ich weiß.« Mir war nur nicht klar, ob sie mein geschwollenes Auge, das viele Rot darin, meine gebrochene Nase, die ebenfalls geschwollen war und leicht schief stand, oder alles zusammen meinte.

»Die ist gebrochen«, sagte sie.

»Ja, die haben mir gesagt, dass es ein paar Tage dauert, bis man sie operieren kann.«

Sie nickte bestätigend. »Wie ist das passiert?«

»Wie geht es Lisa?«

»Es sieht alles gut aus, machen Sie sich keine Sorgen. Aber wie ich Ihnen schon am Telefon gesagt habe, wird es erst morgen Mittag so weit sein.«

»Ich kann es nicht erwarten«, antwortete ich und meine Stimme war vor Freude und Trauer so brüchig, dass mir erneut die Tränen kamen.

»Wir haben damit begonnen, die Dosis der Medikamente zu reduzieren, das braucht seine Zeit. Sie können jetzt hier nichts machen. Außerdem sehen Sie aus, als könnten Sie selbst noch ein wenig Ruhe gebrauchen, bevor …«

»Aber ich könnte doch einfach …«

»Fahren Sie nach Hause und kommen Sie morgen früh wieder. Es wird völlig ausreichen, wenn sie gegen acht hier sind.«

»Und … und wenn Lisa vielleicht doch …«

»Sie wird nicht früher aufwachen.«

»Sicher?«

»Ganz sicher.«

Ich seufzte.

»Fahren Sie heim und ruhen Sie sich aus. Sie werden Lisa besser helfen können, wenn Sie morgen fit sind.«

Und so tat ich, was sie vorschlug. Dr. Drömer hatte mich überzeugt. Außerdem musste ich mich um meine Oma kümmern. Die Arme wusste ja nicht einmal, wo ich war. Ich hatte sie im Stich gelassen – am Tag, an dem sich ihr Mann das Leben genommen hatte. An dem er zugegeben hatte, ihre Enkelin und zwei weitere Menschen ermordet zu haben. Am Tag, als das Konstrukt ihres Lebens zusammengebrochen war.

Und pass auf deine Oma auf.

Massive Schuldgefühle packten mich mit aller Wucht. Und so verabschiedete ich mich von Lisa und fuhr zurück nach Grundendorf. Natürlich hatte ich nicht die geringste Ahnung, dass ich es am nächsten Morgen nicht ins Krankenhaus schaffen würde.

53

Als ich kurz vor Mitternacht am Hof meiner Oma ankam, hatte der Wind gehörig an Kraft gewonnen. In heftigen Böen pfiff er über das Land. Ein gespenstisches Heulen drang aus dem Wald zu mir. Blätterrascheln. Irgendwo auf dem Hof klapperten lockere Holzbretter. Es war deutlich abgekühlt und die ersten Regentropfen prasselten vom schwarzen Himmel, dick und schwer. Das Plätschern wurde schnell lauter.

Am Gartenzaun hielt ich inne und betrachtete das Haus eine Weile. Wie es dalag, scheinbar still und friedlich. Selbst jetzt, in tiefster Nacht, strahlte es weiß von der Anhöhe auf die Umgebung hinab. Geradezu majestätisch. Aber auch irgendwie geheimnisvoll.

Such unter deinem Namen.

Ich kann nicht genau sagen, was es war. Doch irgendetwas in mir versuchte mich davon abzuhalten, hineinzugehen. Ich zögerte noch einen Augenblick, versuchte zu verstehen, warum. Aber in meinem Kopf schwirrten einfach viel zu viele Gedanken herum. Ich kam nicht drauf und so wischte ich das Gefühl beiseite.

Ich atmete tief durch, machte mich auf das gefasst, was mich darin erwartete. Meine unendlich traurige und auf meine Hilfe angewiesene Oma. Die das Angebot einer psychologische Betreuung mit den Worten »Ich hab ja meinen Patrick« abgelehnt hatte. Die ich enttäuscht und alleine in der Kirche zurückgelassen hatte.

Als ich ins Haus trat, empfing mich die brütende Hitze der letzten Tage, die sich hierhin verkrochen zu haben schien. Ich schloss die Tür und verharrte einen Augenblick im dunklen Vorzimmer. Lauschte. Erst war da nur Stille, erdrückende, alles vereinnahmende Stille. Doch dann konnte ich sie schluchzen hören. Ich schauderte, musste schlucken. Die Last meiner Schuldgefühle hing tonnenschwer an mir.

Aus der Küche fiel ein Lichtschimmer in den dunklen Flur. Ich atmete tief durch und ging darauf zu. Ganz langsam, weil ich die Konfrontation so lange wie möglich hinauszögern wollte.

Ich fand meine Oma am kleinen Esstisch, die Ellenbogen auf dem Tisch abgestützt, ihr Gesicht in den Händen vergraben. Sie weinte, gab gequälte Laute von sich, ihr zierlicher Körper zuckte. Im Licht der Deckenleuchte wirkte es, als säße sie im Scheinwerferlicht einer Kleintheaterbühne. Eine Fliege summte um die Glühbirne und stieß immer wieder gegen das Glas der Leuchte.

Ich stand einfach nur im Türrahmen. Starrte sie an. Lange Zeit. Ich wusste nicht, was ich sagen oder tun sollte. Alles war so unfassbar. Julias Tod hatte mir das Herz zerrissen. Wie sollte ich ihr da Trost spenden können? Am liebsten wäre ich sofort hoch ins Gästezimmer gegangen. Ich wollte mit meiner Trauer alleine sein. Und mit meiner Hoffnung.

Meine Oma ließ ihr Gesicht in ihren Händen begraben, als sie irgendwann sagte: »Ich hätte dich gebraucht, Patrick.«

Obwohl, oder gerade weil sie kaum Kraft in ihrer Stimme gehabt hatte, traf mich der Satz schwer.

Mein Mund öffnete sich. Ich wollte etwas sagen, wusste aber nicht, was.

Meine Oma sah zu mir auf. Ihre Wimperntusche klebte in schwarzen Schlieren auf ihren Wangen. Ihre glänzenden Augen waren rot unterlaufen und eingetrocknetes Blut klebte unter ihren Nasenlöchern. Ihr auftoupiertes Haar war völlig zerzaust.

»Wo bist du gewesen, Patrick?«

Ich hatte keine Lust, ihr von Lisa zu erzählen. Nicht heute, an einem so grauenvollen Tag wie diesem. Nicht, bevor ich Gewissheit hatte, dass Lisa es wirklich schaffen würde.

Meine Oma schlug auf einmal mit der flachen Hand auf die Tischplatte und kreischte: »Wo bist du gewesen?«

Als ich nicht sofort antwortete, fegte sie mit einem Wisch die Teetasse vom Tisch. Sie schoss gegen den Geschirrspüler, knallte von dort zu Boden und zersprang in Hunderte Teile.

»Sag es mir!«

Sie war wie von Sinnen. Kratzte sich unbewusst an der Nase.

»Wo, Patrick?« Ihre Stimme bebte.

Nie zuvor hatte ich einen derartigen Wutausbruch von ihr erlebt. Aber wen wunderte das schon an einem Tag wie diesem.

Und dennoch.

Irgendetwas stimmte hier nicht.

Aus ihrer Nase begann wieder Blut zu laufen.

Doch sie schien sich von einem Augenblick auf den anderen gefangen zu haben. Sie war vom Stuhl aufgestanden, atmete tief durch. Dann streifte sie sich ihr Kostüm zurecht, zupfte und fegte unsichtbare Staubkörnchen davon. Ich hatte es komisch gefunden, dass sie vor dem Gedenkgottesdienst eine knappe Stunde damit verbracht hatte, die richtige Kleidung zu finden. Mir war es absolut egal gewesen, was ich trug, doch sie hatte unzählige Kleider, Röcke und Blusen probiert und mich bei allen um meine Meinung gefragt. Ich hatte es auf die Ausnahmesituation geschoben, hatte angenommen, dass es am Schock gelegen hatte. Aber warum strich sie jetzt ihr Kostüm zurecht?

»Ich geh schlafen«, sagte ich. Ich hatte einfach keinen Kopf, mich dieser Situation weiter zu stellen.

»Aber du musst doch noch etwas essen«, sagte sie und ihre Stimme hatte sich grundlegend geändert. Sie war ruhig geworden. Meine Oma hatte wieder liebevoll geklungen, so, wie ich sie eben kannte. Sie strich sich eine graue Haarsträhne aus dem Gesicht, wischte sich mit dem Handrücken das Blut unter der Nase weg. Betrachtete es und drehte den Wasserhahn auf, um es abzuwaschen.

»Wieso blutest du?«

»Nicht so wichtig.«

»Soll ich dir vielleicht …?«

»Was möchtest du essen?«

»Ich hab keinen Appetit.«

»Aber du musst doch …«

»Ich will schlafen, ich muss morgen früh raus.«

»Du musst was?« Ihre Stimme war wieder schrill geworden.

»Ich fahr früh nach Wien.«

»Aber warum?«

»Lisa wird aufwachen.«

Nun war es doch draußen und es war mir, als hatte ich erst jetzt begriffen, was für ein Tag mir bevorstand. Ich konnte meine Freude nicht fassen. Die Trauer um Julia kaum ertragen. Und die Wut auf meinen Großvater.

»Aber du kannst doch nicht …« Meine Oma brach den Satz ab, wischte sich erneut Blut von der Nase. Ihre Wangen zuckten, schimmerten rot.

»Ich hol dir ein Taschentuch«, sagte ich und wollte aus der Küche.

Doch sie hatte zwei schnelle Schritte auf mich zu gemacht und mich am Oberarm gepackt. »Bleib hier!«

»Aber du …«

»Du bist jetzt ruhig und kommst mit.«

Sie führte mich ins Wohnzimmer, zeigte auf die Couch und sagte: »Setz dich, Patrick!«

»Oma, ich will aber …«

»Du sollst dich setzen!«

»Was ist denn …?«

Wieder ließ sie mich nicht ausreden. »Ich mach dir etwas zu essen.«

»Aber ich hab wirklich keinen Hunger und du solltest …«

»Schluss jetzt, du musst etwas essen!«

Sie drückte mich auf die Couch und ich tat, was sie von mir verlangte. Ich setzte mich. Schaute ihr nach, wie sie völlig aufgelöst aus dem Wohnzimmer huschte und hörte, wie sie in der Küche verschwand. Während sie dort herumhantierte und das Klappern und Klimpern von Töpfen, Geschirr und Besteck zu mir drang, versuchte ich zu verstehen, was da gerade vor sich ging. Doch es wollte mir nicht gelingen.

»Kann ich dir vielleicht helfen?«, rief ich.

Keine Antwort.

»Oma?«

Ich wollte mich gerade erheben und nach ihr sehen, da kam die Antwort: »Ich hab dir gesagt, du sollst sitzen bleiben!«

Ich tat ihr den Gefallen.

Wäre ich doch nur ins Bett gegangen.

MITTWOCH, 15. JULI

54

Die Nacht war ein einziger Albtraum. Die Strapazen der letzten beiden Tage machten sich mit aller Macht bemerkbar.

Während draußen der Sturm immer heftiger geworden war, hatte meine Oma eine Suppe zubereitet, die nicht kräftig, sondern völlig versalzen war. Kein Wunder, sie musste mit ihrem Kopf ganz woanders gewesen sein.

»Schmeckt's dir nicht?«, hatte Oma gefragt.

»Doch«, hatte ich gelogen und den Teller leer gelöffelt.

Nach dem Abendessen war ich schnell schläfrig geworden und kroch mit einem leichten Gefühl der Übelkeit ins Gästebett. Ich wollte es verdrängen, versuchte mit aller Anstrengung, ein wenig Schlaf zu finden. Doch dafür war ich von Trauer zu überwältigt und aufgrund des nächsten Morgens viel zu aufgeregt. Während ich nur minutenweise in albtraumverseuchte Dämmerzustände verfiel, kroch die Übelkeit immer weiter in mir hoch. Irgendwann hatte sie die Höhe meines Kehlkopfes erreicht und sich dort festgesetzt. Jede kleinste Bewegung, ja, sogar jeder einzelne Atemzug kostete mich Überwindung. Ich hatte den dringenden Wunsch, mich zu übergeben, doch ich konnte mir ja nicht einfach den Finger in den Hals stecken. Wohin sollte ich speien? Und um aufzustehen und mich ins Badezimmer oder auf die Toilette zu schleppen, fehlte mir die Kraft. Ein paarmal rief ich nach meiner Oma. Doch sie hörte mich wohl nicht, obwohl ich sie die ganze Zeit durchs Haus geistern hörte. Vermutlich fand auch sie keinen Schlaf. Kein Wunder, immerhin war Stunden zuvor ihre Welt zusammengebrochen.

»Oma?«, krächzte ich erneut.

Ich hörte sie rumoren. Doch es kam keine Antwort.

55

Am frühen Morgen war die Krankheit erst so richtig ausgebrochen. Ich musste mir einen Infekt eingefangen haben oder … keine Ahnung. Ich konnte mich nicht erinnern, mich jemals so elend gefühlt zu haben. Mein Magen krampfte sich in immer kürzeren Abständen schmerzhaft zusammen und allmählich begann sich das Ziehen auf die gesamte Bauchgegend auszubreiten. Jeder einzelne Muskel meines Körpers schmerzte. Mir war schwindelig und ich hatte zunehmend das Gefühl, nicht ausreichend Luft zu bekommen. Meine Haut war mit einer feinen Schweißschicht überzogen, gleichzeitig fröstelte es mich. Lange würde ich die Übelkeit nicht mehr zurückhalten können.

»Oma?«, rief ich und es kostete mich enorme Anstrengung.

Ich lauschte, wartete auf eine Antwort. Aber sie kam nicht.

Zu hören war nur der tosende Regen, der gegen das Fenster und das Dach über mir einhämmerte. Das Pfeifen des Winds, der in kräftigen Böen über das Haus hinwegfegte. Der Sturm war im Laufe der Nacht immer stärker geworden und es hörte sich an, als hatte er nun seinen vorläufigen Höhepunkt erreicht. Immer wieder knarrte es im Haus.

Von draußen war ständiges Klappern zu hören. Lichtblitze. Abgrundtiefes Donnergrollen.

Ich streckte meine Hand zum Nachtkästchen und tastete nach meinem Handy, weil ich wissen wollte, wie lange ich noch Zeit hatte, mich zu fangen. In diesem Zustand würde ich unmöglich Auto fahren können, schon gar nicht bis nach Wien. Ich fand es nicht und blickte hinüber. Aber es war nicht am Nachtkästchen. Dabei war ich mir ziemlich sicher, es hierhingelegt zu haben.

»Oma!«, versuchte ich es noch einmal. Hoffte, dass sie mich dieses Mal hören würde. Ich brauchte mein Handy. Dringend. Und einen Eimer, sonst würde ich mich auf den Boden übergeben müssen.

Keine Antwort.

»Oma!«

Nichts.

Die Anstrengung des Rufens hatte mir den Rest gegeben. Die Übelkeit, die seit Stunden auf Höhe meines Kehlkopfes gelauert hatte, schoss in einem gewaltigen Schwall in mir hoch. Ich schaffte es gerade noch rechtzeitig, mich zur Seite und aus dem Bett zu drehen. Doch nicht mehr. Ich übergab mich auf den Parkettboden. Ein bräunlicher Schwall schoss aus mir heraus. Ich rang nach Luft. Spürte große und kleine Bröckchen in meinem Mund, versuchte sie auszuspucken, den grauenvollen Geschmack hinunterzuschlucken. Doch da reckte es mich erneut und der nächste Schwall kam hochgeschossen. Erneut platschte es auf den Boden. Und ein drittes Mal.

Auf einmal stand meine Oma im Türrahmen.

»Patrick!«, sagte sie nur, verschwand und kehrte mit einem Eimer Wasser, Putzmittel und einigen Lappen zurück. Auf ihren Knien schrubbte sie den Boden. »Was machst du denn für Sachen?«

Ich war zu erschöpft, um ihr zu antworten, brachte bloß ein »Wo ist mein Handy?« hervor.

Doch meine Oma ignorierte die Frage. »Du siehst gar nicht gut aus.«

Erst jetzt merkte ich, dass sie wieder aus der Nase blutete.

»Ich … ich brauch mein Handy.«

»Ja, ja …« Sie erhob sich, sammelte die Putzutensilien ein und ließ mich alleine im Zimmer zurück. Erst nach einer ganzen Weile kam sie mit einer Tasse Tee und einem Teller Brei zurück und setzte sich an den Bettrand. »Du musst essen und viel trinken.«

»Ich kann nicht.«

»Papperlapapp«, sagte sie und hatte mir schon den ersten Löffel in den Mund gerammt. »Schön schlucken, so ist's gut.« Und da kam schon der zweite Löffel. Sie hätte wohl nicht lockergelassen, ehe ich den ganzen Teller leer gegessen hatte. Doch mir war so übel, dass ich mich erneut übergeben musste.

»Patrick«, sagte meine Oma. »Du machst vielleicht Sachen.«

Nachdem sie erneut sauber gemacht hatte, streckte sie mir die Tasse entgegen: »Und jetzt noch einen Schluck Tee.«

Ehe ich mich versah, hatte ich schon den Strohalm im Mund.

»Los, trink, Patrick.«

Ich machte zwei Schlucke, damit sie mich endlich in Ruhe ließ.

»Gut, und jetzt schlaf ein wenig.«

»Ich kann nicht.«

»Was soll das heißen?«

»Kannst du … du mich ins Krankenhaus fahren?«

»Wozu? Du musst doch nicht ins Krankenhaus.«

»Wegen Lisa.«

»Also, Patrick, das siehst du ja wohl selbst ein, dass das in deinem Zustand keine besonders gute Idee ist.«

»Ich muss aber … Lisa wird …«

»Also, um ehrlich zu sein, versteh ich gar nicht, was du an dieser …« Sie unterbrach sich. »Was du an der gefressen hast.«

»Ich muss zu ihr.«

»Die wird dir schon nicht davonlaufen.«

»Sie … sie wacht aber heute auf.«

»Du kannst sie ja besuchen, wenn es dir wieder besser geht. Die paar Tage wirst du auch noch aushalten.«

»Oma, das geht nicht, ich …«

»Jetzt führ dich nicht auf wie ein Kind.«

»Ich … brauch mein Handy.«

»Du bist krank, du brauchst kein Handy.«

»Hast du es?«

»Warum soll ich dein Handy haben?«

»Es … es hat auf meinem … Nachtkästchen gelegen.«

»Aha.«

»Ich … ich muss im Krankenhaus …«

»Du musst gar nichts, Patrick. Schluss jetzt. Du bist krank.«

»Wo ist es?«

»Ja, woher soll ich das denn wissen?«

»Kannst du nachschauen, ob … ob es unten irgendwo liegt?«

»Natürlich«, sagte sie und erhob sich vom Bettrand. »Und jetzt ruh dich aus.« Sie nahm den leeren Teller mit, öffnete die Tür, drehte sich noch einmal um und warf mir ein flüchtiges Lächeln zu. »Du musst jetzt erst mal schauen, dass du wieder gesund wirst.« Dann schloss sie die Tür und ich konnte hören, wie sie die Treppen nach unten ins Erdgeschoss stieg.

Die ganze Zeit über hörte ich sie unten herumhantieren. Ich wartete, dass sie wieder nach oben kam, die Tür öffnete, hereintrat und mir mein Handy reichte. Dass sie sagte: »Hier, Patrick, ich hab's gefunden.« Dass sie es mir gar nicht weggenommen hatte und sich alles als Missverständnis herausstellte.

Doch sie kam nicht zurück.

56

LISA

Eine wohlige Wärme regte sich in mir, eine leuchtende Flutwelle. Von meiner Brust aus breitete sie sich immer weiter aus, floss in jeden Winkel meines Körpers. Ein angenehmes Kribbeln regte meine Sinne, streichelte mich von innen.

Da waren Geräusche. Ein regelmäßiges Piepsen, ein Klappern, ein Rattern, ein Rascheln und so viele mehr. Und da waren Stimmen. Vor wenigen Augenblicken noch so weit entfernt, stumpf und unverständlich, wurden sie nun immer klarer. Sie schienen näher zu kommen, immer näher. Eine Frau, nein, zwei. Und Männer. Allmählich wurde mir klar, dass sie unmittelbar um mich herumstehen mussten.

Ich verstand nicht. Was war mit mir los?

Ich wollte meine Augen öffnen, doch die Lider waren zu schwer.

Eine Unruhe regte sich in mir.

Ich konnte spüren, wie meine Benommenheit immer weiter abklang, wie alles näher rückte, klarer wurde, lauter, intensiver, heißer, kälter.

Ich nahm eine vertraute Stimme wahr. Merkte, dass es meine war. Was ist mit mir los?, wollte ich fragen. Aber ich hörte, dass nur irgendwelche zusammenhanglose, wirre Laute meinen Mund verließen.

Das machte mir Angst.

Aufgeregtes Gemurmel um mich herum. Frauen, Männer – es mussten eine ganze Menge Menschen da sein. Einzelne Wortfetzen drangen zu mir durch: »... Druck ... Vitalfunktionen ... stabil ... Blutdruck ... erhöhen ...«

Piepsen.

Ich schaffte es immer noch nicht, meine Augen zu öffnen.

Bitte helft mir!, versuchte ich zu sagen. Irgendetwas stimmt nicht mit mir. Doch ich brachte wieder nur wirres Zeug heraus.

»Keine Angst«, hörte ich eine Stimme sagen und im selben Moment spürte ich eine Berührung an meiner Hand.

Ich wollte sie wegziehen, schaffte es aber nicht.

Panik kroch mir in die Glieder. Eiskalte Panik.

Ich stemmte meine bleischweren Augen auf. Nur ganz kurz. Aber das Licht war zu grell. Ein heftiger Stich schoss durch meinen Schädel. Ich stöhnte auf.

»... gut, Lisa ...«

Lisa.

Das war ich. Ja.

Jemand hatte meinen Namen gesagt. Aber ich kannte die Stimme nicht.

Hilfe!, versuchte ich zu schreien. »Walaw« oder irgendetwas Ähnliches brachte ich heraus. Ich nahm alle Kraft zusammen, versuchte noch einmal etwas zu sagen. Doch wieder gelang es mir nicht.

In mir begann es zu kribbeln. Geräusche prasselten auf mich ein, Stimmen. Licht, Traurigkeit, Liebe, Angst und Hass. So viele Gefühle auf einmal. Alles blitzte auf. Verschwand wieder. Zuckte erneut auf. Schmerzen regten sich. Ich konnte nicht sagen, wo. Aber sie wurden immer schlimmer.

»… keine Angst … Lisa …«

Ich versuchte noch einmal, meine Augen zu öffnen. Nur ganz kurz. Ein neuerlicher Schmerzstich hinter der Stirn. Noch heftiger als der zuvor. Ich konnte einfach nicht begreifen, was los war. Stöhnte. Versuchte es noch einmal. Und wieder.

Licht.

Schwarz.

Licht.

Schwarz.

Licht.

Schwarz.

Es tat zu weh. Alles war grell, so intensiv.

Silhouetten um mich herum. Keine Gesichter, keine Mienen, nur Licht und Schatten. Ich versuchte, die Schmerzen zu ignorieren. Stimmen prasselten auf mich ein. Ich verstand immer noch nicht. Suchte nach meiner Mutter. Nach meinem Vater. Nach Maria. Fand sie nicht. Aber sie mussten doch hier sein. Was …?

Plötzlich huschte ein dunkler Schatten durch meinen Verstand, ein grauenvolles Gefühl. Mir wurde klar: Irgendetwas stimmte nicht.

»Pa… pa«, stöhnte ich und musste vor Erschöpfung die Augen schließen.

Es kam keine Antwort.

Ich war völlig panisch. Hatte das Gefühl, keine Luft zu bekommen.

Steckte da etwas in meinem Hals?

Ich schrie. Wollte mich bewegen, schaffte es nicht.

Schmerzblitze.

So viele Stimmen. Jemand berührte mich an der Hand. Ich riss die Augen auf. Zuckte. Sah den Schlauch in meiner Armbeuge.

Ich lallte. Konnte nicht begreifen. Verdammt, wo war ich? Warum war ich hier? Wer waren all die Menschen?

Plötzlich fiel mir Patrick ein.

57

PATRICK

Donner. Blitz. Regenprasseln. Windheulen. Klappern. Knarren. Stickiger Geruch. Hitze. Kälte. Schweiß. Schwindelerregendes Drehen. Fahler Geschmack. Tonnenschwere Last auf mir.

»Oma, … kannst du … bitte … einen … Arzt rufen?«

»Also, ich finde, jetzt übertreibst du aber.«

»Ich … hab … Schmerzen.«

»Du brauchst doch keinen Arzt, so krank bist du auch wieder nicht.«

»Aber … ich …«

»Ich kümmere mich um dich.«

»Aber …«

»Hier, schluck das.«

58

LISA

Da war eine Frau. Sie stand über mich gebeugt, hielt meine Hand. Redete auf mich ein, wollte mich beruhigen.

Doch ich war immer noch von Panik ergriffen.

Ich wollte es der Frau erklären. Wollte wissen, was hier los war und wo ich war. Wieso ich hier war. Ich dachte die Worte, die ich ihr sagen wollte. Aber als sie meinen Mund verließen, waren sie nur noch Lallen.

»Sie brauchen keine Angst zu haben«, sagte sie. Lächelte.

Aber die hatte ich.

Ich konnte nicht sprechen. Hatte Schwierigkeiten beim Schlucken. Konnte mich kaum bewegen. Da steckte ein Schlauch in meinem Hals. Ein weiterer unterhalb meines Schlüsselbeins. Und einer in meiner rechten Armbeuge.

Stetiges Piepsen links von mir.

»Alles ist gut«, sagte sie.

Doch ich wusste: Das war es nicht.

59

PATRICK

»Oma, ich … ich muss telefonieren.«

»Ja, wie stellst du dir das vor?«

»Wo … ist mein … mein Handy?«

»Du brauchst jetzt dein Handy nicht.«

»Ich … muss aber … Lisa … ich muss … mit ihr … sprechen.«

»Du musst gesund werden.«

»Hat sie … ange…rufen?«

»Nein.«

»Irgendwer vom … Krankenhaus?«

»Nein.«

»Kannst du … mich … hinfahren?«

»Wie stellst du dir das vor?«

»Ich … muss …«

»Patrick, du bist krank.«

»Ich will … zu … Lisa.«

»Jetzt nimm erst noch einen Löffel.«

»Ich kann nicht meh…«

»So ist's gut.«

DONNERSTAG, 16. JULI

60

LISA

»Pa… la…we«, brachte ich heraus.

Die junge Krankenschwester, die sich als Melissa vorgestellt hatte, sah mich mitleidig an. Lächelte. Doch es sah gezwungen aus. Das hier war nicht zum Lachen.

Ich versuchte es noch einmal: »Pa … la …we«

»Möchten Sie vielleicht einen Schluck trinken?«, fragte sie mich.

Ich wollte den Kopf schütteln. Ich wusste nicht, ob es mir gelang.

Sie hielt mir immer noch den Strohhalm zum Mund.

Ich schloss die Augen. Es hatte keinen Sinn. Ich war am Verzweifeln. Mir dröhnte der Kopf. Das schmerzhafte Stechen hinter meiner Stirn wollte einfach nicht abklingen.

Warum zum Teufel brachte ich Patricks Namen nicht über die Lippen? Es war doch so einfach. Pa-trick. Das war's. Und wieso verstand die Frau nicht, was ich wollte?

Warum war Patrick nicht hier?

61

PATRICK

Ich bin mir heute nicht sicher, ob ich es damals wirklich nicht realisierte oder es einfach nicht wahrhaben wollte. Aber selbst zu diesem Zeitpunkt hatte ich die Vorstellung, dass etwas mit meiner so plötzlich aufgetretenen, sonderbaren Krankheit nicht stimmte, nicht zugelassen. Immer noch redete ich mir ein, dass es an meiner Erschöpfung lag. Dass die grausame Gewissheit von Julias Tod so sehr an meinen Kräften zehrte, dass mein Körper damit nicht klarkam.

Ich wusste, dass ich trinken sollte. Ich hatte mich unzählige Male übergeben, mein Körper brauchte Flüssigkeit. Meine Augen brannten und meine Lippen waren rissig. Doch ich konnte mich nicht überwinden, mich zur Seite zu drehen, das Glas auf dem Nachtkästchen zu greifen und den Strohhalm zum Mund zu führen. Schon alleine beim Gedanken an Essen wurde ich von Übelkeit gebeutelt.

Doch das Schlimmste waren die Schuldgefühle. Weil ich nicht für Lisa da sein konnte. Weil ich sie in diesen schweren Stunden alleine und nichts von mir hören ließ.

Immerzu drehten sich meine Gedanken um die Fragen, ob sie es wohl geschafft hatte und ob es ihr gut ging. Die Tatsache, dass weder sie noch Dr. Drömer sich bisher gemeldet hatten, interpretierte ich so, dass sie nichts von mir wissen wollte. Der Gedanke riss mir ein Loch in die Brust. War schlimmer als all meine Schmerzen und die Übelkeit.

Ich wollte aus dem Bett. Aber sosehr ich mich auch danach sehnte, mich anzuziehen, nach Wien zu fahren und

Lisa zu sehen – ich war nicht einmal fähig, mich im Bett aufzusetzen.

In regelmäßigen Abständen klopfte meine Oma an die Tür und trat ein, ohne auf eine Reaktion von mir zu warten. Oft blutete sie aus der Nase. Jedes Mal ließ sie meine Fragen deswegen unbeantwortet. Sie versorgte mich mit Brei und Suppe, wovon ich kaum etwas hinunterbrachte, und achtete darauf, dass ich immer warmen Tee am Nachtkästchen stehen hatte. Doch alles, was sie mich zwang, zu mir zu nehmen, erbrach ich nach nur kurzer Zeit. Dagegen half auch die Medizin nichts, die Oma mir laufend verabreichte. Der undefinierbare Geschmack erinnerte mich an meine Jugend. An die Zeit, in der ich wenige Monate hier auf dem Hof verbracht hatte, bevor ich das Internat besucht hatte. Auch damals hatte mich meine Oma so liebevoll umsorgt, als ich krank gewesen war.

»Hier, schluck das, Patrick.«

»Ich … kann nicht mehr, ich …«

»Pssst, bleib liegen.«

»Aber ich …«

Da hatte sie mir das mit irgendwelchen Tropfen getränkte Stück Würfelzucker bereits in den Mund geschoben. »Schön schlucken.«

Es hatte mich gereckt, ich war kurz davor, mich zu übergeben.

Doch meine Oma hatte mir die Teetasse gereicht. »Trink einen Schluck nach, das hilft, du wirst sehen.«

Ich hatte am Tee genippt, woraufhin meine Oma zufrieden schien.

»Hast du … mein … Handy … ge…?«

»Also, was du mit deinem Handy hast. Jetzt hör gefälligst auf, ständig danach zu fragen. Du bist doch kein kleines Kind mehr. Ich will, ich will, ich will. Schluss jetzt damit!«

»Aber ich … muss … Lisa …«

»Du musst im Bett bleiben und sonst gar nichts.«

Ich hatte keine Kraft mehr zu widersprechen.

»Du musst ein wenig schlafen, Patrick«, sagte sie und verließ das Zimmer.

Ich übergab mich.

ZWEI WOCHEN SPÄTER
DONNERSTAG, 30. JULI

62

LISA

Schädelfraktur.

Beckenbruch.

Rippenserienfraktur.

Oberschenkelhalsbruch.

Oberarmbruch.

Kieferbruch.

Ausgeschlagene Zähne.

Das waren lange noch nicht alle meine Verletzungen, die ich mir nach meinem Sprung aus dem Fenster zugezogen hatte, bloß die schwerwiegendsten.

Mittlerweile hatte sich mein Sprachvermögen fast normalisiert. Nur ab und zu passierte es mir noch, dass ich anstatt Wörtern irgendwelche Laute von mir gab. Dennoch sprach ich nicht viel. Wozu auch?

Ich war immer noch wackelig auf den abgemagerten Beinen und kam nur im Schneckentempo vorwärts. Der Bewegungsablauf eines Schrittes verlangte mir enorme Konzentration ab, außerdem hatte ich zeitweise große Schmerzen dabei. Doch ich spürte, dass ich jeden Tag Fortschritte machte. Ich fragte mich, wann es wohl so weit sein würde, dass ich die Krücken weglassen konnte. Ich konnte den Moment kaum erwarten. Doch bis dahin war es noch ein weiter Weg. Auch die Haare wuchsen langsam nach – sie waren mir aufgrund der Operation der Schädelfraktur abrasiert worden. Der erste Anblick war ein Schock gewesen. Der zweite auch. Und der dritte. Aber inzwischen hatte ich mich daran gewöhnt. Irgendwie sah ich die kurzen Haare als Zeichen meines Neubeginns an.

Womit wir beim Schlimmsten wären: Der Erinnerung. Nicht an den Sprung und die Stunden davor – dieses Zeitfenster war immer noch nicht zurückgekommen und wie ausgeschwärzt. Die Ärzte meinten, dass die Erinnerung vielleicht noch kommen würde. Ich hoffte, nicht.

Aber ich meine die Erinnerung an die Ereignisse des letzten Winters. An Marias Verschwinden. An Papas Schweigen. An all das, was in diesen verfluchten paar Tagen passiert war. Was mich dahin getrieben hatte, wo ich nun war.

Ich konnte es immer noch nicht fassen.

Und zu dieser schmerzhaften Erinnerung, zu diesem dumpfen Gefühl der Ohnmacht, schummelte sich immer wieder ein Gedanke: Warum kam Patrick nicht vorbei, um nach mir zu sehen. Hatte ich ihn so sehr enttäuscht? Die Ärzte versicherten mir, dass er unzählige Male hier gewesen war, als ich noch im künstlichen Tiefschlaf gelegen hatte. Dass er sich um mich gesorgt hatte und sogar am Abend vor meinem Aufwachen hier gewesen war. Dass er auf einem Sessel neben meinem Bett eingeschlafen war und sie ihn sogar hatten heimschicken müssen.

Aber jetzt?

Er hatte es sich offensichtlich anders überlegt. Wollte nichts mehr von mir wissen. Vielleicht hatte er sich lediglich verpflichtet gefühlt, auf mich aufzupassen, weil ich sonst niemanden mehr hatte. Und mit der Gewissheit, dass ich aufwachen würde, hatte er sich dieser Verpflichtung entbunden gesehen. Keine Ahnung, ob ich damit richtiglag. Ich konnte mir keinen Reim darauf machen.

Ich wusste nur eines: Ich war alleine.

63

PATRICK

Als ich zu mir kam, spürte ich einen Stich in der Fußsohle. Meine Oma saß am Bettrand und hatte eine Spritze in der Hand. Ich war benommen, sah verschwommen. Doch ich glaubte zu erkennen, dass meine Oma weinte.

»Sie haben seinen Wagen gefunden, Patrick«, sagte sie nach einer Weile und wischte sich Tränen aus den Augenwinkeln. »Wallners Wagen.«

Ich lallte irgendetwas.

»Wir haben ihn in Bratislava versteckt, weißt du … irgendwo am Stadtrand. Ich glaub, ich hätte ihn selbst nicht mehr gefunden.«

Ich drohte wegzudämmern. Versuchte mit aller Macht, wach zu bleiben. Ich wusste nicht, was sie mir eben gespritzt hatte, aber das Zeug wirkte heftig und verdammt schnell.

»Die Polizei hat gefragt, wie dein Opa zurückgekommen ist, wenn er den Wagen dort abgestellt hat. Ich hab gesagt, mit dem Zug vermutlich.«

Ich schloss die Augen. Schaffte es nicht, sie offen zu halten.

»Patrick!«, fuhr sie mich an und kratzte sich an der Nase. Sie steckte sich den Zeigefinger hinein, bohrte darin. So heftig, dass sofort wieder das Blut zu laufen begann. Doch das schien sie nicht im Geringsten zu stören. Sie schien es gar nicht wahrzunehmen. »Hör mir gefälligst zu, wenn ich mit dir rede!«

Ich stöhnte.

»Weißt du, ich hab das wirklich nicht gewollt«, fuhr sie fort und ich wusste ganz genau, was nun kam. In den letzten Tagen hatte sie mir immer wieder erzählt, was in der Nacht passiert war, als Julia starb. Ich hatte es nie geschafft, der Geschichte ganz zu folgen, war immer wieder dabei eingeschlafen. Anfangs war ich mir nicht sicher gewesen, ob ich nur geträumt hatte oder meine Großmutter es mir tatsächlich gestanden hatte.

»Dein Opa hat den Wallner gerufen, ich hab gar nichts davon gewusst. Auf einmal ist er hinter mir in Julias Zimmer gestanden, als ich ihr gerade den Schweiß von der Stirn gewischt hab. Weißt du, so ein kaltes Tuch wirkt oft Wunder«, sagte sie und tupfte mir ebenfalls mit einem nassen Tuch das Gesicht ab. ›Sind Sie wahnsinnig?‹, hat der mich angeschrien. ›Gehen Sie weg da!‹ Dann hat er mich zur Seite gestoßen. Richtig grob. Mir hat die Schulter noch am nächsten Tag wehgetan. ›Haben Sie …? Ist das Rattengift?‹ Er hat herumgebrüllt und an Julia herumgezerrt.«

Ich versuchte, die Bilder, die mir durch den Kopf flirrten, zu verdrängen. Es war mir jedes Mal aufs Neue unerträglich.

»Der war völlig hysterisch. Da … da bin ich natürlich auch in Panik geraten, weißt du. Ich bin runter ins Erdgeschoss und hab aus der Küche das Nudelholz geholt. Ich … ich weiß auch nicht, wieso. Und dann, wie ich wieder in Julias Zimmer war, hab ich gesehen, wie grob er mit Julia umgegangen ist. Und wie er geschimpft hat. Da hab ich einfach zugeschlagen.«

Sie rüttelte mich. »Patrick, sieh mich an!«

Ich stemmte meine tonnenschweren Lider hoch.

»Es war wirklich nicht stark, das musst du mir glauben. Aber der … der ist gleich zusammengebrochen und … und ja, er … er hat so hässlich gezuckt und … da hab ich einfach noch mal zugeschlagen. Dann hat er aufgehört.«

Mir fielen die Augen wieder zu. Sie waren einfach zu schwer. Ich musste schlafen. Wusste ohnehin: Meine Großmutter würde mir sagen, dass Julia wenige Minuten später verstorben war. Sie würde beteuern, dass sie es nicht gewollt hatte. Wirklich nicht. Sie hatte Wallner seine Schlüssel abgenommen und seinen Wagen heimgebracht. Da war es bereits nach Mitternacht gewesen und niemand hatte sie gesehen. Sie hatte in Wallners Haus nach Spuren gesucht, die verraten hätten, dass er bei ihnen gewesen war. Und dann, als sie das Haus gerade wieder hatte verlassen wollen, stand sie auf einmal vor ihr. Sabine.

Ich dämmerte weg.

3 TAGE SPÄTER
SONNTAG, 2. AUGUST

64

LISA

Früher Nachmittag, ich weiß nicht, wie spät es tatsächlich war. Zeit hatte keine Bedeutung für mich. Nicht in diesem verfluchten Krankenbett.

Die Einsamkeit nagte an mir. Wie eine ausgehungerte Ratte mit einem gewaltigen Loch im Magen.

Ich war in ein emotionales Loch gefallen. Starrte vor mich hin ins Leere. Meine Hüfte schmerzte vom Sturz am Vortag. Ich hatte mich überschätzt, war zu ungeduldig gewesen. Hatte diese verdammten Krücken losgelassen, weil ich überzeugt gewesen war, die paar Meter auch ohne sie zu schaffen. Ich hatte wirklich daran geglaubt, wäre jede Wette eingegangen. Doch schon beim dritten Schritt war ich eingeknickt und zu Boden gekracht. Die Schmerzen waren überwältigend gewesen. Ich hatte geschrien und geweint wie ein kleines Kind.

Jetzt hatte Melissa mir den Fernseher, der an der gegenüberliegenden Wand hing, angemacht. Ich sollte ein wenig auf andere Gedanken kommen, mich erholen. Doch ich nahm nichts davon wahr, hätte nicht sagen können, was gerade lief. Stattdessen versuchte ich mit aller Macht, die Erinnerung zu verdrängen. Aber das machte sie nur noch intensiver.

Grundendorf. Die Kälte. Der Wind. Mein Vater. Maria. Tante Hannelore. Linda. Markus. Natalie. Der Ast zwischen ihren Beinen. Alois Gruber. Dr. Wallner. Der Pfarrer. Steiner. Tom. Schulz und Mayerhofer. Anna. Die Krankheit meiner Mutter. Ihr Leiden. Ihr Tod.

Es tat noch immer weh, so unglaublich weh.

Und es war alles meine Schuld. Für immer meine Schuld.

Mein Herz hatte sich verkrampft und egal, was ich sagte oder machte, egal, wie ich mich drehte und wendete oder was mir die Ärzte versuchten zu erklären und welche Medikamente sie mir verabreichten – der stechende Schmerz ließ einfach nicht nach. Breitete sich immer weiter in meinem Brustkorb aus. Kroch mir den Hals hoch.

Immerzu stellte ich mir vor, wie der Sprung wohl gewesen war. Ich glaubte, den Wind im Gesicht zu spüren. Das Gefühl der Schwerelosigkeit, der Unendlichkeit.

Den Moment des Aufpralls.

Diesen Sekundenbruchteil.

Den Knall.

Den Schmerz.

Aber das alles entsprang nur meiner Fantasie. Tatsächlich konnte ich mich immer noch nicht an den Sprung und die Stunden davor erinnern. Aber allmählich begann ich meine Entscheidung von damals zu verstehen. Und dieser Gedanke machte mir Angst.

Ich spürte, dass mir Tränen aus den Augenwinkeln liefen, die Schläfen hinab, bis zu meinen Haaransätzen. Seit Stunden schon. Ich ließ sie. Hatte keine Motivation, sie mir aus dem Gesicht zu wischen.

Aber das Schlimmste in diesen Stunden war für mich die Tatsache, dass Patrick sich nicht mehr um mich zu kümmern schien. Dass er nicht bei mir war, als ich aufgewacht war. Es schmerzte, dass er mich allein gelassen hatte. Als ich ihn am dringendsten gebraucht hätte. Es zerriss mich innerlich, dass er nicht einmal angerufen oder mir etwas hatte ausrichten lassen. Und ich? Ich war schlichtweg zu feige, den ersten Schritt zu machen. Bekam schon Herzrasen nur beim Gedanken daran, seine Nummer zu wählen.

Im vergangenen März wäre er mein rettender Anker gewesen. Ich hätte bloß die Hand ausstrecken müssen, nur ein ganz kleines Stück weit. Doch das hatte ich nicht getan. Stattdessen hatte ich ihn aus meinem Leben verbannen wollen – wie alles, was mich an den letzten Winter erinnert hatte. Ich war untergegangen, ins kalte Schwarz hinabgesunken.

Jetzt sehnte ich mich so sehr nach diesem Anker. Nach Patricks Hand. Nach seinem Lächeln, dem Klang seiner Stimme.

Ein Klopfen an der Tür riss mich aus meinen trüben Gedanken.

Ich ignorierte es. Hatte keine Lust, jetzt jemanden zu sehen.

Die Tür ging trotzdem auf.

Ein Mann lugte herein und meine Augen wurden ganz groß.

65

PATRICK

»Der Hund vom Wallner hat die ganze Zeit über keinen Mucks von sich gegeben. Kurz einmal zu mir aufgesehen hat er. Sonst nichts. Der war so brav. Wirklich schade …

Auf jeden Fall war ich fertig. Ich wollt schon das Haus verlassen. Aber wie ich gerade im Vorzimmer war, hab ich auf einmal das Schloss gehört und die Haustür ist aufgegangen. Da stand die Sabine vor mir. Es ist alles so schnell gegangen, weißt du Patrick.«

Meine Großmutter starrte ins Leere. Erneut erzählte sie mir, was in der Nacht von Julias Tod passiert war. Sie sprach völlig monoton und dennoch hatte es den Anschein, als durchlebte sie die Situation gerade von Neuem.

»Die hat einen eigenen Schlüssel gehabt. Ich hab so einen Schrecken bekommen, Patrick, das kannst du dir nicht vorstellen.

›Was machen Sie da?‹, hat sie gefragt und ihre verheulten Augen sind ganz groß geworden.

Der Hund ist auch gleich aufgesprungen und zu ihr hin. Hat ihr die Hand geleckt und vor Freude gebellt. Das hat man sofort gesehen, dass die beiden sehr vertraut miteinander waren. Aber die Sabine hat mich weiter angestarrt und auf eine Antwort gewartet.

›Dr. Wallner ist … er ist gleich wieder da, er … er holt nur … ein Medikament aus der Praxis‹, irgendsowas hab ich gestammelt. Mein Herz hat so wild geschlagen, Patrick.

›Aha‹, hat sie nur geantwortet und so komisch dreingeschaut.

›Was ist mit Ihnen passiert?‹, hab ich sie gefragt.

Weißt du, sie war völlig verheult und ihre Lippe war geschwollen und aufgeplatzt. Da hat sie mir erzählt, dass sie einen Streit mit dem Hannes gehabt hat und …«

Während meine Oma weiter redete, fielen mir die Augen zu. Ich war zu schwach, dämmerte weg.

Irgendwann rüttelte sie mich. »Hörst du mir überhaupt zu?«

Sie wartete keine Antwort ab, erzählte einfach weiter. Ich kannte die Geschichte bereits besser, als mir lieb war. Wusste, dass ich nicht viel verpasst hatte.

»›Er müsste doch schon längst wieder hier sein‹, hat die Sabine gesagt. ›Und warum sind Sie überhaupt hier und nicht in der Praxis?‹

Weißt du, Patrick, sie ist mich richtig angefahren und ist immer lauter geworden. Und der Hund hat so laut gebellt. Ich wollt weg. Aber sie ist mir nach. Ich weiß auch nicht wieso, aber ich … ich bin einfach in die Küche gegangen und die Sabine mir nach.

›Bleiben Sie stehen!‹, hat sie mich angeschrien und richtig grob gepackt. ›Hier.‹«

Mit verschwommenem Blick konnte ich erkennen, dass sie auf ihre rechte Schulter zeigte. Aber meine Augen brannten zu sehr. Alles blendete mich. Ich schloss sie.

»Weißt du, Patrick, das tut mir sogar jetzt noch ein bisschen weh.«

Meine Aufmerksamkeit schwand. Ich wollte schlafen. Einfach nur noch schlafen. Konnte es nicht ertragen, alles noch einmal zu hören. Dass der Streit in Wallners Küche eskalierte. Dass meine Großmutter ein Messer aus dem Holzblock griff. Und zustach. Neunmal. Dass der Hund durchdrehte, weil sein Beschützerinstinkt geweckt worden war. Dass er meine Großmutter sogar ins Bein biss. Dass sie daraufhin Panik bekam. Und deshalb auch auf den Hund einstach.

66

LISA

»Lukas!?«

»Hi.« Er hob unbeholfen die Hand.

»Was … was machst du hier?«, stammelte ich. Ich war so verblüfft, so gerührt und so dankbar zugleich, dass mir sofort wieder die Tränen kamen.

»Darf ich reinkommen?«

»Ja, ich … na sicher.«

Mir waren die Tränen peinlich, ich wischte sie mir aus dem Gesicht. Aber es war zwecklos. Der Moment war zu überwältigend für mich. Ich bekam sie nicht in den Griff. Seit ich aufgewacht war, hatte ich keinen Besuch bekommen. Nicht einen. Ich war alleine, hatte Melissas mitleidvolles Lächeln ertragen müssen und mich geschämt. Ich hatte mir eingeredet, dass es meine Schuld war, dass niemand zu mir kam. Dass ich es verdient hatte. Und jetzt war tatsächlich Lukas in meinem Zimmer. In diesem Augenblick war ich so unglaublich glücklich.

Zögerlich wagte er sich näher und streckte mir einen bunten Strauß Blumen entgegen. »Für dich.« Wahrscheinlich war er mindestens genauso nervös wie ich.

»Danke«, krächzte ich und nun war es endgültig vorbei. Ich heulte wie ein Schlosshund.

»Soll ich … vielleicht, ich meine … eine Vase? Ich bin gleich zurück«, sagte er.

»Nein.«

Er hielt inne.

»Bitte bleib hier.«

Er tat es. Schenkte mir ein Lächeln.

»Danke«, sagte ich erneut, weil ich nicht wusste, was ich sonst sagen sollte. Ich war einfach nur aus tiefstem Herzen dankbar.

Lukas legte die Blumen auf dem Sessel neben meinem Bett ab.

Ich versuchte mich zu fassen.

»Wie geht's dir?«, fragte er.

»Danke, es … es geht.«

Er nickte.

»Und dir?«

»Ach, du, es … ja, es geht auch.«

Betretenes Schweigen.

Es war so surreal, dass Lukas keine zwei Meter von mir entfernt stand. Dass ich vor ihm weinte und er mir Blumen gebracht hatte. Wir kannten uns zwar schon seit unserer Kindheit, doch nie besonders gut. Er war drei Jahre älter, wir hatten unterschiedliche Freundeskreise und Interessen. Erst als ich mit Patrick zusammengekommen war, hatten wir uns besser kennengelernt. Er war Patricks Partner bei der Polizei, die beiden waren eine Zeit lang richtig gut befreundet gewesen.

Ich weiß, ich hätte mir wohl noch ein wenig Zeit lassen sollen. Aber ich konnte nicht anders. Die Frage war wie ein Schwall in mir hochgeschossen. Ich hatte sie gestellt, noch ehe ich es begriffen hatte: »Wie geht's Patrick?«

Lukas' Miene verfinsterte sich.

Ich spürte sofort, dass etwas nicht in Ordnung war.

»Was?«, fragte ich und meine Stimme zitterte dabei.

Er seufzte. Dann begann er zu erzählen.

8 TAGE SPÄTER
MONTAG, 10. AUGUST

67

LISA

Patricks Opa.

Selbst jetzt, über eine Woche nachdem Lukas mir alles erzählt hatte, war es immer noch unfassbar für mich.

Was war nur in ihn gefahren? Was hatte er der armen Julia angetan? Und wieso um Himmels willen? War sie tatsächlich tot? Soweit ich eben noch im Internet nachgeforscht hatte, war ihre Leiche immer noch nicht gefunden und die Suche in der Obermarcher Au mittlerweile eingestellt worden. Warum also hatte Patricks Großvater zwar den Mord an seiner Enkelin gestanden, jedoch auf die Stelle verwiesen, an der er Dr. Wallner vergraben hatte? Die gerichtsmedizinische Untersuchung hatte ergeben, dass der Arzt erschlagen worden war. Getötet durch einen massiven Schlag auf den Hinterkopf. Was mich schon zur nächsten Frage führte: Warum um alles in der Welt sollte Patricks Großvater Dr. Wallner töten? Und Sabine Felber. Das ergab doch alles überhaupt keinen Sinn.

Aber auch die beiden zu Tode gequälten Hunde machten mir zu schaffen und ich fragte mich, wie er so etwas nur übers Herz hatte bringen können. Soweit in den Berichten angedeutet wurde, mussten den Tieren grauenvolle Dinge angetan worden sein. Mich beutelte es allein bei dem Gedanken daran. Und ständig musste ich an Jimmy denken. Mein schneeweißer Kater war mein Ein und Alles gewesen, bevor ich mit Patrick zusammengekommen war. Doch nachdem Patrick und ich etwa zwei Wochen lang miteinander gegangen waren, hatte ich Jimmy eines Morgens tot im Garten gefunden. Laut Dr. Wallner war er vergiftet worden. Ich hatte niemals herausgefunden, wer ihm das angetan hatte. Hatte Patricks Opa also vielleicht damals auch Jimmy getötet?

Doch das alles war nichts im Vergleich zu Julias Tod.

Immerzu hatte ich ihr Gesicht vor meinem geistigen Auge. Glaubte, ihre Stimme zu hören, auch wenn ich mich eigentlich gar nicht mehr so richtig an den Klang ihrer Stimme erinnern konnte. Der Gedanke daran, dass sie offensichtlich von ihrem eigenen Opa ermordet worden war, raubte mir die Luft zum Atmen. Es war so schrecklich. Einfach unbegreiflich.

Nun glaubte ich auch zu verstehen, weshalb Patrick nichts von sich hören ließ. Er hatte selbst schwere Probleme. Konnte nicht auch noch meine gebrauchen. Es musste ihm so dreckig gehen. Und seiner Oma erst. Die Arme. Lukas hatte mir erzählt, dass das ganze Dorf sich um sie kümmern würde, weil Patrick offensichtlich untergetaucht war. Zeit für sich brauchte, was auch immer. Laut Lukas war Patricks Oma zwar gebrochen, doch sie versteckte sich nicht zu Hause, sondern nahm am Dorfleben teil. Ließ es zu, getröstet zu werden.

Gestern hatte ich es zum ersten Mal gewagt, seine Nummer zu wählen. Doch es war sofort die Mobilbox angesprungen. Ich war zu feige gewesen, um ihm eine Nachricht zu hinterlassen, hatte stattdessen sofort aufgelegt. Seitdem hatte ich es insgesamt sieben weitere Male versucht. Jedes Mal war ich direkt in seine Sprachbox gekommen. Kein einziges Mal traute ich mich, auch nur ein Wort daraufzusprechen.

Den Mut, es bei seiner Oma zu versuchen, hatte ich noch nicht aufbringen können. Schon beim Gedanken daran wurden meine Hände ganz feucht und mein Herz schlug schneller.

»Los, weiter!«, feuerte mich meine Therapeutin an und holte mich aus meinen Gedanken zurück ins Hier und Jetzt. »Nicht schlapp machen!«

Ich nahm all meine Kräfte zusammen und machte die Übung noch einmal. Und dann noch einmal und ein weiteres Mal. Immer weiter. Ich musste trainieren. Musste stärker werden. Muskeln aufbauen. So schnell wie möglich. Denn ich hatte einen Entschluss gefasst: Sobald es mir nur irgendwie möglich war, würde ich das Krankenhaus verlassen und mich auf die Suche nach Patrick machen.

»So ist's gut! Und weiter!«

4 TAGE SPÄTER
FREITAG, 14. AUGUST

68

LISA

Mit jeder Minute, die verstrich und die ich in meiner Einsamkeit über all das nachdachte, schien es mir klarer. Unausweichlicher. Ich musste zurück nach Grundendorf. Nur dort würde ich Antworten auf all meine Fragen bekommen. Nur so würde ich Patrick helfen und sein Verhalten verstehen können.

Ich durfte keine Zeit mehr verlieren. Irgendetwas ganz tief in meinem Unterbewusstsein sagte mir, dass Patrick mich brauchte. Dringend.

Also machte ich kehrt und humpelte auf meinen Krücken den Stationsflur zurück. War es das 20. Mal? Das 21. Mal? Oder noch öfter? Egal, der Weg war das Ziel. Meine Knochen schmerzten, Arme und Beine zitterten, mir schwirrte der Kopf. Doch ich musste weiterkämpfen, durfte nicht schlapp machen.

»Na, Sie sind aber fleißig«, kommentierte Melissa, als ich mich am Schwesternzimmer vorbeikämpfte. »Aber übertreiben Sie es nicht.«

»Tu ich nicht«, log ich.

2 TAGE SPÄTER
SONNTAG, 16. AUGUST

69

LISA

Abends, gleich neun.

Ich hielt es nicht mehr länger aus. Meine Geduld war am Ende.

»Ich halte das für absolut keine gute Idee. Ich muss Ihnen dringend davon abraten«, sagte die junge Ärztin mit den roten Haaren und der bleichen Haut. Sie war, kurz nachdem ich Melissa darüber informiert hatte, dass ich das Spital auf der Stelle verlassen wollte, zu mir ins Zimmer gestürmt. Eine knappe Stunde davor hatte ich Lukas angerufen und ihn gefragt, ob er mich abholen konnte. Er hatte sich sofort auf den Weg gemacht.

»Ich kann ja zurückkommen«, schlug ich vor.

»Das geht nicht so einfach. Sie dürfen das nicht auf die leichte Schulter nehmen.«

»Das tue ich nicht.«

»Sie könnten …«

»Ich kann wirklich nicht anders«, unterbrach ich sie. Dabei versuchte ich, mir meine stechenden Kopfschmerzen nicht anmerken zu lassen.

»Wo muss ich unterschreiben?«, fragte ich und plötzlich überkam mich ein Schwindelanfall. Ich machte einen Schritt zur Seite, hielt mich an einer Metallstange des Bettes fest und hoffte, dass Melissa und die Ärztin es nicht mitbekommen hatten.

Doch sie sahen sich schon bestätigt: »Sehen Sie! Sie dürfen das nicht …«

»Es geht schon.« Meine Umgebung kam allmählich zum Stillstand.

»Noch einmal in aller Deutlichkeit: Sie sollten das nicht tun!«

»Ich muss Patrick finden.«

»Sie müssen sich ausruhen und zu Kräften kommen. Sie riskieren mit diesem Verhalten ernsthafte …«

»Bitte geben Sie mir das Formular.«

Sie schnaubte lautstark und reichte es mir ohne einen weiteren Kommentar. Melissa verfolgte die Szene wortlos im Hintergrund. Ich hatte sie schon Mitte der Woche in meinen Plan eingeweiht und sie hatte mir mehr als deutlich und weit mehr als einmal klargemacht, was sie davon hielt – absolut nichts.

Ich setzte meine Unterschrift auf das Formular und streckte es der Ärztin gemeinsam mit ihrem silbernen Kugelschreiber entgegen. Sie nahm beides nur widerwillig entgegen.

»Sie machen einen großen Fehler.«

»Danke für alles.«

Sie seufzte.

»Ich meine es ernst. Ich bin Ihnen unendlich dankbar für alles. Allen hier auf der Station. Sie waren großartig zu mir. Alle. Aber ich kann wirklich nicht mehr länger warten.«

Ich hängte mir meine Handtasche um, die mir Patrick anscheinend irgendwann mitgebracht hatte, reichte der Ärztin die Hand und umarmte Melissa. Eine spontane Geste, die mir sofort unangenehm war. Aber es hatte einfach sein müssen.

Dann humpelte ich aus dem Zimmer. Ich wollte im Foyer auf Lukas warten. Er würde sicher bald hier sein.

Ich musste mich Grundendorf noch einmal stellen.

70

PATRICK

Ich konnte nicht sagen, wie lange ich bereits dort oben in diesem verfluchten Gästezimmer vor mich hin vegetierte. Es konnte bloß eine Woche gewesen sein, genauso gut aber auch drei, vier oder gar fünf. Vielleicht sogar noch mehr. Ich hatte jegliches Zeitgefühl verloren und wusste nicht mehr, wie oft und wie lange ich eingeschlafen war. Die meiste Zeit über fühlte ich mich sogar zu schwach, um meine Augen zu öffnen. Deshalb und aufgrund der abgedunkelten Fenster hatte ich oft nicht sagen können, ob es gerade Tag oder Nacht war.

Gelegentlich hatte ich von unten Stimmen hören können. Ich glaube, Nicole und Wimmer waren zweimal vorbeigekommen und eine ganze Weile geblieben. Auch Lukas hatte ich zu hören geglaubt. Außerdem Schulz und Mayerhofer, den Herrn Pfarrer und einige andere Menschen. Vermutlich hatten sie meiner Oma unzählige Fragen zu den grausamen Machenschaften meines Großvaters gestellt. Darüber, weshalb sie von alldem nichts mitbekommen hatte. Vermutlich hatten sie ihr Trost gespendet, ihr Hilfe angeboten. Vielleicht hatte ich aber auch bloß geträumt. Mit Sicherheit hätte ich es nicht sagen können.

»Oma?«, krächzte ich noch einmal.

Keine Antwort.

Dabei war sie zu Hause. Immer wieder konnte ich sie deutlich rumoren hören. Musik lief. Sie summte dazu.

In meinem Kopf dröhnte es. Mir war schwindelig, und das, obwohl ich seit einer gefühlten Ewigkeit nur noch im

Bett lag. Zweimal hatte ich anfangs noch versucht, mich bis zur Toilette vorzukämpfen, doch schon bei der Zimmertür war ich eingebrochen und zu Boden gegangen. Seitdem erledigte ich meine Notdurft vom Bett aus. Oma hatte mir einen Topf bereitgestellt und wusch mich. Ich glaube, oft bekam ich gar nichts davon mit.

Jede kleinste Bewegung kostete mich enorme Anstrengung. Ich bekam schlecht Luft und hatte oft das Gefühl, zu ersticken. Mein Herz raste durchgehend, obwohl ich immerzu nur dalag. Hinzu kam, dass ich mich immer wieder übergeben musste. Anfangs hatte mich das erbrochene schwarze Blut noch schockiert. Mittlerweile hatte ich mich schon daran gewöhnt. Ich war ausgezehrt, hatte stark abgenommen. Meine Lippen waren rissig und fingen ständig zu bluten an.

Mir war längst klar, was los war.

Aber das heißt nicht, dass ich es verstand.

Nein, ich wollte es gar nicht verstehen. Hatte viel zu große Angst davor. Ich ließ es einfach mit mir geschehen. Hoffte, dass es bald ein Ende haben würde. Denn die Hoffnung hatte ich ohnehin längst aufgegeben.

Lisa würde es mir niemals verzeihen, dass ich nicht bei ihr gewesen war, als sie aus dem Koma aufgewacht war. Ich hatte es endgültig vergeigt, sie würde mich hassen. Auf keinen Fall würde sie jemals wieder etwas mit mir zu tun haben wollen. Es war unverzeihlich, dass ich nicht für sie da gewesen war. Es war vorbei.

Ich erwachte aus einem Dämmerschlaf.

Es läutete an der Tür.

Einmal.

Einige Sekunden später ein zweites Mal.

Und schließlich ein drittes Mal.

Ich fragte mich, wieso meine Oma nicht öffnete.

Da läutete es ein viertes Mal. Außerdem glaubte ich, ein leises Klopfen zu vernehmen. Dann, endlich, drang das metallische Schnappen der Eingangstür zu mir in den ersten Stock hoch.

Meine Oma öffnete offensichtlich die Tür.

Und dann passierte es.

Tatsächlich.

Was ich hörte, weckte schlagartig ungeahnte Kräfte in mir. Ich konnte es einfach nicht glauben. Ich musste träumen. Oder? Ich versuchte, das Rauschen in meinem Kopf, das Schwindelgefühl und Omas Stimme auszublenden. Horchte so konzentriert, wie ich es nur schaffte, auf die zweite Stimme. Ja, es war tatsächlich so. Auch wenn ich kein Wort von dem, was sie sagten, verstand, war ich mir ganz sicher: Es war Lisa.

71

LISA

Kurz nach zehn.

Während der Fahrt hatte sich die Panik vor einer Rückkehr nach Grundendorf in mir so weit hochgeschraubt, dass ich sie einfach vermied. Ich hatte Lukas gebeten, einen Umweg von zwei Ortschaften zu nehmen, um Grundendorf zu umfahren und den Hof von Obermarch aus anzufahren. Dennoch glaubte ich, als wir uns näherten, das Böse, das von dem verfluchten Ort ausging, in meinem Herzen spüren zu können. Als kratzten zu lange, brüchige Fingernägel daran. Unbehagen mischte sich zu meiner Ungeduld. Gänsehaut kroch mir den Nacken hoch.

Von Lukas wusste ich, dass Patricks Haus einem Brand zum Opfer gefallen und wohl längere Zeit unbewohnbar sein würde. Dort brauchte ich also nicht nach ihm zu suchen. Auch bei seiner Oma würde er nicht sein, das war mir klar. Aber vielleicht wusste sie ja doch, wo er steckte, und deckte ihn bloß, damit er seine Ruhe hatte. Auf jeden Fall musste ich zuallererst mit ihr reden.

Ein letztes Mal versuchte ich Patrick zu erreichen. Doch wieder kam ich nur in seine Mobilbox. Ich drückte den Anruf weg und steckte das Handy zurück in meine Tasche. Nun, das dachte ich jedenfalls. In Wirklichkeit war ich so geistesabwesend gewesen, dass ich danebenfuhr und das Telefon kaum hörbar auf den Wagenboden fiel. Aber das sollte ich erst später begreifen.

»Und?«, fragte Lukas unnötigerweise.

»Mobilbox«, antwortete ich.

Von Weitem schon konnte ich die beleuchteten Fenster auf der Anhöhe sehen. Ich war froh darüber, denn das hieß, dass Patricks Oma noch wach war und ich sie nicht aus den Federn würde läuten müssen. Majestätisch thronte der Hof in der Dunkelheit. Mit jedem Meter, dem ich ihm näher kam, beschleunigte sich mein Herzschlag. Was, wenn Patrick doch dort war? Wie würde er reagieren, wenn ich auf einmal vor ihm stand? Was sollte ich sagen? Würde ich überhaupt etwas herausbekommen? Würde ich mich zum Idioten machen?

Lukas hatte das Navi eingeschaltet – vermutlich aus Gewohnheit. Es zeigte den Feldweg, der hinauf zum

Grundstück führte, nicht an. Er bremste, setzte den Blinker und bog nach links ein.

Der Wagen rumpelte den Weg hoch, das Scheinwerferlicht durchschnitt die Dunkelheit. Steine knallten gegen den Wagenboden.

Ich wurde immer nervöser.

»Da wären wir«, sagte Lukas. »Soll ich wirklich nicht warten?«

»Nein, danke«, antwortete ich und fragte mich, ob ich verrückt war.

Aber ich wusste nicht, was mich da drinnen erwartete. Im besten Fall Patrick. Im schlimmsten Fall seine völlig aufgelöste Oma. In beiden Fällen hätte ich nicht gewollt, dass Lukas draußen im Wagen auf mich wartete und die Szene vielleicht mitbekam.

»Und wie gesagt: Ruf an, wenn du was brauchst. Ich hab eine gemütliche Couch im Wohnzimmer, auf die ich gerne auswandere. Du kannst jederzeit mein Bett haben.«

»Danke«, sagte ich. »Für alles.«

Er nickte.

Ich öffnete die Tür und stemmte erst die Krücken und dann mich aus dem Wagen. Lukas war um das Auto herumgelaufen und half mir. Er wollte mich umarmen, doch ich konnte meine Krücken nicht loslassen. Also machte er eine unbeholfene Handbewegung und ich bedankte mich noch einmal. Ich hatte keine Ahnung, wo ich schlafen sollte. Der Hausschlüssel meines Elternhauses steckte zwar in meiner Handtasche, aber ich würde es wohl nicht übers Herz bringen, ihn tatsächlich ins Schloss zu stecken. Vielleicht würde ich Lukas' Angebot also tatsächlich noch annehmen und mich ohnehin gleich wieder bei ihm melden.

Er stieg zurück in den Wagen, wendete ihn und als er

das Ende des Feldwegs erreicht hatte und in die Landstraße Richtung Grundendorf eingebogen war, atmete ich noch einmal tief durch. Es hatte keinen Zweck, es weiter hinauszuzögern. Die Lichter des Wagens und meine Ankunft waren wahrscheinlich ohnehin nicht unentdeckt geblieben. Also humpelte ich zum Gartentor, öffnete es und durchquerte den Garten. Die Stufen hinauf zur Veranda waren schmerzvoll, ich verzog mein Gesicht zu einer Grimasse. Oben angekommen, läutete ich, bevor ich es mir anders überlegen konnte.

Der Glockenklang drang zu mir nach draußen.

Mein Herz schlug wie verrückt.

Ansonsten passierte nichts.

Ich drückte die Klingel ein zweites Mal.

Wieder keine Reaktion.

Ich wartete einen Augenblick, dann versuchte ich es ein drittes Mal.

Immer noch war niemand an die Tür gegangen. Dabei bildete ich mir ein, vor dem ersten Klingeln Geräusche aus dem Haus gehört zu haben. Außerdem brannte doch Licht in einigen Fenstern. Komisch. Konnte es sein, dass Patricks Oma mich hatte kommen sehen, mir aber nicht die Tür öffnen wollte? Verwundert hätte es mich nicht, denn aus irgendeinem Grund hatte ich seit jeher das Gefühl, dass Patricks Oma mich nicht besonders gut leiden konnte. Am Anfang unserer Beziehung war das ein häufiger Streitpunkt zwischen Patrick und mir gewesen, weil ich mich unwohl in ihrer Nähe gefühlt hatte, Patrick aber der festen Überzeugung gewesen war, dass ich mir die Abneigung seiner Oma bloß eingebildet hatte. Irgendwann hatte ich zwar klein beigegeben, doch an der spürbaren Ablehnung seiner Oma mir gegenüber hatte sich nie etwas geändert. Zunehmend hatte ich den Eindruck gehabt, dass sie eifersüchtig gewesen war. Nur warum? Weil ich ihr Patrick weggenommen hatte? Dabei war nicht ich der Grund gewesen, weshalb Patrick sie so selten auf ihrem Hof besucht hatte. Nein, daran hatte einzig und allein sein Großvater mit seiner ablehnenden Art Schuld gehabt.

Aber warum fiel mir das erst jetzt wieder ein? Hatte ich das bisher verdrängt?

Der dritte Glockenklang war verstummt. Ich ging hinüber zum Fenster auf der Veranda, schirmte mit den Händen mein Blickfeld ab und spähte ins Haus hinein.

Da glaubte ich, sie im Halbdunkel zu sehen.

Ganz still stand sie da.

Und auf einmal war ich mir sicher, dass sie mich anstarrte.

Ich klopfte ans Fenster. Doch sie rührte sich keinen Millimeter.

Ich verstand nicht. Obwohl ich nicht mehr daran glaubte, dass sie mir öffnen würde, versuchte ich es ein viertes Mal und klingelte.

Und tatsächlich: Ich konnte Schritte hören und dann, dass die Tür aufgeschlossen wurde.

Das war schon sehr komisch.

Die Tür ging auf.

Patricks Oma empfing mich mit einem angespannten Gesichtsausdruck: »Was willst du hier?«

In Gedanken hatte ich mir zuvor ein paar Worte zurechtgelegt. Ich wollte ihr sagen, dass es mir leidtat, was passiert war. Ich wollte ihr meine Hilfe anbieten. Doch ihr eiskalter Empfang hatte mich völlig aus dem Konzept gebracht. Deshalb sagte ich nur: »Ich muss mit Patrick sprechen.«

»Er ist nicht hier.«

Irgendetwas lag in ihren Augen. Ich kam nicht darauf, was es war. Aber es machte mir Angst. Ein Frösteln kroch mir über die Haut.

»Wissen Sie, wo er ist?«

»Nein.« Sie machte Anstalten, die Tür zu schließen.

»Ich will ihm helfen.«

Sie hielt inne und die Tür fest im Griff. »Patrick braucht deine Hilfe nicht.«

»Ich muss ihn sehen.«

»Dann viel Glück bei der Suche.« Sie schmiss mir ansatzlos und mit einem lauten Knall die Tür vor der Nase zu.

72

PATRICK

Schlagartig stand ich unter Strom. Hitze durchströmte meinen ganzen Körper.

Ich konnte es nicht glauben. Sie war tatsächlich hier. Doch warum? Weil sie gehört hatte, dass ich krank war, und mir deshalb einen Besuch abstatten wollte? Oder bloß, um mir vorzuwerfen, dass ich nicht bei ihr gewesen war, als sie mich am dringendsten gebraucht hätte? Würde sie mir sagen, dass ich für sie gestorben war? Diese Fragen waren mir innerhalb von Sekundenbruchteilen durch den Kopf geschossen.

Sosehr ich es auch versuchte, ich konnte kein Wort verstehen. Ungeduldig wartete ich darauf, dass das Knarren der Holztreppen erklang. Dass die beiden zu mir hochkamen. Dass die Türklinke sich nach unten bewegen und Oma die Tür öffnen würde. Ich wünschte mir, dass sie lächeln und sagen würde: »Patrick, schau mal, wer dich besuchen kommt.« Dass ich mich irrte.

Doch das passierte nicht. Ganz im Gegenteil: Ich konnte hören, wie die Tür mit einem lauten Knall zugeworfen wurde und Stille ins Haus zurückkehrte.

Was hatte das zu bedeuten? War Lisa im Haus? Warum sprach niemand? Warum war kein Geräusch mehr zu hören?

»Lisa?«, wollte ich schreien, doch es war nur ein kratziges Flüstern.

Sie konnte mich unmöglich gehört haben.

Dennoch versucht ich es noch einmal: »Lisa!«

Keine Antwort.

Ich spürte Panik in mir hochschießen.

Wie hatte sie einfach wieder gehen können? Ohne nach mir zu sehen? Und wieso kam meine Oma nicht, um mich zu informieren? Das ergab doch keinen Sinn. Irgendetwas stimmte nicht.

Ich war wie von Sinnen. Glaubte, auf einmal neue Kräfte erlangt zu haben. Ich schlug die Decke zur Seite, wälzte mich aus dem Bett, stemmte mich hoch. Es kostete mich alle Anstrengung, die ich aufbringen konnte. Dauerte viel zu lange. Alles drehte sich. Meine Beine fühlten sich so schwach an, ich musste mich auf der Kommode abstützen. Dabei warf ich einen Bilderrahmen um und er krachte zu Boden. Klirren. Scherben. Mein Schwindel wurde immer schlimmer. Das Zimmer drehte sich schneller und schneller. Meine Kräfte schwanden. Mein Herz hämmerte wild gegen meinen Brustkorb. Schweiß stand mir im Gesicht. Dennoch kämpfte ich mich vorwärts. Ich knickte ein. Schaffte es irgendwie, auf den Beinen zu bleiben. Wackelige Schritte, immer weiter in Richtung Fenster. Ich musste es wissen. Musste sichergehen, ob es tatsächlich Lisa gewesen war.

Weiter!

Jetzt erklang das Knarren der Treppen. Oma kam zu mir hoch.

Ich erreichte das Fenster, fasste den Griff wie einen rettenden Anker. Ich riss es auf, stemmte mich so schwungvoll über den Rahmen, dass ich beinahe das Gleichgewicht verlor.

Da sah ich sie. Ihre Rückseite vom automatischen Licht der Veranda erhellt. Auf Krücken. Ohne ihre langen Haare. Aber sie war es. Ohne Zweifel.

Ich konnte es nicht fassen.

»Lisa!«, krächzte ich.

Sie hörte mich nicht. Humpelte einfach weiter über den knirschenden Kies. Sie begann sich allmählich in der Dunkelheit aufzulösen, hatte gleich das Gartentor erreicht.

Die Schritte meiner Oma klangen nun schneller. Sie war fast oben angekommen.

Ich konnte mich kaum noch auf den Beinen halten. Holte noch einmal tief Luft, sammelte alle Kräfte. Schrie, so laut ich es schaffte: »Lisa!«

Sie erstarrte.

Meine Oma erstarrte.

Die Welt erstarrte.

Einen schier endlosen Augenblick lang.

Dann drehte sie sich zu mir um. Entdeckte mich im Fenster. Selbst aus der Entfernung und trotz der Dunkelheit glaubte ich, das riesengroße Fragezeichen in ihrem Blick zu erkennen.

»Patrick!«, rief sie und ich konnte ihr die Verwunderung anhören.

Da hörte ich, wie meine Oma auf den Stufen kehrtmachte und wieder nach unten stieg.

Lisa kämpfte sich zurück zur Eingangstür.

Ich hörte, wie meine Oma erneut die Tür aufschloss und sie öffnete. Und unverständliches Gemurmel.

Holprige Schritte erklangen. Das Knarren der Stufen. Es hörte sich an, als nahm Lisa trotz der Krücken immer gleich zwei auf einmal. Keine fünf Sekunden später tauchte sie im Türrahmen auf. Augen und Mund weit aufgerissen.

Ich hatte mir den Moment unseres Wiedersehens in den letzten Monaten so oft vorgestellt. So magisch ausgemalt. Hatte völlig überzogene und kitschige Vorstellungen, was wir einander sagen würden. Dass wir uns in die Arme fallen, uns küssen und nicht wieder loslassen würden. Dass die Sonne scheinen und Vögel im Hintergrund heiter zwitschern würden. Doch nun, da es so weit war, starrte mich Lisa mit einem fassungslosen Blick an und sagte nur: »Mein Gott, wie siehst du denn aus?«

Das alles war zu viel für mich. Ich hatte weder Kraft, zu antworten, noch, mich auf den Beinen zu halten. Meine Körperspannung ließ nach. Einen kurzen Augenblick lang wurde mir wieder schwarz vor Augen. Ich sackte zu Boden.

Lisa humpelte auf mich zu, ging neben mir in die Knie. Stöhnte dabei vor Schmerzen auf. »Was ist denn los mit dir?«

»Mir …« Ich bekam kaum Luft. Hatte das Gefühl, dass ich mich jeden Moment würde übergeben müssen. »Mir ist … schlecht.«

»Du musst zu einem Arzt.«

»Geht's …«

»Um Gottes willen, Patrick!«

»Geht's dir … gut?«

Sie zerrte an mir. »Komm, ich bring dich ins Krankenhaus.«

»Ich … ich kann nicht …«

»Los, komm schon!«

Ich wollte sie warnen, doch ich musste würgen.

Da passierte es.

Zum einen musste ich mich übergeben. Mein Erbrochenes, zum größten Teil schwarzes Blut, ergoss sich über den Boden, spritzte in alle Richtungen. Zum anderen bekam ich aus dem Augenwinkel mit, dass meine Oma in Lisas Rücken ins Zimmer trat. Ich schaute zu ihr auf. In der einen Hand hielt sie ein Nudelholz, in der anderen ein Fleischmesser. Für den Bruchteil einer Sekunde wirkte sie unschlüssig.

»Pass auf, Lisa!«, wollte ich sagen.

Doch da hob meine Oma schon die Hand, holte aus und zog Lisa eins über den Kopf.

73

LISA

Der Schlag traf mich so unerwartet, so heftig. Einen ganz kurzen Augenblick lang wusste ich nicht, was passiert war. Ich sah nur all das Erbrochene. All das Blut. Patricks verblüfften Blick. Seine Verzweiflung.

Dann explodierte der Schmerz in meinem Schädel.

Ich war hochgesprungen, noch ehe ich es begriffen hatte. Taumelte, wusste nicht, wo vorne und hinten war. Alles drehte sich. Alles wurde schwarz. Lichtblitze zuckten auf.

Ich fiel zu Boden.

Sie sagte etwas.

Da traf mich ein weiterer Schlag.

74

PATRICK

Ich verstand nicht, was da passierte.

Es krachte dumpf, als das Holz Lisas Schädel traf.

Lisa sprang hoch, wahrscheinlich aus Reflex. Doch sie war benommen. Sie machte einen Schritt nach vorne, einen Ausfallschritt zur Seite, dann sackte sie erneut auf die Knie. Sie versuchte sich aufrechtzuhalten, kippte aber vornüber und fing sich gerade noch rechtzeitig mit den Armen auf. Auf allen vieren kauerte sie am Boden.

»Niemand braucht hier einen Arzt!«, kreischte meine Oma. Ihr Gesicht war vor Panik zu einer Fratze verzogen.

»Bist du … verrückt geworden?«, krächzte ich.

»Patrick!«, ermahnte sie mich. »Wie redest du mit mir?«

Dann wandte sie sich wieder Lisa zu und schrie sie an: »Und niemand braucht dich!« Sie versetzte ihr einen weiteren Schlag mit dem Nudelholz.

Lisa stöhnte auf vor Schmerz, knickte ein.

Ich versuchte zu begreifen und mich am Fensterbrett hochzuziehen. Es kostete mich unglaubliche Anstrengung.

Ich war auf den Beinen. Aber alles drehte sich. Ich krallte mich am Fensterrahmen fest, um nicht zusammenzubrechen.

Meine Oma schlug sich mit dem Nudelholz gegen die Stirn. Als sagte sie sich in Gedanken: *Komm schon, denk nach!* Zum ersten Mal hatte sie ihre Maske mir gegenüber fallen gelassen und all das Grauen, das dahinterlag, kam zum Vorschein.

Ich machte einen schnellen Satz auf sie zu. Zumindest versuchte ich das. Doch ich war zu langsam und verfehlte sie. Sie trat zur Seite. Ich schoss an ihr vorbei. Unmittelbar danach traf mich ein Schlag so hart am Hinterkopf, dass ich regelrecht spüren konnte, wie mein Gehirn nach vor schoss und gegen meinen Stirnknochen gequetscht wurde.

Ich ging in die Knie. Riss instinktiv die Arme hoch und versuchte, einen weiteren Schlag abzuwehren. Doch es kam keiner mehr. Der erste hatte völlig ausgereicht. Ich sackte zusammen. Prallte ungebremst mit dem Gesicht auf den harten Boden. Ein erneuter Schmerz blitzte mir durch den Schädel.

»Warum kannst du nicht machen, was ich dir sage, Patrick?«

Dann wurde alles dunkel.

75

LISA

Ich konnte spüren, dass jemand mich an den Beinen zog. Mein Becken schmerzte, mein Oberschenkel noch viel mehr. Ich glaubte, den dicken Nagel zu spüren, der darin steckte und ihn zusammenhielt. Doch am schlimmsten waren die Kopfschmerzen – ein eiskaltes Ziehen und ein dumpfes Pochen zugleich. Jeden Moment würde er explodieren. Ich hörte mich selbst stöhnen.

Mein Körper wurde über den Boden geschliffen. Begann auf einmal zu schweben. Ein Knarren. Die Stufen? Mein

Kopf fiel, schlug hart an der Hinterseite auf. Der Schmerz war überwältigend. Dann gleich noch einmal. Und wieder.

Ich wurde Stufen nach unten gezogen.

76

PATRICK

Ein schweres Rumpeln drang zu mir durch. Ich kam schwerfällig zu mir, konnte nur wenige Sekunden weggetreten gewesen sein.

Ich stemmte mich vom Boden hoch, griff dabei in mein Erbrochenes. Ich wackelte zur Tür, klammerte mich am Rahmen fest, versuchte meine Kräfte zu sammeln, das Schwindelgefühl zu verdrängen. Begriff: Das Rumpeln kam von den Stiegen.

Ich kämpfte mich hinaus in den Flur, schleppte mich immer weiter, stützte mich dabei an der Wand ab. Am Treppenabsatz hielt ich, blickte hinab und sah, dass meine Oma Lisa die Stufen hinunterzog. Lisa lag auf dem Rücken und schien bewusstlos zu sein. Meine Oma zog sie an den Füßen. Das Rumpeln stellte sich als das Aufschlagen ihres Hinterkopfs auf jeder einzelnen Stufe heraus.

»Oma … lass das!«

Doch sie ignorierte mich, zog Lisa weiter.

Etwas lauter: »Oma!«

Erst jetzt hielt sie inne und sah zu mir hoch.

»Warum … machst du das?«

Sie starrte mich nur an, sagte nichts. Schien die Frage nicht zu verstehen.

»Was … ist … los?«

»Geh in dein Zimmer, Patrick!«

»Lass Lisa …!«

»Du sollst in dein Zimmer gehen!«

»Und … du sollst …«

»Sofort!«

Sie zerrte wieder an Lisa, ihr Kopf schlug ein weiteres Mal auf einer Stufe auf. Ein hässliches, dumpfes Krachen.

Ich stürmte die Treppen hinunter, viel zu schnell, konnte mich gerade noch auf den Beinen halten. Schaffte es irgendwie an Lisa vorbei, ohne auf sie zu treten. Alles drehte sich, schoss an mir vorüber. Ich krachte gegen die gegenüberliegende Wand. Schmerzblitze. Ich raffte mich hoch. Erlebte alles wie in Trance.

Ich zerrte an meiner Oma, wollte sie von Lisa wegbekommen. Doch sie schlug mir mit der flachen Hand ins Gesicht. Es klatschte laut. Meine Wange brannte auf.

»Schluss jetzt!«, schrie sie. »Ins Bett mit dir, du bist krank.«

Ich ließ nicht locker, zerrte weiter an ihr, wollte sie von Lisa wegbekommen. Doch ich war zu schwach, zu benommen. Ich bekam sie keinen Millimeter von Lisa weg. Sie gab mir einen kräftigen Schubser. Ich stolperte zurück, ruderte mit den Armen durch die Luft und konnte mich gerade noch auf den Beinen halten, weil in meinem Rücken erneut die Wand auftauchte.

Meine Oma zerrte Lisa die letzten Stufen hinab.

Ich warf mich auf sie.

Sie stieß mich weg, wie einen kleinen Jungen. »Jetzt reicht's mir aber, Schluss jetzt!«

»Oma, bitte …«

»In dein Zimmer!«

»Du kannst … doch nicht …«

»In dein Zimmer, hab ich gesagt!«

Plötzlich hatte sie wieder das Messer in der Hand. Keine Ahnung, wo es eben noch gewesen war. Blitzschnell war sie neben Lisa in die Knie gegangen. Hielt die Hand ausgeholt.

»Oma, bitte …«

»Du sollst folgen!«

Die spitze Klinge über Lisa.

»Bitte nicht …«

»In dein Zimmer mit dir!«

»Okay, aber … bitte … bitte tu … ihr nichts.« Ich bekam immer schlechter Luft. Sah zunehmend verschwommen. Mein Herz raste. Wahrscheinlich stand ich kurz vor einem Infarkt.

»Sie hat dich doch auch nur wie Dreck behandelt.«

»Das … das stimmt nicht.« Ich keuchte.

»Was weißt du denn schon? Du bist doch blind.«

»Oma, das …«

Sie ließ mich nicht ausreden. Kreischte: »Schluss jetzt, folge endlich! Ab ins Zimmer mit dir! Du gehörst ins Bett!«

»In … Ordnung.«

Ich hatte keine andere Wahl. Meine Oma kniete neben Lisa. Hatte immer noch mit dem Messer ausgeholt. Ihre Hand zitterte. Ihre Augen hetzten hin und her. Keine Ahnung, was sie vorhatte, wie weit sie gehen würde. Was das alles zu bedeuten hatte. Ich wusste nur eines: Ich durfte sie nicht weiter provozieren. Sie würde zustechen, ganz sicher sogar.

Ich brauchte eine Idee.

Schnell!

»Ich … geh ja … schon«, brachte ich heraus und machte ganz kleine Schritte. Dabei überschlugen sich meine Gedanken.

Meine Oma beobachtete jede einzelne meiner Bewegungen.

Ich würde keine Chance haben, wenn ich sie zu überraschen versuchte. Ich war zu weit weg. Bis ich in meinem Zustand die drei Meter bei ihr sein würde, hätte sie längst zugestochen.

»Kannst du mir ... vielleicht einen ... einen Tee machen?«, fragte ich. »Der ... tut mir ... immer so gut.«

Ihr Gesichtsausdruck erhellte sich.

Doch auf einmal stöhnte Lisa auf. Sie kam zu sich.

Das Gesicht meiner Oma verfinsterte sich wieder.

Ich hatte Sekundenbruchteile für die Entscheidung, nicht länger.

Lisa stöhnte erneut.

Das Messer raste auf sie hinab.

Ich stürzte mich auf sie.

77

LISA

Ich öffnete die Augen und wusste nicht, wie mir geschah.

Patricks Oma über mir.

Das Messer raste auf mich zu.

Patrick schrie, stürzte sich auf mich.

Die Klinge erreichte mich zuerst. Sie drang durch mein T-Shirt, durch meine Haut, mein Fleisch.

Eiskalter Schmerz.

Patrick warf sich auf mich.

Drückte die Klinge noch tiefer rein.

Schreie.
Blut.
Panik.
»Scheiße!«, schrie jemand. Es war Lukas.

78

PATRICK

Alle schrien durcheinander. Blut spritzte.

Auf einmal wurde die Tür aufgerissen und Lukas kam hereingestürmt.

»Scheiße!«, schrie er.

Er kam auf uns zu, stürzte sich auf meine Oma. Zerrte sie von Lisa weg. Sie kreischte wie am Spieß. Schlug um sich. Lukas überwältigte sie. Schaffte es, ihr das Messer abzunehmen. Sie wurde immer hysterischer.

Lisa stöhnte.

Blut floss aus der Stichwunde unterhalb ihres Schlüsselbeins.

»Du hast dein Handy im Wagen vergessen«, sagte Lukas und keuchte hektisch. Er stand unter Schock, kniete auf meiner Oma, die versuchte, sich zu befreien, und immer lauter schrie. Seine Augen waren weit aufgerissen. Er hatte alle Mühe, sie im Zaum zu halten.

»Was … was ist denn hier los, verdammt?«

»Gib mir … das Handy«, sagte ich. »Los, wir brauchen … einen … Krankenwagen.«

SAMSTAG, 19. SEPTEMBER

79

PATRICK

»Und das hier?«, wollte Lisa wissen und hielt eine hässliche Porzellanfigur in die Höhe. Ein kurzes Zucken huschte dabei über ihr Gesicht, doch sie überspielte es sofort. Wahrscheinlich machte ihr die Stichwunde, die ihr meine Großmutter zugefügt hatte, immer noch zu schaffen. Sie war inzwischen gut verheilt, aber manchmal, wenn Lisa eine zu schnelle Bewegung machte, durchfuhr sie noch ein Schmerzblitz.

»Bist du okay?«

»Jaja.«

»Sicher?«

»Also, was ist damit?

»Weg.«

»Und die?« Eine weitere Porzellanfigur.

»Auch weg.«

Sie lächelte mich an.

Ich lächelte zurück.

Es tat unglaublich gut, dass Lisa mir half. Sie in meiner Nähe zu haben. Auch wenn alles immer noch so surreal schien.

Etwas mehr als ein Monat war bereits vergangen, seit meine Großmutter verhaftet worden war. Lisa und ich waren nun schon den dritten Tag damit beschäftigt, das Haus auszuräumen und für die Maklerin bereit zu machen. Der Hof sollte verkauft werden. Meine Großmutter würde das Gefängnis nur noch tot verlassen. Sie hatte dem Verkauf zugestimmt und mir den Erlös zugesagt. Wahrscheinlich versuchte sie so, ihr Gewissen zu erleichtern. Gutzumachen, was nicht gutzumachen war.

Der behandelnde Psychologe, ein graubärtiger Koloss von einem Mann, ging inzwischen davon aus, dass meine Großmutter am sogenannten Münchhausen-Stellvertreter-Syndrom litt. Eine Krankheit, die nach dem sagenumwobenen Lügenbaron Münchhausen benannt ist und bei der Betroffene anderen Menschen bewusst Schmerzen oder Krankheiten zufügen, um für sie sorgen zu können und dadurch die Bewunderung anderer zu erlangen.

Genau das hatte meine Großmutter mit Julia getan. Über viele Wochen und Monate hinweg hatte sie meine Cousine vergiftet und sie zu unzähligen Ärzten und in Krankenhäuser geschleppt. Dort war sie nicht selten immer noch wegen ihrer liebevollen Fürsorge um Julia in Erinnerung. Anscheinend war genau diese Bewunderung der Motor, der sie immer weitermachen und äußerst geschickt hatte vorgehen lassen. Mal hatte sie Julia eine gewaltige Überdosis des einen, dann wieder eines anderen Medikaments verabreicht. Manchmal hatte sie gar Rattengift oder Waschmittel verwendet – im Übrigen auch bei mir. Vor Arztbesuchen hatte sie ihre »Behandlung« kurzzeitig ausgesetzt oder Medikamente verwendet, die nicht sofort auf einen Missbrauch hingedeutet hatten. Wie sich herausstellte, hatte sie sich ein enormes Wissen auf dem Gebiet angeeignet.

Doch in der Nacht, in der Julia starb, hatte sie es mit der Dosis Gift in Julias Haferbrei übertrieben. Und Dr. Wallner kam hinter ihr dunkles Geheimnis. Was danach geschah, hatte meine Großmutter mir oft genug erzählt: Eine Nacht voller Improvisation, in der sie eine Unmenge an falschen Spuren legte und mein Großvater ihr half.

Nachdem sie Sabine mit neun Messerstichen, von denen übrigens jeder für sich tödlich gewesen wäre, und Wallners Hund umgebracht hatte, musste sie ihren Plan erneut anpassen. Sie hatte nun schon vier Leichen zu beseitigen. Sabines Tod kam ihr allerdings gelegen, denn jetzt verfolgte sie die Idee, Hannes alles anzuhängen. Er war doch erst vor Kurzem aus dem Gefängnis entlassen worden und hinlänglich als Schläger bekannt. Also platzierte sie später den Stofffetzen eines Blaumanns im Wald hinterm Hof. Davor galt es aber noch, in Wallners Haus gründlich aufzuwaschen und das Blut zu beseitigen. Oberflächlich gelang ihr das hervorragend, erst die Spurensicherung konnte es später wieder sichtbar machen.

Meine Großmutter hatte gewusst, dass mein Großvater gar nicht gelähmt war. Wieso die beiden es verschwiegen hatten, war allerdings immer noch nicht klar. Aus irgendeinem Grund schwieg sie dazu eisern. Jedenfalls half er ihr in dieser Nacht und sie fuhren mit Wallners Mercedes und ihrem SUV ins nahe gelegene Bratislava. Dort stellten sie Wallners Wagen in einem heruntergekommenen Wohngebiet am Stadtrand ab und keine zwei Stunden später waren sie zurück in Grundendorf. Da war es gegen 3 Uhr.

Während mein Großvater Julias und Wallners Leichen in der Au vergrub, schläferte meine Großmutter offensichtlich Julias Hund ein, tötete ihn und verstümmelte anschließend die Kadaver der Tiere. Was dabei in ihr vorging, war uns allen ein Rätsel. Der behandelnde Psychologe hatte neben dem Münchhausen-Stellvertreter-Syndrom auch ein enormes Wutpotential festgestellt. Er nahm an, dass diese unbändige Wut meine Großmutter auch dazu trieb, mich zu vergiften. Weil ich sie alleine in der Kirche zurückgelassen und sie Angst hatte, dass mir Lisa wichtiger sein würde als meine Großmutter es mir war. Zum einen wollte sie mich wahrscheinlich bloß leiden sehen. Zum anderen bot ich ihr durch meine Hilflosigkeit eine Möglichkeit, sich wieder um jemanden kümmern zu können. Die anderen Dorfbewohner bekamen davon zwar nichts mit, aber deren Mitleid und Bewunderung waren ihr aufgrund von Julias und meines Großvaters Tod ohnehin sicher.

In der Nacht, in der Julia starb, legte sie die toten Tiere am Waldrand und hinter der Friedhofsmauer aus. Der Gedanke mit meinem Auto kam ihr dort ganz spontan. Im Dunkeln sah sie die Umrisse meines Wagens hinter meinem Grundstück und hatte plötzlich eine Idee, wie sie Hannes noch verdächtiger machen konnte. Jeder wusste, dass ich ihn damals verhaftet hatte, als er ins Gefängnis musste. Meine Großmutter wollte alles nach einem Rachefeldzug gegen mich aussehen lassen. Also bat sie meinen Großvater, Sabines Leiche nicht in der Au zu vergraben und wieder mitzunehmen.

Ich konnte mich noch an das Türquietschen in jener Nacht erinnern. In meinem verschlafenen Zustand hatte ich nicht sagen können, ob es tatsächlich da gewesen war oder ich es nur geträumt hatte.

»Hallo?«, hatte ich in die Dunkelheit gerufen. »Ist da wer?«

Es war meine Großmutter gewesen, die sich durch die Hintertür, für die sie einen Zweitschlüssel gehabt hatte, in mein Haus geschlichen hatte. Sie hatte meinen Wagenschlüssel, der am Haken an der Wand gleich neben der Tür gehangen hatte, gestohlen. Während ich mich noch fragte, ob ich vielleicht nur geträumt hatte, hinterließ sie Erdabdrücke von schweren Arbeiterschuhen in meinem Garten – solche, die Hannes zumeist trug. Auch wieder, als sie in der nächsten Nacht mein Haus in Brand steckte. Nur entdeckte diese falschen Spuren niemand. Die Schuhe hatten meinem Großvater gehört und sie hatten sie im Wald versteckt.

Nachdem sie Sabines Leiche in meinen Wagen gesetzt und diesen im Saugrund versenkt hatten, war es kurz nach 5.15 Uhr. Eine lange Nacht neigte sich dem Ende zu. In etwa zwei Stunden würde ich auf ihrem Hof aufkreuzen, weil wir Julias toten Hund gefunden hatten.

Julias Leiche war noch immer nicht gefunden worden. Meine Großmutter behauptete, nicht zu wissen, wo mein Großvater sie vergraben hatte. Der Gedanke daran, dass meine Großmutter Julia monatelang vergiftet und gequält hatte, raubte mir immer noch den Atem. Ich konnte es einfach nicht begreifen, auch wenn mir fast das Gleiche widerfahren war. Ich hatte bloß das Glück gehabt, dass sich jemand um mich Sorgen gemacht hatte. Ohne Lisa wäre ich heute wahrscheinlich tot. Hätte ich mich gekümmert, Julia noch am Leben. Diese Erkenntnis traf mich nicht zum ersten Mal. Aber in diesem Moment war sie einfach zu viel für mich.

»Alles in Ordnung?«, wollte Lisa wissen und packte einen Stapel schwerer Bücher in einen Umzugskarton.

»Ja, ich … ich brauch nur ein wenig frische Luft.«

»Soll ich …«

»Nein, alles gut«, unterbrach ich sie.

»Aber du …«

»Wirklich. Ich muss nur kurz alleine sein«, sagte ich und hetzte hinaus auf die Veranda.

Erst draußen hatte ich wieder das Gefühl, frei durchatmen zu können. Ich war froh, dieses verfluchte Haus bald nicht mehr betreten zu müssen. Es zehrte an meinen Kräften und an meinem Verstand.

Ich atmete tief durch, fing mich langsam. Ich ließ meinen Blick über den Garten schweifen. Über die vielen verstreuten Büsche und Bäume, in denen sich allmählich die Blätter rötlich färbten. Die dahinter liegenden Felder waren kahl, nichts als vergiftete Erde weit und breit. Ein Vogelschwarm zog darüber seine Muster. Es wehte eine leichte Brise. Die Schaukel schwang vor und zurück, darüber raschelten die Blätter. Kindheitserinnerungen kamen in mir hoch. Es war meine Schaukel. Meine Eiche, in die ich als Kind meinen Namen eingeritzt hatte. Meine … Moment!

Plötzlich durchfuhr es mich wie ein Blitz.

Such unter deinem Namen.

Konnte es das sein?

Ich lief los.

80

PATRICK

Das Tagebuch meines Opas lag gut versteckt und vor Regen geschützt in einer Wurzelhöhle von genau jener Eiche, in die ich als Kind meinen Namen geritzt hatte. Weil mir dieser Baum mehr bedeutet hatte als jeder andere auf dieser Welt. Weil mein Opa mir dort eine Schaukel montiert hatte und es bis kurz vor seinem Tod das einzige Mal gewesen war, dass er mich mit einer liebevollen Geste bedacht hatte.

Such unter deinem Namen.

Warum hatte er unmittelbar vor seinem Tod diesen geheimnisvollen Satz von sich gegeben, das hatte ich mich so oft gefragt. Nachdem ich das Tagebuch gelesen hatte, war es mir schnell klar geworden. Was er darin aufgeschrieben hatte, hätte meine Großmutter ohne jeden Zweifel ins Gefängnis gebracht. Und das hatte er nicht gewollt. Denn trotz der unbeschreiblich grausamen Taten meiner Großmutter liebte er sie immer noch von ganzem Herzen. Sie war die Liebe seines Lebens, betonte er immer wieder. Doch gleichzeitig, so schrieb er, war es, als lebte er mit dem Teufel unter einem Dach. Sie soll voll von Jähzorn und Eifersucht gewesen sein. Die Ehe meiner Großeltern nach außen hin eine mehr oder weniger harmonische Beziehung – hinter der Fassade aber ein Leben in ständiger Angst.

Ich erfuhr, dass meine Großmutter nicht nur Julia, Dr. Wallner, Sabine und die beiden Hunde auf dem Gewissen hatte, sondern auch meinen Vater. Ja, meinen Vater. Den Mann, von dem sie immer behauptet hatte, dass er sich nicht um mich hatte kümmern wollen. Der meine Mutter verlassen hatte, weil er kalte Füße bekommen hätte. Mein Opa schrieb, dass meine Großmutter nie verstanden habe, wieso meine Mutter sich mit so einem, wie sie ihn nannte, Nichtsnutz eingelassen hatte. Ein arbeitsloser Schmarotzer, der sie bei der ersten Gelegenheit geschwängert hätte. Sie hätte nicht einfach zusehen können, wie meine Mutter sich ihr Leben versaute. Außerdem hätte sie befürchtet, dass er ihr ihre Tochter wegnahm. Deshalb hatte sie ihn getötet.

Ich war viel zu überwältigt. Die Erkenntnis, dass mein Vater ermordet worden war und mich nicht im Stich gelassen hatte, traf mich erst Wochen später so richtig. Doch selbst da hatte ich noch Schwierigkeiten, die Wahrheit zu akzeptieren. Viel zu lange waren mir die Lügen eingetrichtert worden.

Ob sie auch an dem Tod meiner Mutter Schuld hatte, hatte mein Opa nicht mit Gewissheit sagen können. Er vermutete es aber. Genauso wie bei Jimmy, Lisas Kater, und einigen weiteren Tieren aus Grundendorf.

Ich erfuhr auch, dass es eine jahrelange Abmachung zwischen den beiden gewesen war, dass mein Opa in der Öffentlichkeit ein Leben im Rollstuhl fristete, wenn meine Großmutter im Gegenzug Julia und mich in Ruhe ließe. Er hatte sich tagtäglich von ihr durch Grundendorf schieben lassen, außerdem zu jedem Gottesdienst und auch sonst überallhin, wo Menschen anzutreffen waren, die sie für ihre Fürsorge und Opferbereitschaft bewunderten. Aber auch seine strikte Ablehnung und seine Kälte mir gegenüber soll nur gespielt gewesen sein – damit hatte er gehofft, mich vom Hof und meiner Großmutter fernzuhalten.

Sie schien sich mit der Pflege meines Opas zu begnügen und die Krankheit in den Griff bekommen zu haben. Bis zu den Ereignissen des letzten Winters und der anschließenden Aufmerksamkeit, die ich in den Medien und im Dorf bekommen hatte. Nun hatte sie zunehmend das Gefühl, nicht mehr im Mittelpunkt zu stehen – trotz ihrer aufopfernden Pflege ihres Mannes, der liebevollen Erziehung ihrer Enkelin, der Freiwilligenarbeit in der Gemeinde und ihrer Hingabe im Kirchenchor.

Also begann sie sich um Julia zu kümmern. Und schnell hatte sie wieder die Aufmerksamkeit, nach der sie sich gesehnt hatte. Julias Schicksal war besiegelt.

Mein Opa sah viel zu lange weg. Er wollte es wohl nicht wahrhaben. Aber schließlich versuchte er doch, sie davon abzuhalten, Julia weiter zu quälen. Er flehte, ignorierte sie und drohte ihr. Doch eine besonders heftige Drohung führte wohl dazu, dass meine Großmutter aus lauter Zorn seinen Hund, von dem wir alle glaubten, dass es Julias Hund gewesen war, vergiftete und verstümmelte – nicht, wie wir vermutet hatten, erst in der Nacht, in der Julia starb, sondern bereits zwei Tage zuvor. Sie drohte damit, auch mir etwas anzutun, wenn er nicht zu ihr hielt. Und genau damit hatte sie meinen Großvater im Griff. Denn er wollte unter allen Umständen vermeiden, dass mir etwas zustieß. Weil er mich liebte, wie er immer wieder betonte.

Erst als meine Großmutter mein Haus in Brand stecken wollte und mein Opa zuvor bemerkt hatte, dass sie mir Schlafmittel verabreicht hatte, griff er endlich ein. Die beiden stritten sich heftig, meine Großmutter brach trotzdem zu meinem Haus auf. Mein Opa zögerte, er hätte ja gesehen werden können, lief ihr aber schließlich zu Fuß nach. Doch als er ankam, stand mein Haus bereits in Flammen. Mit dem Steinwurf durchs Fenster versuchte er, mich zu wecken und zu warnen. Er wartete, wollte sichergehen, dass ich es schaffte, zu entkommen. Und als er mich sah und merkte, dass ich ihn erkannt hatte, wusste er, dass es vorbei war. Jahrelang hatte er mit dem Gedanken gespielt, nun schien der Zeitpunkt gekommen.

Er ging nach Hause, schrieb seinen allerletzten Tagebucheintrag, versteckte das Buch bei der Eiche und wartete auf der Veranda, bis ich im Morgengrauen auftauchte. Er wollte seinem Leben ein Ende setzen. Mich davor aber noch vor meiner Großmutter warnen und mich bitten, sie nicht an die Polizei zu verraten. Weil er sie trotz allem liebte. Aus diesem Grund, so schrieb er, würde er mich auch bloß zu Dr. Wallners Grab führen. Denn würde Julia gefunden werden, hätte man bei der Autopsie sofort festgestellt, dass sie vergiftet worden war. Und natürlich wäre meine Großmutter dann in Verdacht geraten.

Über viele Jahre hinweg zog meine Großmutter eine blutige Spur durch Grundendorf. Aber nicht nur sie hat sich schuldig gemacht. Nein, durch sein hartnäckiges Schweigen natürlich auch mein Opa.

Doch das ist nur die halbe Wahrheit.

Denn es war nicht so, dass er nicht um Hilfe geschrien hätte. Durch seine scheinbar völlig unbegründete Ablehnung mir gegenüber und die vielen Hinweise, die er mir im Laufe der Jahre gab, flehte er regelrecht um meine Unterstützung. Doch ich war blind. Und taub.

Genau wie an jenem Tag, an dem ich von Julias Verschwinden erfahren hatte und ich meine Großmutter zur Pressekonferenz abholte. Draußen auf der Veranda, als es erneut zu einer Diskussion zwischen meinem Opa und mir gekommen war, sagte er: »Sie ist krank …«. Doch ich war zu sehr in Rage, hatte ihn nicht ausreden lassen und ihm vorgeworfen: »Ich bin auch krank vor Sorge!« Weil ich dachte, dass er mir das hatte sagen wollen – dass meine Großmutter krank vor Sorge war. Nun war ich überzeugt, dass er mir im Laufe der Jahre viele solcher Hinweise gegeben hatte.

Ich hätte einschreiten müssen.

Doch jetzt war Julia tot.

Und ich würde für immer mit meiner Schuld leben müssen.

Immerschuld.

IM NÄCHSTEN JAHR
SONNTAG, 11. DEZEMBER

81

LISA

Wieder klopft er an die Badezimmertür. »Lisa?«

Ich antworte nicht, starre in den Spiegel. Nehme mein Gesicht gar nicht wahr. Die schulterlangen Haare. Die Narbe am Hals von der monatelangen künstlichen Beatmung. Die Tränen in den Augen. Mein Zittern.

»Ist alles in Ordnung?«, fragt er.

Ich bin mir nicht sicher. Glaube schon.

Ein Sturm an Gefühlen wütet in mir. Ich habe Angst, riesengroße Angst. Ich bin wütend, weil ich es ihnen nicht erzählen kann. Meiner Mutter, meinem Vater, Maria und Tante Hannelore. Ohnmacht mischt sich zur Angst und der Wut. Gleichzeitig kann ich mein Glück kaum fassen. Am liebsten würde ich die ganze Welt umarmen. Singen und tanzen.

Aber ausgerechnet jetzt? Musste es ausgerechnet jetzt passieren? Noch bevor klar ist, ob es sich bei der Kinderleiche, die gestern Abend in der Obermarcher Au gefunden wurde, tatsächlich um Julia handelt.

»Lisa, bitte rede mit mir!«, ruft Patrick aus dem Flur.

Er hat sich verändert. Er ist nicht mehr der Mensch, der er noch vor einem Jahr gewesen ist. Und schon gar nicht der, mit dem ich vor Jahren zusammen war. Patricks Prioritäten haben sich verändert, seine Wünsche, seine Gefühle, die Art, wie er spricht, wie er mich behandelt. Er ist nicht mehr der große Planer, der er früher war. Er redet nicht mehr ständig von Heirat und Kindern, von einem gemeinsamen Hund und der Zukunft. Er gibt sich mit dem Hier und Jetzt zufrieden, macht mir keinen Druck mehr.

Und das ist genau das, was ich brauche. Wofür ich ihn liebe. Weshalb ich uns beiden eine zweite Chance gegeben habe. Eine Chance, an die ich aus tiefstem Herzen glaube.

Patrick weiß nicht, was die Zukunft bringt.

Aber ich.

Ich atme tief durch, reibe mir das Gesicht und schließe die Badezimmertür auf. Patrick soll den Streifen sehen. Er soll wissen, dass wir bald nicht mehr alleine sind.

Nimmerstill.

DANKE

Anna, weil du all meine Launen erträgst, immer für mich da bist und dich für mich einsetzt. Ohne deine Anregungen wäre die Geschichte nicht halb so spannend geworden. Mama, Papa, Barbara und Helena, für eure Unterstützung in allen Belangen. Meinen Testlesern Anna, Andrea Klementovic, Evelyn Panny, Kim Wöhrer, Philipp Preiczer, Babette Warmuth und Karoline Eadie. Vlada Petrovic und Thomas Neubauer, für die Beantwortung meiner medizinischen Fragen. Helmut Bärtl, für die Beantwortung meiner ermittlungstechnischen Fragen. Claudia Senghaas, für deinen Glauben an meine Geschichten. Romy Reinhardt, für deine Hilfe. Allen, die mich in den letzten Jahren in irgendeiner Weise unterstützt haben – sei es durch das Kaufen, Lesen und Weiterempfehlen meiner Bücher, das Ermöglichen und Besuchen meiner Lesungen, die Beantwortung meiner vielen Fragen, durch wertvolle Ratschläge und konstruktives Feedback …

Ohne euch gäbe es dieses Buch nicht.

Das Neueste aus der Gmeiner-Bibliothek

Unser Lesermagazin

Bestellen Sie das kostenlose Krimi-Journal in Ihrer Buchhandlung oder unter www.gmeiner-verlag.de

Informieren Sie sich …

www … auf unserer Homepage:
www.gmeiner-verlag.de

@ … über unseren Newsletter:
Melden Sie sich für unseren Newsletter an unter www.gmeiner-verlag.de/newsletter

f … werden Sie Fan auf Facebook:
www.facebook.com/gmeiner.verlag

Mitmachen und gewinnen!

Schicken Sie uns Ihre Meinung zu unseren Büchern per Mail an gewinnspiel@gmeiner-verlag.de und nehmen Sie automatisch an unserem Jahresgewinnspiel mit »mörderisch guten« Preisen teil!